电脑不过如此

丛书总策划：姜校春（中关村在线执行总编）
杨 品

电脑办公应用

未名书屋 编著

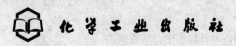

化学工业出版社

·北京·

本书通过丰富的实例，以图文并茂的形式循序渐进地讲述了 Windows Vista、Word 2007、Excel 2007、网上办公的操作方法与实用技巧。全书共分 10 章，主要内容包括：Windows Vista 轻松上手、键盘和汉字输入法、管理我的电脑、创建 Word 文档、美化 Word 文档、Word 的高级操作、创建与编辑 Excel 工作表、管理和美化工作表、管理工作表数据、网上办公。

本书注重基础知识和操作技能的紧密结合，语言通俗易懂，操作步骤清楚明晰，学起来轻松，上手容易，力求使读者真正达到一学就会，即学即用。

本书面向电脑初级用户，适合各行各业需要掌握电脑办公技能的人员自学，也可作为各类职业学校和电脑培训班的教材及大中专院校非计算机专业学生的教学参考书。对于老版本 Windows 和 Office 的使用者，本书也有一定的参考价值。

图书在版编目（CIP）数据

电脑办公应用/ 未名书屋编著. —北京：化学工业出版社，2009. 1
　（电脑不过如此）
　ISBN 978-7-122-04170-8

　Ⅰ. 电… Ⅱ. 未… Ⅲ. 办公室 - 自动化 - 基本知识
Ⅳ. C931. 4

　中国版本图书馆 CIP 数据核字（2008）第 182602 号

责任编辑：王思慧　周天闻　　　　　　　　　装帧设计：尹琳琳

出版发行：化学工业出版社（北京市东城区青年湖南街 13 号　邮政编码 100011）
印　　装：三河市延风印装厂
787mm×1092mm　1/16　印张 20$\frac{1}{2}$　字数 511 千字　2009 年 1 月北京第 1 版第 1 次印刷

购书咨询：010-64518888（传真：010 64519686）　　售后服务：010-64518899
网　　址：http://www.cip.com.cn
凡购买本书，如有缺损质量问题，本社销售中心负责调换。

定　　价：33.00 元

丛 书 序

对于普通大众来说，要想能熟练地操作电脑并灵活应用，并不是一件容易的事情。如何能在最短的时间内达到精通的目的呢？我认为好的方法是找一些非常好的教材，有空的时候在电脑旁边看书边操作，在实践中轻松掌握电脑。

那如何去选购一本适合自己的图书呢？

首先要看其内容是否能满足自己的需求，是否能解决日常工作、学习和生活中的各种应用问题。这就要仔细考量一本书的内容取舍是否得当了，而不能以书的厚薄来取舍，一定要仔细阅读内容简介、目录和部分章节，避免浪费时间和金钱。

其次是要看该书是否容易让读者学习。因为在电脑的学习中实际上机操作非常重要，所以该类书一定要图文并茂，最好是看图就能学会操作，而且还要简洁明了，这样才能让读者一目了然。

最后还要看该书是否能提纲挈领，举一反三。因为电脑及软件越来越智能化和人性化，且其中的大多数操作都具有相似性和相关性，如Windows Vista中的资源管理器的使用、Office 2007中各软件的文本设置等，只有抓住电脑操作的精髓，学会了其中典型的操作方法，类似的问题也就能融会贯通。

最近非常荣幸地应化学工业出版社的邀请，仔细审读了由中关村在线执行总编姜校春和网络营销专家、数码摄影专栏作家杨品任总策划的《电脑不过如此》丛书，我个人认为，该丛书不能说是目前市场上包装最精美（或者价格最低廉）的图书，但它却是一套非常易学、非常好用、内容最全面的图书，是一套能帮助广大电脑爱好者快速打开电脑之门的金钥匙。

之所以向大家推荐这套书，是因为本套丛书具有以下特点：
- ✧ 轻松易学　图文并茂的方式直接指明操作步骤要点，让读者轻松看图就能掌握常用的操作方法和技巧。
- ✧ 学以致用　书中大多数内容讲解均采用广大电脑用户经常应用的案例，读者只要参照书中的步骤进行操作，即可快速解决电脑应用中的各种常见问题。
- ✧ 活学活用　书中的案例讲解都非常具有典型性，能起到举一反三的效果，这样就能让读者融会贯通，不仅能学会书中的操作，更能灵活应用。
- ✧ 系统全面　本套丛书包含了《电脑快速入门》、《电脑轻松上网》、《五笔字型打字速成》、《电脑办公应用》、《电脑选购、组装与维修》、《电脑故障排除速查手册》、《常用工具软件一点通》、《系统快速安装与重装》、《Windows Vista入门与应用技巧》、《Excel 2007 入门与应用技巧》、《Word 2007入门与应用技巧》、《Access 2007入门与应用技巧》、《PowerPoint 2007入门与应用技巧》等几十种实用书籍，相信这套丛书一定能够成为读者的良师益友。

一套好的教材会让我们的学习更加快捷，但要学好电脑，还要经常上机操作，巩固所学知识，并在实践中摸索电脑的操作要领。

学问学问，学而问之，读者如果在学习或电脑操作中遇到各种问题，可以发电子邮件至yangpin_0_2000@sina.com.cn和本书的作者进行交流探讨。

最后，衷心希望这套凝聚着作者和出版社心血的《电脑不过如此》丛书能带领每一位读者轻松成为电脑应用高手。

腾讯网科技频道主编　李立宏

2008 年 11 月

前　言

随着数字化技术的发展，计算机、通信、办公自动化工具进一步走向融合，计算机已经成为办公自动化最基本的工具。越来越多的人已经认识到学会使用计算机的重要性，人们迫切希望掌握计算机的基础知识和操作技能，以便适应现代社会发展的需要。

本书以当前软件的发展、应用的最新水平为出发点，主要介绍了办公室工作人员日常工作需要了解的计算机基础知识和应掌握的基本操作技能。内容包括 Windows Vista、Word 2007、Excel 2007、网上办公等。掌握这些基础知识和应用软件的操作技能，能给自己的工作和学习带来很大的帮助。

全书共分 10 章，主要内容如下：

第 1 章　Windows Vista 轻松上手：包括初窥 Windows Vista、操作窗口、认识菜单、认识对话框、"开始"菜单的应用、添加系统图标、在桌面上使用快捷方式、排列桌面图标、寻求帮助。

第 2 章　键盘和汉字输入法：包括使用键盘、Windows 语言栏、选择输入法、使用输入法、添加/删除输入法。

第 3 章　管理我的电脑：包括文件和文件夹的基本操作、让我的电脑更有个性、字体的使用、安装和卸载软件。

第 4 章　创建 Word 文档：包括启动 Word、Word 的工作界面、文档的基本操作、输入内容、编辑内容、打印文档。

第 5 章　美化 Word 文档：包括设置字符格式、设置段落格式、设置页面格式、复制格式。

第 6 章　Word 的高级操作：包括使用表格、插入对象、创建页眉页脚、插入页码、分栏排版。

第 7 章　创建与编辑 Excel 工作表：包括启动 Excel、Excel 界面介绍、创建与保存工作簿、关闭与打开工作簿、移动单元格指针、输入数据、自动填充数据、选定单元格或区域、编辑单元格数据、移动单元格数据、复制单元格数据、插入行/列或单元格、删除或清除行/列/单元格及区域、退出 Excel。

第 8 章　管理和美化工作表：包括选定工作表、更改工作表的数量、重命名工作表、为工作表标签添加颜色、移动和复制工作表、设置单元格数据格式、设置列宽和行高、合并相邻的单元格、设置数据的对齐方式、使用格式刷、自动套用格式、设置单元格边框。

第 9 章　管理工作表数据：包括使用公式和函数、排序数据、筛选数据、分类汇总数据、使用图表分析数据。

第 10 章　网上办公：包括使用局域网、畅游因特网、下载资料、电子商务、收发电子邮件。

本书图文并茂，层次结构清晰，语言通俗易懂，操作步骤简洁明了，只要您跟随本书一步步地学习，就能轻松学会并熟练掌握这些技能。本书适合作为计算机初学者的自学教程，也可以作为各类计算机培训班的培训教材及大中专院校非计算机专业学生的教学参考书。

除了未名书屋的成员外，杨品、刘君、刘征、肖建芳、田煜、王为、胡凯、陈强华、邱怀东、傅大志、文仕江、吴荣彬、林燕、杨琪、姚全、吕文超、杨悦来、杨从明、温世豪、杨未冰、林明军、书虫、黄懿、孔令辉、蔡伟雄、肖世杰、梁江涛、杨晶、杨涛、杨上、王健等同志也参与了本书的编写工作，在此一并表示衷心的感谢。

由于编者水平有限，书中不足之处，恳请广大读者批评指正。

编　者

目　录

第1章　Windows Vista 轻松上手

Windows Vista 是Microsoft（微软）公司推出的一款操作系统，它拥有很多的功能，很强大的安全性，很好的娱乐性等优点，等待大家去体验。

1.1　初窥 Windows Vista

本节先带领读者来一窥 Windows Vista 的芳容。

1.1.1　启动 Windows Vista

只要计算机中安装了 Windows Vista 操作系统，那么启动它将是一件很简单的事情。
（1）首先接通主机电源，然后按下机箱上的电源按钮，启动电脑。
（2）启动之后，等待一会儿，出现 Windows Vista 登录画面，如下图所示。

（3）如果在安装 Windows Vista 时设置了用户密码，则在"密码"框中输入密码，然后按Enter键；如果在安装Windows Vista时没有设置用户密码，则直接按Enter键。这样就能直接进入 Windows Vista 的桌面了。

> **提示**
> 　　如果计算机上安装了多个操作系统，则会出现操作系统列表以供选择，这时先按键盘上的↑或↓方向键选中 Windows Vista 操作系统，然后按 Enter 键即可启动 Windows Vista 操作系统。

1

1.1.2 Windows Vista 的桌面

成功启动 Windows Vista 后，呈现在大家面前的整个屏幕区域称为桌面。桌面是 Windows 的工作平台，就像我们办公室中的办公桌一样，我们的一切工作都在桌面上完成。

桌面图标：双击这些快捷图标，就可以打开相应的窗口或运行相应的程序。拖动图标可以改变它的位置。

桌面背景：可以将自己喜欢的图片设成桌面背景。详见 3.2.2 节。

鼠标指针

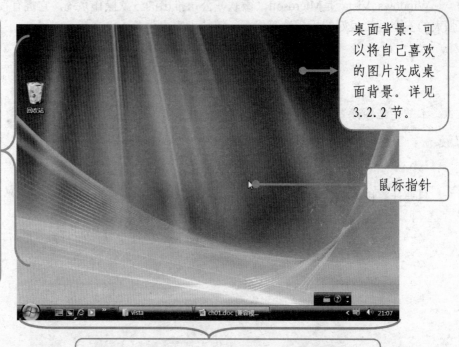

任务栏：是由"开始"按钮、"快速启动"工具栏、任务按钮、语言栏和系统栏等组成的长条。

"开始"按钮：单击它，将弹出"开始"菜单。

"快速启动"工具栏：包含"启动 Internet Explorer 浏览器"、"显示桌面"等快捷图标按钮。

任务按钮：每次启动一个应用程序或打开一个窗口后，任务栏上就有代表该程序或窗口的一个任务按钮。用户可以通过单击相应的任务按钮在已打开的窗口之间进行切换。

语言栏：用来显示当前系统的语言，或切换当前输入法等。

系统栏：包括一些系统图标。可以在这里调整系统音量或修改当前日期和时间等。

1.1.3　使用鼠标

　　鼠标是控制屏幕上光标运动的手持式输入设备。通常鼠标有两个键（有的鼠标有3个键，但中间的键一般很少用），分别为左键和右键。那么鼠标该如何正确使用呢？

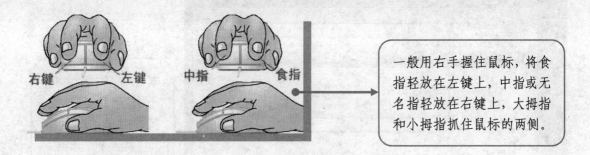

一般用右手握住鼠标，将食指轻放在左键上，中指或无名指轻放在右键上，大拇指和小拇指抓住鼠标的两侧。

1. 鼠标的基本操作

　　鼠标的基本操作方法有以下几种。

　　✧　指向

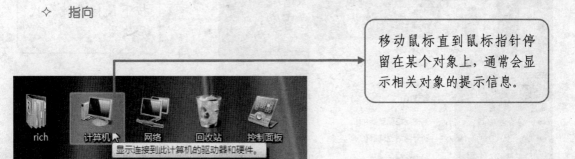

移动鼠标直到鼠标指针停留在某个对象上，通常会显示相关对象的提示信息。

　　✧　单击

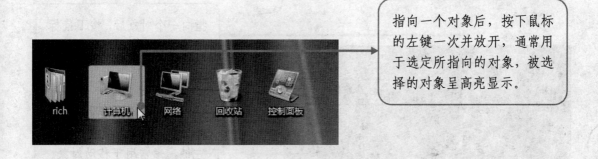

指向一个对象后，按下鼠标的左键一次并放开，通常用于选定所指向的对象，被选择的对象呈高亮显示。

✧ 双击

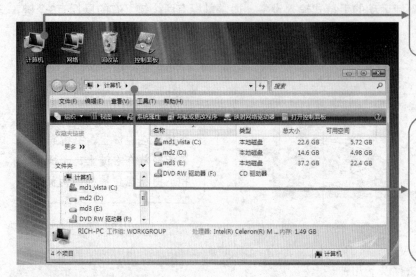

1 指向一个对象后，快速地连续按下鼠标左键两次后放开。

2 双击操作通常用于打开或运行选定的对象。比如双击"计算机"图标，就能打开"计算机"窗口。

✧ 右击

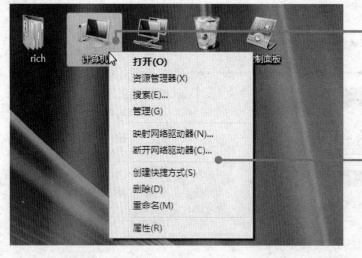

1 按下鼠标右键一次后放开。

2 通常会显示选中对象的快捷菜单。

✧ 拖动

1 指向一个对象后，按下鼠标左键不放，同时移动鼠标。

2 拖动的对象会呈虚影显示。拖到目标位置后，放开鼠标左键。通常用于移动对象。

2. 鼠标指针的含义

鼠标指针是指在屏幕上出现的反映鼠标操作状态的图标，当握住鼠标在桌面上移动时，屏幕上跟着移动的那个箭头就是鼠标指针。鼠标指针会随着指向目标和执行状态的不同而呈现不同的形状。表1-1列出了 Windows Vista 默认的鼠标指针形状及其所代表的含义。

表1-1 Windows Vista 默认的鼠标指针形状及其所代表的含义

鼠标指针形状	含义	鼠标指针形状	含义
↖	正常选择	⊘	不可用
↖?	帮助选择	↕	垂直调整
↖⧗	后台运行	↔	水平调整
⧗	系统忙	⤡ 或 ⤢	沿对角线调整
＋	精确定位	✛	移动
Ｉ	文本定位	🖑	链接选择

1.1.4 退出 Windows Vista

当您想关闭电脑时，切不可直接按下电源开关，需要先正确地退出 Windows Vista。

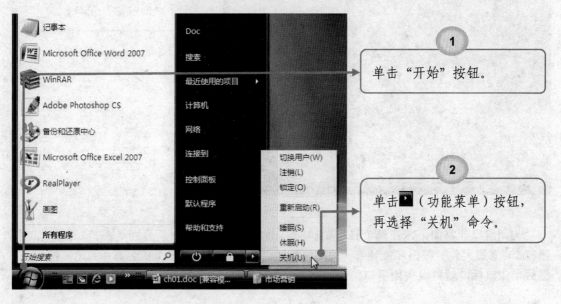

1 单击"开始"按钮。

2 单击 ▶（功能菜单）按钮，再选择"关机"命令。

如果在上图中选择"重新启动"命令，则会重新启动计算机。

提示

关闭计算机后，需要断开计算机主机、显示器、音箱等设备的电源，这样才能完全安全关机。

1.2 操作窗口

Windows 的中文含义是"视窗"或"窗口"，这很形象地说明了它的基本结构，整个 Windows Vista 操作系统可以说是由大大小小的各种窗口组成,这些窗口是用户与计算机进行交互联系的纽带。可以说，正是通过各种"窗口"，才展开了大家的视线，使我们进入到计算机的世界中。

1.2.1 打开和关闭窗口

在桌面上的"回收站"图标上双击鼠标左键，会出现一个典型的窗口。

1

双击"回收站"图标，打开"回收站"窗口。

关闭窗口非常简单，在每个打开窗口的右上角都有三个按钮，分别是 ▭ （最小化）按钮、▢ （最大化）按钮和 ✕ （关闭）按钮。将鼠标指针移动到 ✕ （关闭）按钮上，然后单击鼠标，就可以关闭窗口。

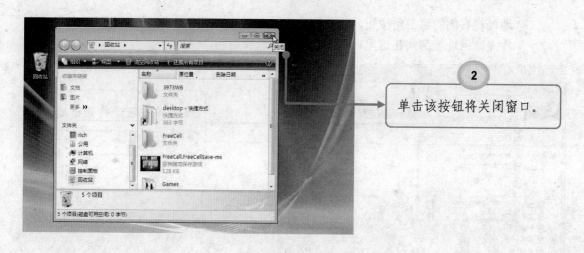

2

单击该按钮将关闭窗口。

1.2.2　认识窗口界面

　　打开 Windows Vista 的窗口界面，您会发现与以前 Windows 版本的窗口界面有了很大的改变，首先是标题栏没有了，菜单栏也不见了，而且还增加了新的窗格和面板，下面我们就来认识一下 Windows Vista 的窗口界面，如下图所示。

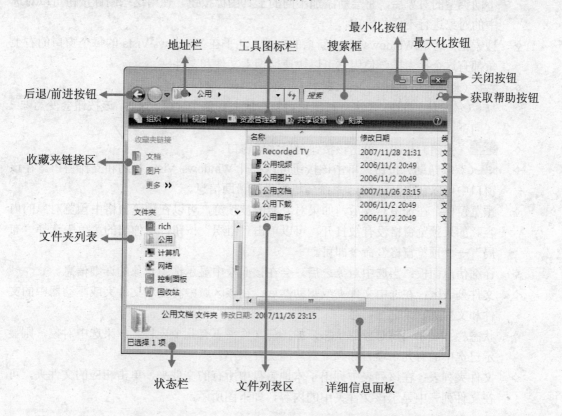

　　◇　地址栏：通过地址栏中的按钮，可以指定文件夹的位置。在 Windows Vista 中单击

地址栏右侧的黑三角按钮，弹出的是地址列表，如下图所示，我们曾经访问过的文件夹、网址等都列在这里，可供我们随时选择访问。

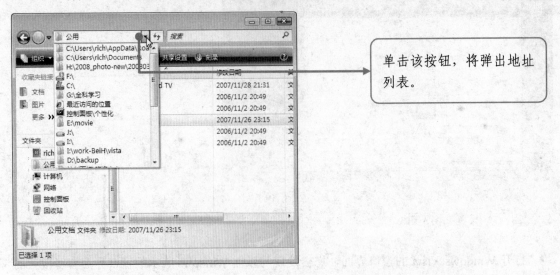

单击该按钮，将弹出地址列表。

◇ 工具图标栏：该栏中有两个固定的图标按钮——"组织"、"视图"；另外，在选中不同类型的对象后，将会新添加不同的工具图标按钮。使用这些图标按钮可以对选中的对象进行不同的操作。

◇ 搜索框：这是 Windows Vista 新增的功能，几乎在 Windows Vista 的每个窗口的右上角都有这个搜索框。使用它可以快速地搜索文件和文件夹。

◇ （最小化）按钮：单击该按钮可将窗口缩小到任务栏中。

◇ （最大化）按钮：单击该按钮可将窗口放大到整个屏幕。这时，该按钮会变为（向下还原）按钮。

◇ （关闭）按钮：单击该按钮可以关闭窗口。

◇ （获取帮助）按钮：单击该按钮可以打开 Windows Vista 帮助和支持窗口。在该窗口中可以获取 Windows 系统随机提供的帮助信息。

◇ 预览窗格：在选中对象后，如果对象能够被预览，可以在预览窗格中预览对象的内容。如果预览窗格没有被打开，可以单击"组织"按钮，从弹出的菜单中选择"布局"→"预览窗格"命令即可。

◇ 详细信息面板：当选中对象之后，会在该面板中显示选中对象的详细信息。

◇ 文件列表区：在选中文件夹或驱动器后，在该区域中将显示文件夹或驱动器中的文件和文件夹。

◇ 状态栏：显示当前对象的状态，如当前文件夹下有几个项目，如果选中对象，则显示已选中的有几个项目和选中对象的文件大小。

◇ 文件夹列表：在该列表中列出了本地磁盘中所有的文件夹，单击相应的文件夹，可在文件列表中显示该文件夹中的内容，如下图所示。

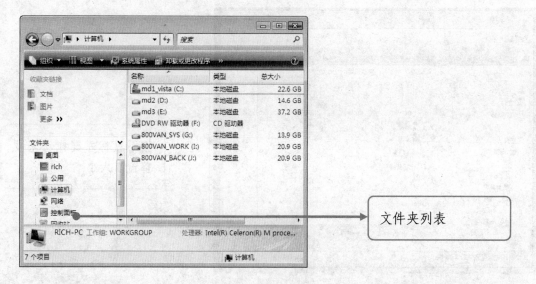

文件夹列表

❖　收藏夹链接区：在该区域中的文件夹都是链接文件夹。通过收藏夹链接区中的文件
　　夹可以直接进入到相应的文件夹中。使用这些文件夹可以管理我们常用的文件或图
　　片等，从而方便我们快速地找到所需的文件夹。

❖　后退/前进按钮：当在同一个窗口中多次打开了文件夹后，通过单击"后退"或"前
　　进"按钮可以切换到上一文件夹视图或下一文件夹视图。

1.2.3　调整窗口大小

下面介绍两种调整窗口大小的方法。

1．利用窗口控制按钮

在窗口的右上角有一组按钮，分别为▭（最小化）按钮、▭（最大化）按钮或▭（向
下还原）按钮、✕（关闭）按钮。通过这组按钮可以最小化窗口到任务栏中，或者最大化
窗口到整个屏幕，或者关闭窗口。把窗口最大化到整个屏幕后，▭（最大化）按钮将变为▭
（向下还原）按钮，单击该按钮将还原到小窗口。

窗口控制按钮

2．手动调整

除了通过窗口的控制按钮来调整窗口的大小以外，我们还可以手动随意调整窗口的大小。
将鼠标指针停留在窗口的四边或四个角上的某个位置，指针会变为如下几种形状之一：↕、
↔、⬉、⬈，按下鼠标左键，然后拖动鼠标即可随意调整窗口的大小。

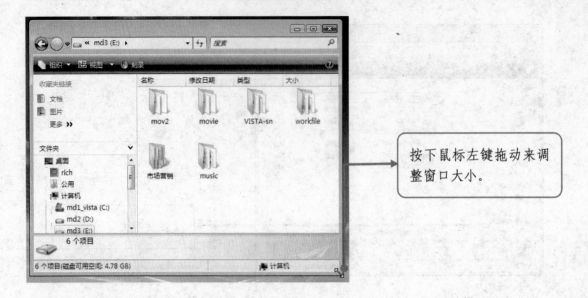

按下鼠标左键拖动来调整窗口大小。

1.2.4 移动窗口

移动窗口的方法是：将鼠标指针移动到窗口的标题栏区域，然后按下鼠标左键拖动窗口到指定的位置，放开鼠标即可实现窗口的移动。

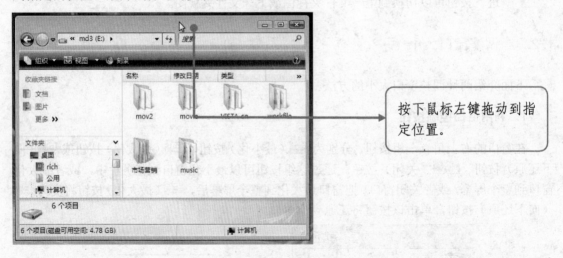

按下鼠标左键拖动到指定位置。

1.2.5 排列窗口

当打开多个窗口后，有可能一个窗口被另一个窗口所覆盖。除了通过最小化窗口来显示别的窗口外，可以通过移动窗口来显示被覆盖的窗口。

如果想在桌面上按自己的意愿排列这些窗口，可以使用移动窗口功能，将窗口移动到指定的位置，然后再调整窗口的大小，再逐个进行排列即可。也可以使用系统提供的三种方式（层叠窗口、堆叠显示窗口、并排显示窗口）自动排列窗口。

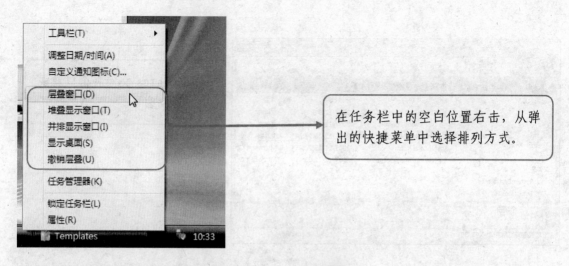

在任务栏中的空白位置右击，从弹出的快捷菜单中选择排列方式。

层叠排列的窗口

1.2.6　切换窗口

Windows Vista 是一个多任务的操作系统，通常都需要同时打开多个窗口进行操作，当前操作的窗口称为活动窗口。那么，如何使一个窗口变为活动窗口呢？这就需要对窗口进行切换，使我们需要的窗口变为活动窗口才能进行操作。有以下两种方法来切换窗口。

1．利用键盘

熟悉 Windows Vista 操作系统的读者都知道，按快捷键 Alt+Tab，可以打开一个窗口切换界面，如下图所示。在 Alt 键处于按下的状态下，不停地按 Tab 键，可以在打开的窗口间进行切换，选中需要的窗口后放开 Alt 键，选中的窗口即被激活，成为当前活动窗口。

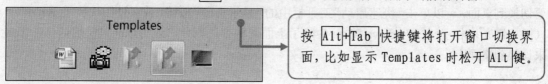

按 Alt+Tab 快捷键将打开窗口切换界面，比如显示 Templates 时松开 Alt 键。

Templates 文件夹窗口就成为活动窗口。

2. 利用程序按钮区

我们知道,打开一个程序窗口后,在任务栏中的程序按钮区都会显示与程序窗口对应的程序窗口按钮,如下图所示,单击相应的程序窗口按钮即可切换到该程序窗口中。

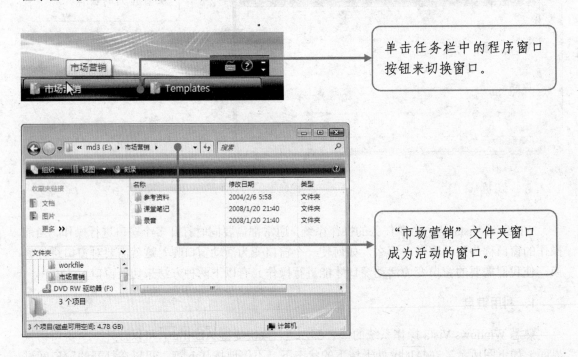

单击任务栏中的程序窗口按钮来切换窗口。

"市场营销"文件夹窗口成为活动的窗口。

在 Windows Vista 中,桌面已经被作为一个普通窗口对待了。在以前的 Windows 版本中要切换到桌面,可以单击"快速启动"工具栏中的"显示桌面"按钮,或者使用快捷键 Windows(徽标键)+D。而在 Windows Vista 中除了上面两种方法以外,还可以通过快捷键 Alt+Tab 来切换到桌面上。

1.3　认 识 菜 单

在 Windows XP 及以前的 Windows 版本中，当打开 Windows 窗口时，您会发现有一个菜单栏。而在 Windows Vista 中这个菜单栏却找不到了，这个菜单栏真的没有了吗？不是，它只是处于隐藏状态而已。对于习惯于菜单操作的用户也可以开启菜单栏。以下是显示菜单栏的操作方法。

1. 显示菜单

其操作步骤如下：

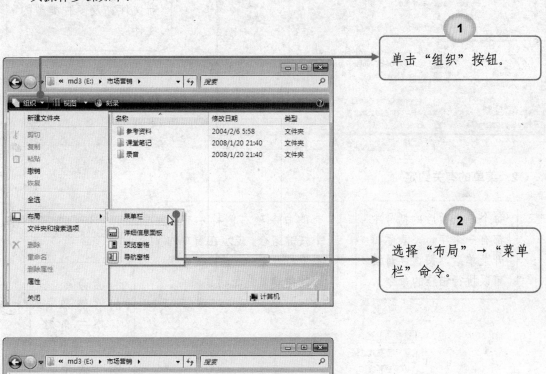

① 单击 "组织" 按钮。

② 选择 "布局" → "菜单栏" 命令。

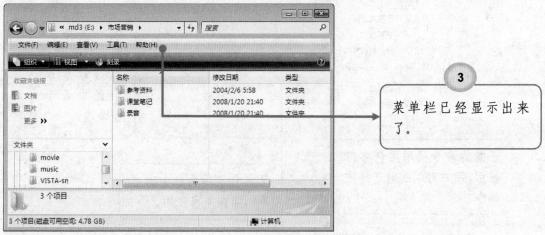

③ 菜单栏已经显示出来了。

提示

如果只是临时使用菜单栏，可以按一下 Alt 键，菜单栏将自动显示出来，当使用完后，菜单栏又自动被隐藏。

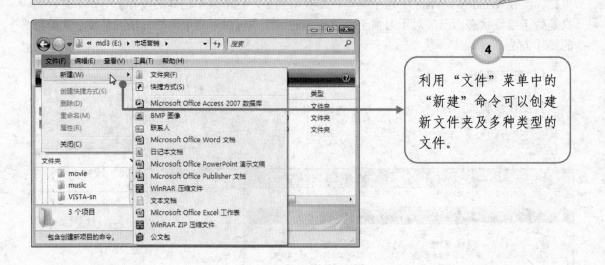

4 利用"文件"菜单中的"新建"命令可以创建新文件夹及多种类型的文件。

2．菜单的有关约定

每个命令项后的括号中都有一个字母，表示打开菜单后，按该字母键可以执行相应的命令。

有的命令项右侧标示有一个按键组合，表示在窗口内不用打开菜单，直接按此组合快捷键就能执行该命令。

有的命令项的右侧带有一个三角形标记，表示该命令有下一级级联菜单，在级联菜单中还有若干子命令。

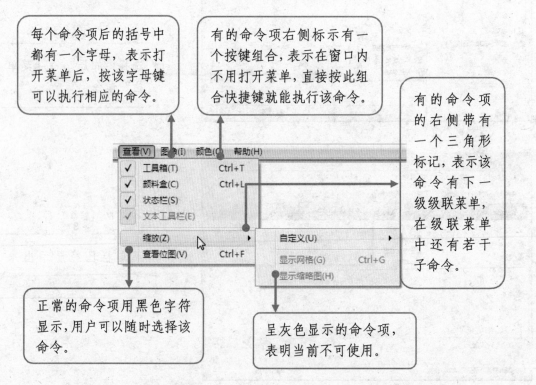

正常的命令项用黑色字符显示，用户可以随时选择该命令。

呈灰色显示的命令项，表明当前不可使用。

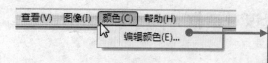

若选择带有省略号的命令项，将弹出一个相应的对话框，要求用户进行某些设置。

带有 "✓" 标记的命令项允许用户在两种状态之间进行切换。例如，"状态栏" 命令前面出现 "✓" 标记，表示在当前窗口中显示状态栏。

再次选择该命令，前面的 "✓" 标记消失，表示取消状态栏的显示。

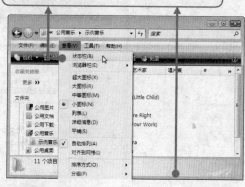

在状态栏中可以看到相关提示，建议不要关闭状态栏。

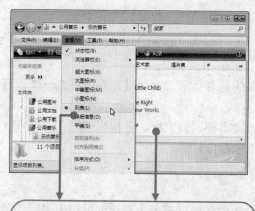

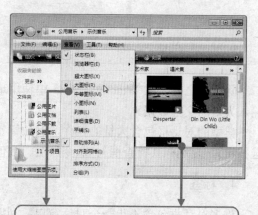

带有 "·" 标记的命令项表示该命令已经选用。在同组命令中，只能有一个被选用。例如，"列表" 命令前出现 "·" 标记，表示当前是以列表的形式显示项目。

如果选择 "大图标" 命令，则会以大图标的形式显示窗口中的项目。

1.4　认识对话框

在 Windows Vista 中，对话框经过重新设计后，不仅提示信息更加友好，而且色彩更为丰富，字体也更大，可供的选择也更多。

比如，在 Windows Vista 中复制一个文件，当有重名的文件时，对话框中会有三种选择：一是"复制和替换"，二是"不要复制"，三是"复制，但保留这两个文件"，如下图所示。可见对话框中的提示更友好，界面操作更直观，让我们更容易明白执行该操作后的结果是什么。

除窗口之外，在 Windows Vista 中使用最多的是对话框，对话框允许用户在一个屏幕中输入大量的交互数据。

典型的对话框包含大量的控件，例如标签、文本框、列表框、下拉列表框、单选框（单选按钮）、复选框（检查框）、命令按钮、数值框以及滑杆等。

1．标签

许多对话框包含不止一个对话窗口，利用标签控件可以在多个对话框窗口中来回切换。当选中相应的标签时，就可切换到对话框内相应的选项卡中，这种布局结构有利于充分利用有限的空间，来显示尽可能多的信息。

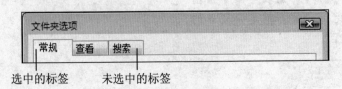

2. 文本框

文本框控件允许用户直接在其中输入文字。

文本框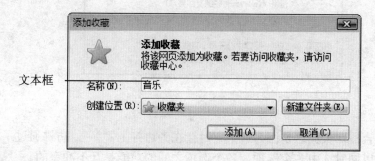

3. 列表框

列表框由一个方框、一些位于方框中的项目列表以及方框旁边的滚动条组成，通过使用滚动条或是单击滚动箭头可以上下滚动翻阅项目列表。当然，如果项目列表可以在方框内完全被显示出来，则滚动条会呈无效状态。

选中的项目  列表框

4. 下拉列表框

下拉列表框通常以一个只显示单行内容的列表框形式出现，单击该框右边的下三角按钮可以打开一个下拉列表，然后用户可以在其中进行选择。

下拉列表框 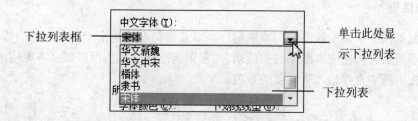 单击此处显示下拉列表

下拉列表

5. 单选框

单选框又叫单选按钮，它模仿一些老式收音机上的频段按键，按下一个按键的同时会弹起以前被按下的按键。也就是说，在同一组选项中，一次只能有一个单选按钮被选中。

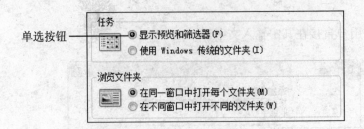

单选按钮

6. 复选框

复选框又叫检查框，大概这是因为选中它时会在旁边打上"√"，仿佛通过了检查一般。复选框的特点是可以同时选中多个选项，各个选项之间的功能是互不冲突的。

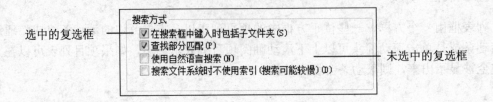

选中的复选框

未选中的复选框

7. 命令按钮

命令按钮最为普通，在按钮上方通常显示该按钮要完成的工作，按下命令按钮就执行了相应的命令。

命令按钮

8. 数值框

数值框是由一个显示数值的文本框窗口，以及窗口右边两个上下方向的小箭头组成。单击向上的小箭头可以使文本框中的数值增大，单击向下的小箭头可以使文本框中的数值减小，也可以在文本框中直接输入所需要的数值。

数值框

9. 滑杆

滑杆由一个横条和一个滑块组成，拖动滑块可以选择所需的数值或尺寸。

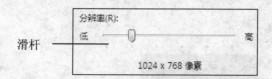

滑杆

1.5　"开始"菜单的应用

在新版本的 Windows Vista 中已经看不到"开始"字样的按钮了，取而代之的是一个圆形的图标按钮 。单击该按钮即可打开"开始"菜单。

1.5.1　打开相应的应用程序

在 Windows Vista 系统中，安装的所有应用程序都可以在"开始"菜单中找到。在安装应用程序时，有些软件可能会在桌面上创建启动程序的快捷方式。如果在桌面上没有程序的快捷启动方式，那么，可以通过"开始"菜单来启动相应的应用程序。

操作步骤如下：

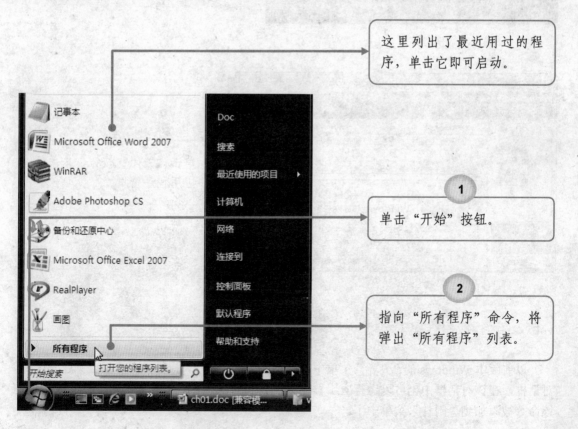

这里列出了最近用过的程序，单击它即可启动。

1 单击"开始"按钮。

2 指向"所有程序"命令，将弹出"所有程序"列表。

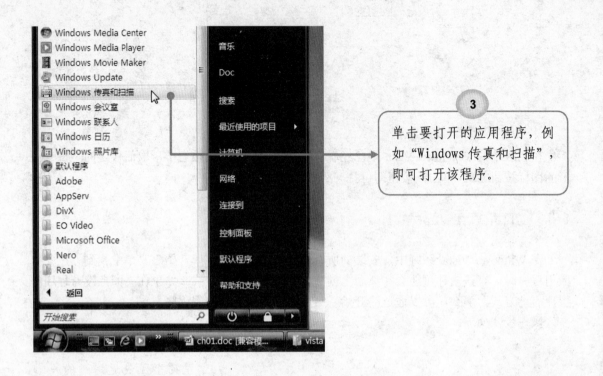

3

单击要打开的应用程序，例如"Windows 传真和扫描"，即可打开该程序。

4

单击"关闭"按钮，来关闭应用程序窗口。

1.5.2 运行应用程序

以前版本 Windows 的"开始"菜单中有一个"运行"命令，执行该命令后会弹出"运行"对话框，在该对话框中也可以运行应用程序。在 Windows Vista 中也保留了这个命令，只是该命令被添加到"附件"菜单中了。

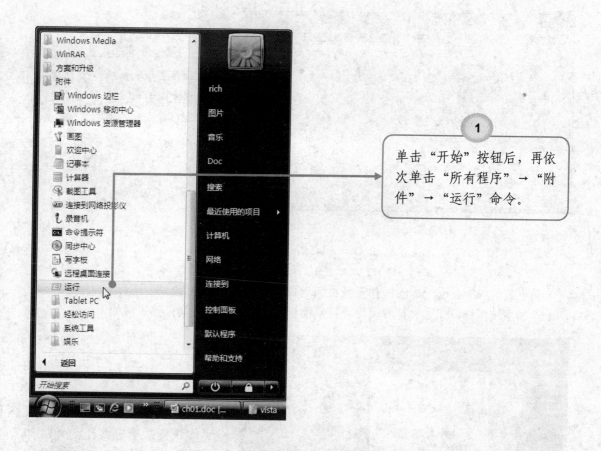

1

单击"开始"按钮后，再依次单击"所有程序"→"附件"→"运行"命令。

提示

按快捷键 Windows（徽标）+R 键可以打开"运行"对话框。

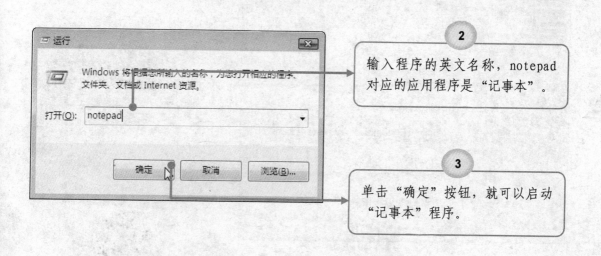

2

输入程序的英文名称，notepad 对应的应用程序是"记事本"。

3

单击"确定"按钮，就可以启动"记事本"程序。

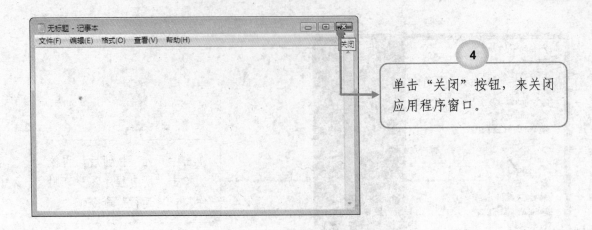

④ 单击"关闭"按钮，来关闭应用程序窗口。

1.6 添加系统图标

新安装的 Windows Vista 操作系统桌面上只有一个图标（"回收站"图标），如果要在桌面上添加系统图标，比如"计算机"、"控制面板"、"网络"等，其操作步骤如下：

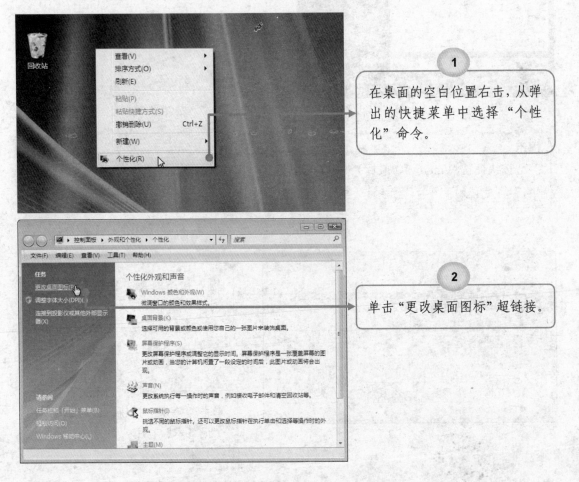

① 在桌面的空白位置右击，从弹出的快捷菜单中选择"个性化"命令。

② 单击"更改桌面图标"超链接。

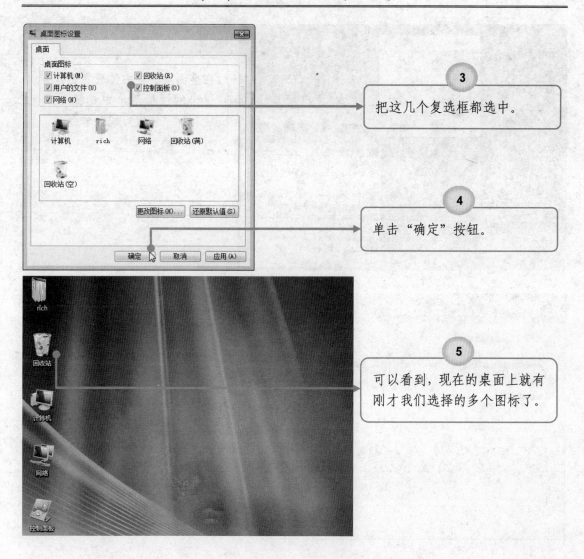

把这几个复选框都选中。

3

单击"确定"按钮。

4

可以看到，现在的桌面上就有刚才我们选择的多个图标了。

5

1.7　在桌面上使用快捷方式

在安装应用程序时，程序会自动在桌面上创建该程序的快捷方式图标。当桌面上的图标太多时，又不好查找，可能需要删除一些。本节介绍在桌面上使用快捷方式的有关知识。

1.7.1　创建快捷方式

对于经常要调用的应用程序，可以在桌面上创建该程序的快捷方式图标，这样，双击桌面上的图标就可以快速地启动应用程序。

下面以创建 Word 程序的快捷方式图标为例，来介绍添加应用程序的快捷方式图标的方法，操作步骤如下：

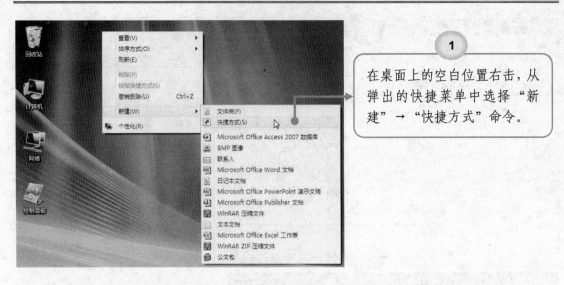

1 在桌面上的空白位置右击，从弹出的快捷菜单中选择"新建"→"快捷方式"命令。

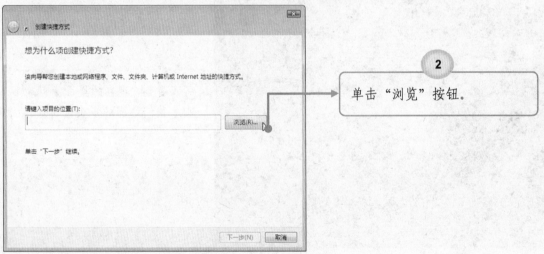

2 单击"浏览"按钮。

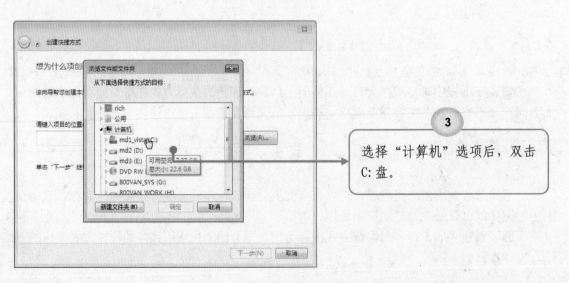

3 选择"计算机"选项后，双击C:盘。

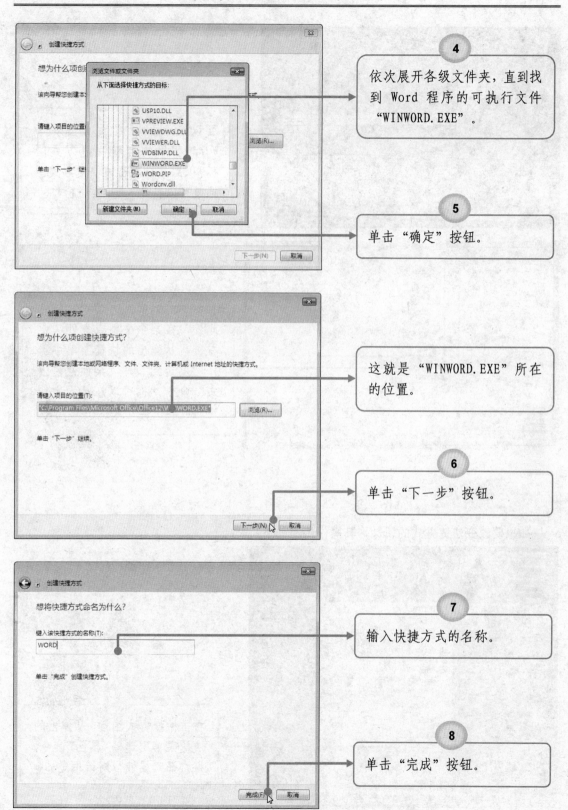

依次展开各级文件夹，直到找到 Word 程序的可执行文件 "WINWORD.EXE"。

单击"确定"按钮。

这就是 "WINWORD.EXE" 所在的位置。

单击"下一步"按钮。

输入快捷方式的名称。

单击"完成"按钮。

9

可以看到，在桌面上出现了 Word 程序的启动快捷方式图标。以后只要双击该快捷方式图标就可以打开 Word 程序窗口。

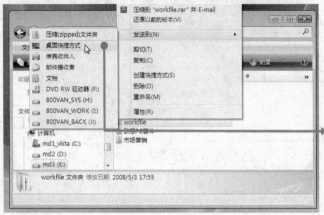

此外，在某个文件或文件夹上右击，从弹出的快捷菜单中选择"发送到"→"桌面快捷方式"命令，也可以在桌面上创建对应的快捷方式。

1.7.2 改变快捷方式的属性

如果要改变快捷方式的属性，其操作步骤如下：

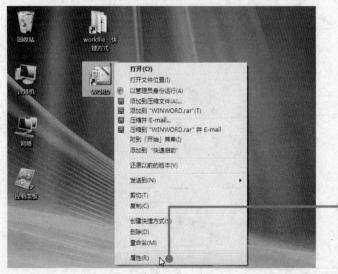

1

右击快捷方式图标，从弹出的快捷菜单中选择"属性"命令，将打开"属性"对话框。

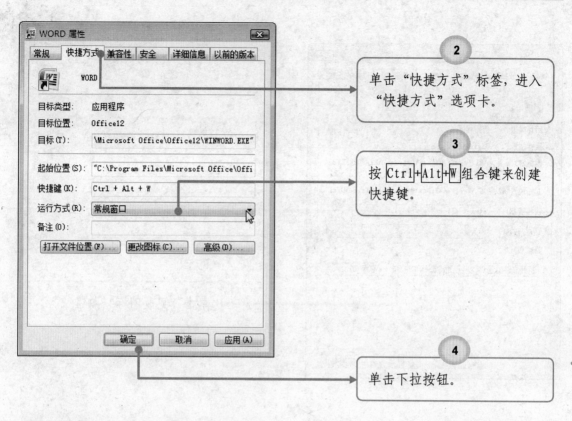

2 单击 "快捷方式" 标签, 进入 "快捷方式" 选项卡。

3 按 Ctrl + Alt + W 组合键来创建快捷键。

4 单击下拉按钮。

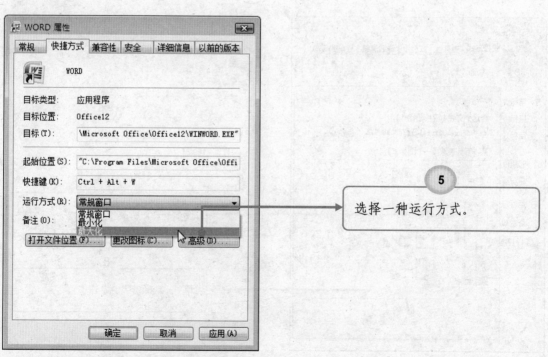

5 选择一种运行方式。

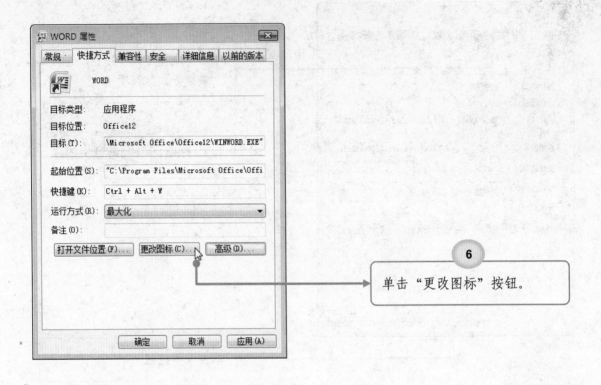

6

单击"更改图标"按钮。

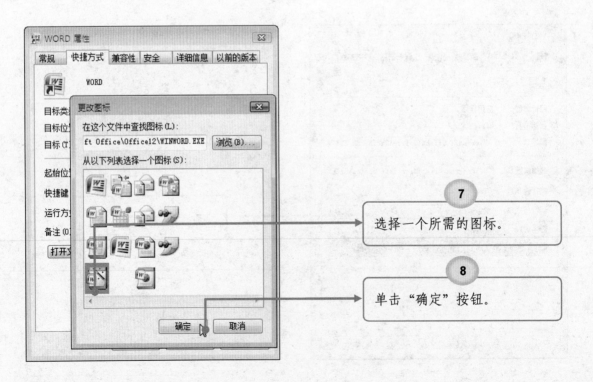

7

选择一个所需的图标。

8

单击"确定"按钮。

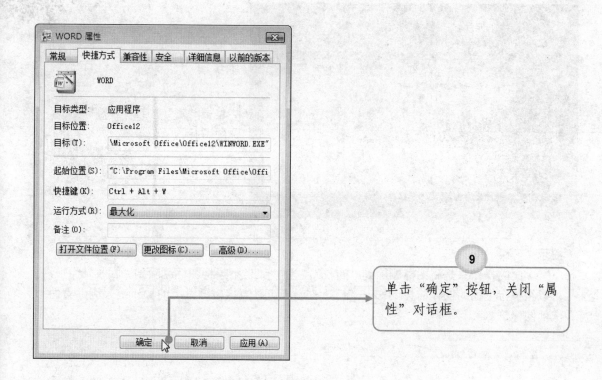

9

单击"确定"按钮，关闭"属性"对话框。

1.7.3　删除快捷方式

桌面上的图标太多，查找起来很不方便，如果是不用的桌面图标，可以将其删除掉。要删除桌面图标，其操作步骤如下：

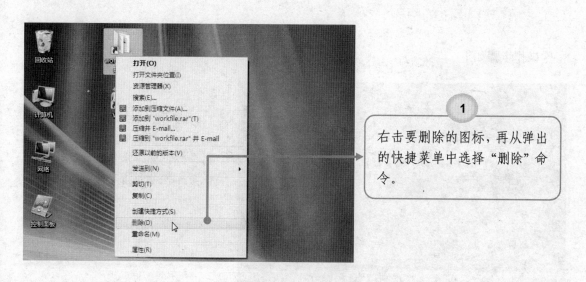

1

右击要删除的图标，再从弹出的快捷菜单中选择"删除"命令。

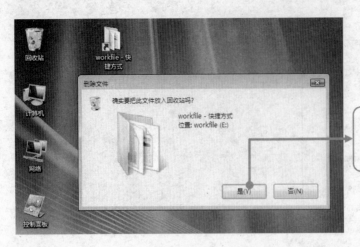

2

单击"是"按钮，将删除选定的图标。

提示

上面的操作只是将图标删除到"回收站"中，如果不想将图标删除到"回收站"中，可以在执行上面的操作前按下 Shift 键。另外，还可以直接按键盘上的 Del 键来删除桌面上的图标。

1.8 排列桌面图标

随着电脑使用时间的增加，桌面上可能会增加很多图标，有安装程序时创建的图标，也有我们创建的文件或文件夹等图标。为了更好地利用好桌面图标，用户可以对桌面图标进行一些操作，比如，移动图标、排列桌面图标等。

1.8.1 移动桌面上的图标

操作步骤如下：

在图标上按住鼠标左键，拖拉到目标位置后松开鼠标，即可将图标移动到指定位置。

1.8.2　排列桌面上的图标

　　桌面上的图标多过，会使得桌面很乱，不利于我们对桌面图标的操作。在这种情况下，我们可以对桌面图标进行排列。要排列桌面上的图标，其操作步骤如下：

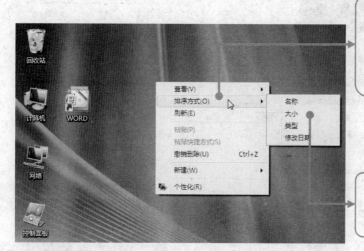

1 在桌面上的空白位置右击，从弹出的快捷菜单中选择"排序方式"命令，会出现一个级联菜单。

2 从中选择一项，即按对应的方式进行排序。

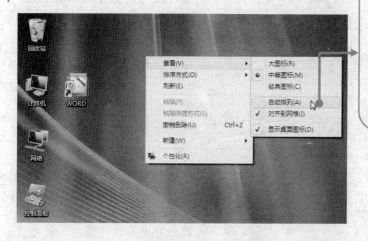

3 右击桌面，然后选择"查看"→"自动排列"命令，桌面上的图标便会自动调整各自的位置。如果想以手动拖拉的方式来排列图标，那么请不要选中"自动排列"命令。

1.9　寻求帮助

　　如果在使用 Windows Vista 的过程中遇到任何问题和不解之处，都可以通过 Windows Vista 的"帮助和支持中心"来获取帮助，它是我们学习使用 Windows Vista 的好助手。其操作步骤如下：

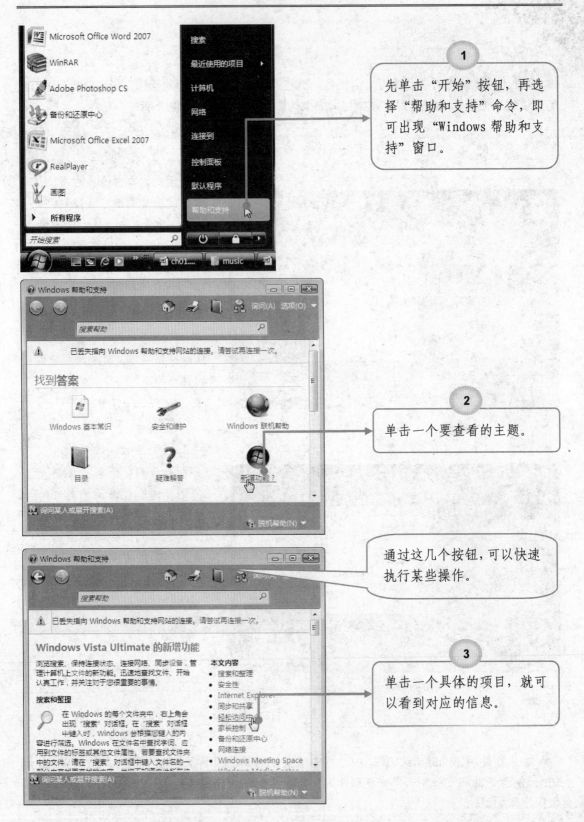

1

先单击"开始"按钮，再选择"帮助和支持"命令，即可出现"Windows 帮助和支持"窗口。

2

单击一个要查看的主题。

通过这几个按钮，可以快速执行某些操作。

3

单击一个具体的项目，就可以看到对应的信息。

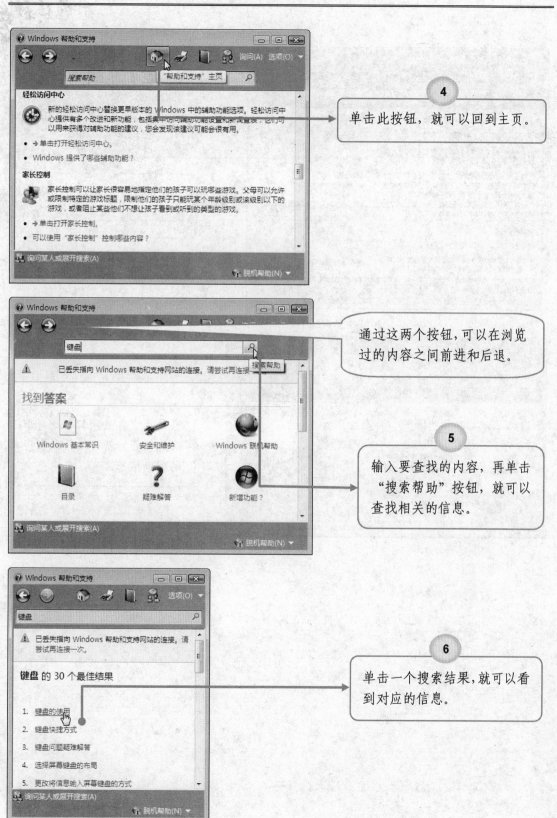

4

单击此按钮，就可以回到主页。

通过这两个按钮，可以在浏览过的内容之间前进和后退。

5

输入要查找的内容，再单击"搜索帮助"按钮，就可以查找相关的信息。

6

单击一个搜索结果，就可以看到对应的信息。

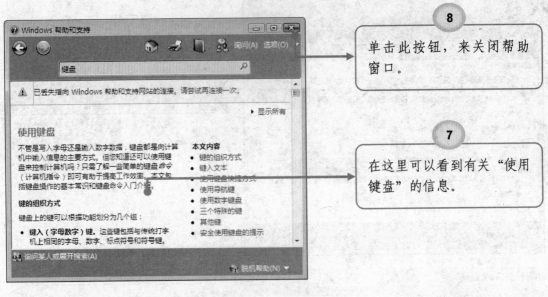

8
单击此按钮，来关闭帮助窗口。

7
在这里可以看到有关"使用键盘"的信息。

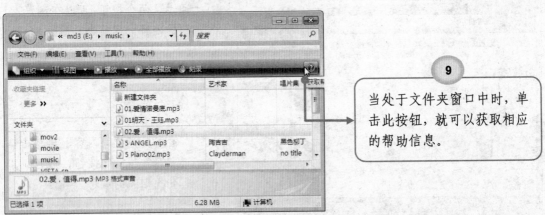

9
当处于文件夹窗口中时，单击此按钮，就可以获取相应的帮助信息。

第2章 键盘和汉字输入法

利用计算机进行文字输入，是掌握计算机技能的基本要求，也是熟练使用计算机的基础。本章将介绍键盘和汉字输入法的相关知识。

2.1 使用键盘

键盘作为计算机中最基本、最重要和最早使用的输入设备，在计算机的发展史中起着举足轻重的作用。

2.1.1 认识键盘

107 键键盘是一款常用的键盘，其外观如图 2-1 所示。

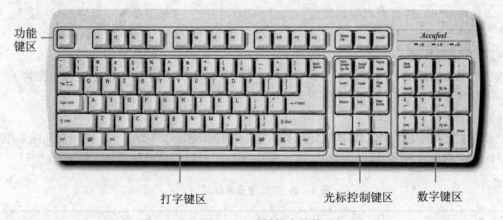

图 2-1　107 键键盘的外观

根据键盘功能的不同，可以把键盘划分为 4 个区域：功能键区、打字键区（也是主键盘区）、光标控制键区和数字键区。

1. 功能键区

功能键区一共有 16 个键，位于键面的顶端，排列成一行。最左边的是 Esc 键，中间的 12 个键从左至右依次是 F1~F12。此外，还有 Wake Up 键、Sleep 键和 Power 键。它们的功能如表 2-1 所示。

表 2-1　功能键及其说明

按　　键	名　　称	说　　明
Esc	强行退出键	Esc是英文Escape的缩写。它的功能是取消当前的操作、退出当前环境、返回原菜单等
F1 到 F12	特殊功能键	这12个功能键在不同的应用软件和程序中有各自不同的定义。但一般情况下将F1键设为帮助键
Wake Up	唤醒键	按下此键，可以使计算机从睡眠状态恢复到初始状态（此功能需要操作系统和计算机主板的支持）
Sleep	睡眠键	按下此键，可以使计算机处于睡眠状态（此功能需要操作系统和计算机主板的支持）
Power	关机键	按下此键，可以关闭计算机电源（此功能需要计算机主板的支持）

2. 打字键区

打字键区是整个键盘的主要部分，位于功能键区的下方，并且是 4 个键区中键数最多的，其中包括 26 个字母键、21 个数字符号键、14 个控制键。

（1）字母键

字母键的键面刻有英文大写字母，从 A~Z。只要按一下某个字母键，就可以输入相应的字母。运用 Shift 键可以对字母键进行大写和小写切换。字母键是学习打字必须要熟练掌握的。

（2）数字符号键

数字符号键的键面上都刻有一上一下两种符号，故又称双字符键。上面的符号称为上档符号，下面的称为下档符号。主要用于输入阿拉伯数字和常用的标点符号。

（3）控制键

控制键主要用于辅助执行某些特定操作。控制键中的 Shift、Ctrl、Alt 键和"开始菜单"键各有两个，它们在打字键区的两边呈基本对称分布。它们的功能如表 2-2 所示。

表 2-2　控制键及其说明

按　　键	名　　称	说　　明
Back Space	退格键	按下该键可使光标左移一个位置，同时删除原来位置上的字符
↵ Enter	回车键	按此键表示开始执行所输入的命令；在进行录入操作时，按此键后，光标移至下一行
Tab	制表键	Tab是英文Table的缩写。按下此键，光标向右移动一个制表符的距离（默认为8个英文字符）

续表

按　键	名　称	说　明
Caps Lock	大写锁定键	按下该键时，可将字母键锁定为大写状态，而对其他键没有影响。当再按下该键时即可解除大写锁定状态
↑ Shift	上档键（也叫换档键）	该键应与其他键同时使用，按下此键后，输入的字母均处于大写字母状态，双字符键处于上档符号状态
Ctrl	控制键	Ctrl是英文Control的缩写。该键用于和其他键组合使用，可完成特定的控制功能
Alt	转换键	Alt是英文Alternating的缩写。该键不单独使用，在与其他键组合使用时产生一种转换状态。比如，在Windows Vista中，按下Ctrl+Alt+Del组合键将打开系统任务列表
⊞	"开始菜单"键	该键键面上印有Windows窗口图案，在Windows Vista操作系统中，按下该键后会打开"开始"菜单
▤	"快捷菜单"键	该键位于打字键区右下角的"开始菜单"键和Ctrl键之间，在Windows Vista操作系统中，按下此键后会弹出相应的快捷菜单
	空格键	键盘上最长的键，按下此键便输入一个空格，同时光标右移一个字符

3．光标控制键区

光标控制键区一共有 13 个键，位于打字键区和数字键区之间。它们的功能如表 2-3 所示。

表 2-3　光标控制键区的按键及其说明

按　键	名　称	说　明
Print Screen Sys Rq	屏幕复制键	按下此键可将当前屏幕复制到剪贴板，然后用Ctrl+V组合键可以把屏幕图片粘贴到目标位置
Scroll Lock	屏幕锁定键	在Windows Vista中基本不怎么使用
Pause Break	暂停/中止键	同时按下Ctrl键和Pause Break键，可强行中止程序的运行
Insert	插入键	此键用来进行插入和改写状态的转换。按一下该键进入"插入"状态，再按一下进入"改写"状态，多用于文本编辑操作
Home	起始键	按下此键，光标移至当前行的行首。同时按下Ctrl键和Home键，光标移至首行行首

按　　键	名　　称	说　　明
End	终点键	按下此键，光标移至当前行的行尾。同时按下Ctrl键和End键，可将光标移至末行行尾
Page Up	向前翻页键	按下此键，可以翻到上一页
Page Down	向后翻页键	按下此键，可以翻到下一页
Delete	删除键	每按一次此键，便删除光标所在位置的字符并使光标后的字符向前移
↑	光标上移键	按下此键，光标移至上一行
↓	光标下移键	按下此键，光标移至下一行
←	光标左移键	按下此键，光标向左移动一个字符位
→	光标右移键	按下此键，光标向右移动一个字符位

4. 数字键区

数字键区主要用于数据的输入和处理，也叫小键盘区或副键盘区。实际上，键盘有两个数字键区。位于键盘左边的数字键区是人们常用的数字键区。输入数据时，要求双手输入，即像按字母键一样，手指按完数字键后仍要返回基准键位上。

在需要输入大量的数字时，使用键盘左边的数字键输入速度比较慢，因此，在右边设计了小键盘区，主要是为了财会和银行工作人员操作方便。输入时，要求右手单手输入，它们的具体功能如表 2-4 所示。

表 2-4　数字键区的按键及其说明

按　　键	名　　称	说　　明
Num Lock	数字锁定键	按下该键，数字指示灯亮起时，副键盘的输入字符均视为数字；数字指示灯熄灭时，副键盘作为光标控制键
+	加号键	进行加法运算
−	减号键	进行减法运算
*	乘号键	进行乘法运算

续表

按　键	名　称	说　明
/	除号键	进行除法运算
. Del	小数点/删除键	作为小数点键使用时，用于输入小数点。作为删除键使用时，其作用与Delete键相同

5．键盘指示灯区

在计算机键盘的右上方有 3 个指示灯，分别是 Num Lock、Caps Lock、Scroll Lock。其中 Num Lock 和 Caps Lock 分别表示数字键盘的锁定与大写锁定，Scroll Lock 一般没有用。

2.1.2　正确使用键盘

正确的打字方法是"触觉打字法"，又称"盲打法"。所谓"触觉"是指打字时敲击按键靠手指的感觉而不是靠用眼看的"视觉"。采用"触觉打字法"，就能做到眼睛看稿件，手指管打字，各司其职，通力合作，从而大大提高打字的速度。

1．正确的操作姿势

正确的键盘操作姿势对初学者至关重要。如果姿势不当，则在输入的过程中容易疲劳，也会影响输入速度。

在桌子和椅子的高度适合的前提下，正确的键盘操作姿势是：上臂和肘部应靠近身体，下臂和腕略向上倾斜，与键盘保持相同的斜度。手指微曲，轻轻放在与各手指相关的基准键位上，座位的高低应便于手指操作。双脚踏地，切勿悬空。为使身体得以平衡，坐时应使身体躯干挺直而微前倾，全身自然放松，如图 2-2 所示。

图 2-2　正确的操作姿势

2．基准键位和手指分工

位于打字键区第 3 行的 A、S、D、F 和 J、K、L、;8 个字符键称为基准键。其中的 F 键和 J 键称为原点键。这 8 个基准键是左右手指固定的位置。手指在基准键上的定位如图 2-3 所示。

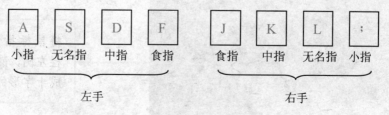

图 2-3　手指在基准键上的定位

手指定位后，不得随意把手指移开，更不能放错位置。在打字过程中，每个手指只能击打指法所规定的字符键，击完键后，手指必须立刻返回到对应的基准键上。

手指在打字键区的分工如图 2-4 所示。

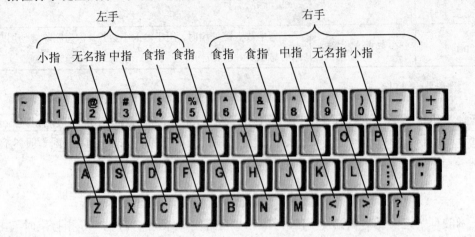

图 2-4　手指在打字键区的分工

大拇指专门击打空格键。当左手击完字符键需按空格键时，用右手大拇指击打空格键；反之，则用左手大拇指击打空格键。

2.2　Windows 语言栏

Windows Vista中有一个可以随意移动的语言栏，通过语言栏可以选择中英文输入法、查看输入帮助和设置输入法选项等。

2.2.1　移动语言栏

当语言栏处于浮动状态时（即未嵌入任务栏时），可以将其移动到屏幕上的任意位置。

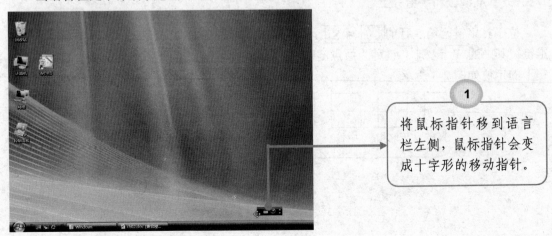

1

将鼠标指针移到语言栏左侧，鼠标指针会变成十字形的移动指针。

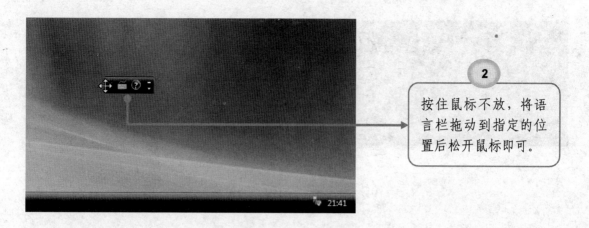

②

按住鼠标不放，将语言栏拖动到指定的位置后松开鼠标即可。

2.2.2　最小化/还原语言栏

如果觉得语言栏占用屏幕空间，可以将其最小化为任务栏上的一个图标，需要时还可以将其重新显示出来。

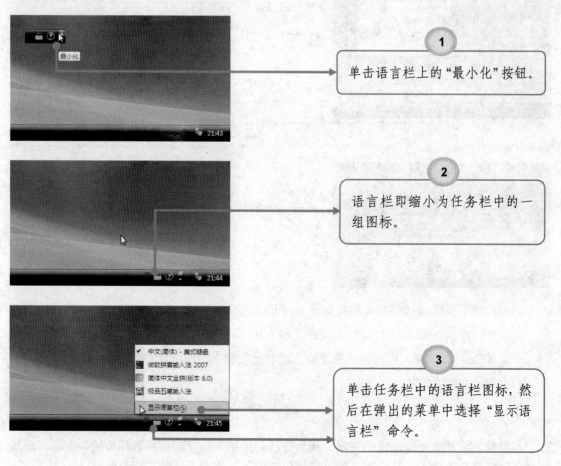

①

单击语言栏上的"最小化"按钮。

②

语言栏即缩小为任务栏中的一组图标。

③

单击任务栏中的语言栏图标，然后在弹出的菜单中选择"显示语言栏"命令。

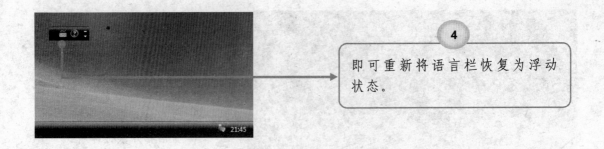

④ 即可重新将语言栏恢复为浮动状态。

2.3 选择输入法

中文 Windows Vista 自带有微软拼音输入法、智能ABC输入法、全拼输入法、郑码输入法等几种中文输入法。默认状态下，Windows Vista 处于英文输入方式的状态。要输入中文，首先要选择一种中文输入法。

使用鼠标选择输入法的方法如下：

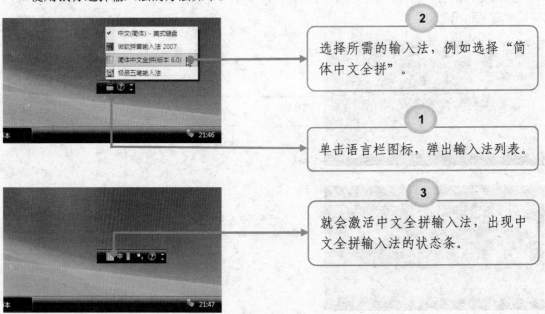

② 选择所需的输入法，例如选择"简体中文全拼"。

① 单击语言栏图标，弹出输入法列表。

③ 就会激活中文全拼输入法，出现中文全拼输入法的状态条。

另外，还可以通过按键盘上的快捷键来打开或切换输入法。

◇ 按 Ctrl +空格键，可打开或关闭中文输入法。

◇ 按 Ctrl + Shift 键，可在各种中文输入法和英文输入法之间顺序循环切换。

2.4 使用输入法

每种输入法都有不同的编码方案，例如智能ABC输入法是采用拼音作为输入方法，而郑码则采用字形作为输入方法，本节将以微软拼音输入法为例介绍输入法的使用。

2.4.1 输入文字

下面将在"记事本"窗口中练习如何输入文字。操作步骤如下：

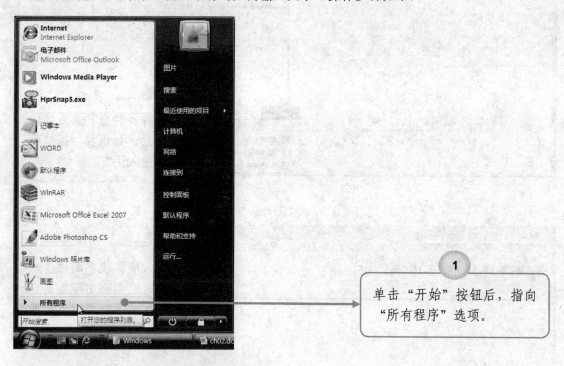

1 单击"开始"按钮后，指向"所有程序"选项。

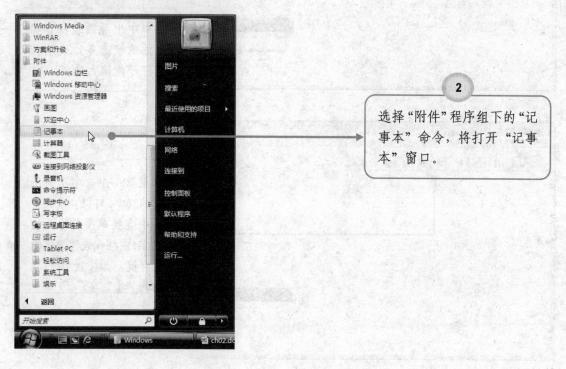

2 选择"附件"程序组下的"记事本"命令，将打开"记事本"窗口。

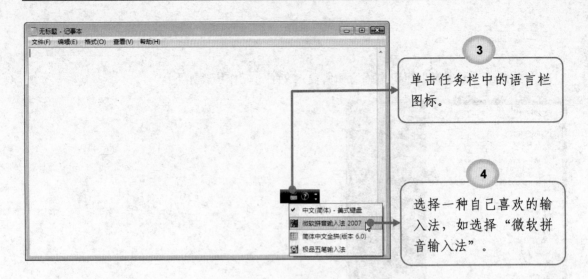

3

单击任务栏中的语言栏图标。

4

选择一种自己喜欢的输入法，如选择"微软拼音输入法"。

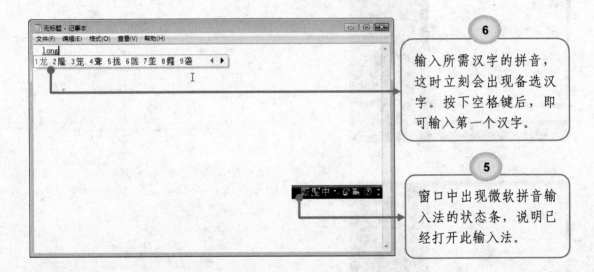

6

输入所需汉字的拼音，这时立刻会出现备选汉字。按下空格键后，即可输入第一个汉字。

5

窗口中出现微软拼音输入法的状态条，说明已经打开此输入法。

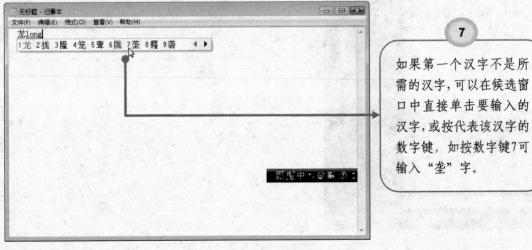

7

如果第一个汉字不是所需的汉字，可以在候选窗口中直接单击要输入的汉字，或按代表该汉字的数字键，如按数字键7可输入"垄"字。

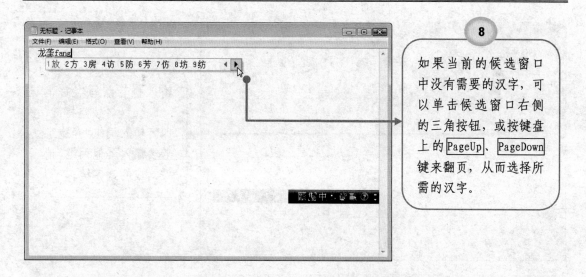

8

如果当前的候选窗口中没有需要的汉字，可以单击候选窗口右侧的三角按钮，或按键盘上的 PageUp 、 PageDown 键来翻页，从而选择所需的汉字。

提示

　　有些汉字的拼音无法输入，如"与"、"绿"等，原因是它们的拼音的韵母含有"ü"，而键盘上又没有这个键，这时就要用 v、u 来代替。当汉语拼音 n、l 跟 ü 相拼时，用 v 来代替 ü。例如，"绿"的拼音 lü 用 lv 代替；"女"的拼音 nü 用 nv 代替。当汉语拼音 j、q、x、y 跟 ü 相拼时，用 u 来代替 ü。例如，"举"的拼音 jü 用 ju 代替；"去"的拼音 qü 用 qu 代替等。

2.4.2　输入词组

　　使用微软拼音输入法可以直接输入词组，这样能够减少击键次数，加快输入速度。

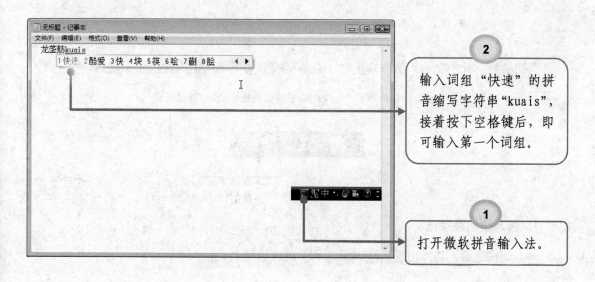

2

输入词组"快速"的拼音缩写字符串"kuais"，接着按下空格键后，即可输入第一个词组。

1

打开微软拼音输入法。

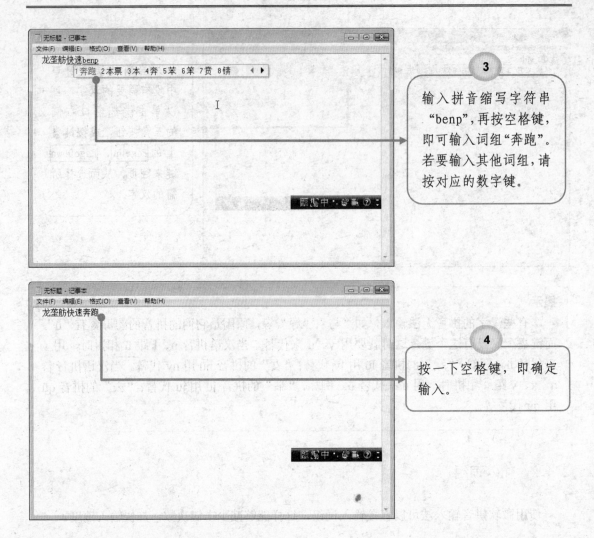

3 输入拼音缩写字符串 "benp"，再按空格键，即可输入词组"奔跑"。若要输入其他词组，请按对应的数字键。

4 按一下空格键，即确定输入。

2.4.3 输入法工具栏

当切换到一种中文输入法方式下时，会显示类似如下图所示的输入法工具栏。

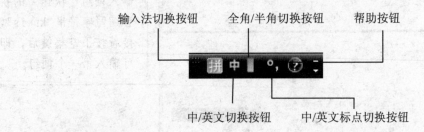

1. 输入法切换按钮

单击该按钮后，将弹出输入法列表，从中可以选择其他输入法。

2．中/英文切换按钮

单击该按钮，将在中文和英文输入之间切换。切换到英文输入时，该按钮显示字母"英"。输入汉字时，键盘应处于小写状态。

3．全角/半角切换按钮

单击该按钮或按 Shift +空格键可以在全角和半角之间切换。当按钮上显示一个正方形时，表示为全角方式；当按钮上显示一长方形时，表示为半角方式。在全角方式下，输入的英文字母、数字与在半角方式下输入的不同，它们需要占用一个汉字的宽度（两个字节）；在半角方式下输入的英文字母、数字只占一个字节的宽度。

4．中/英文标点切换按钮

单击该按钮或按 Ctrl + 键可以在中、英文标点符号之间切换。当按钮上显示为中文句号和逗号时，表示可以输入中文标点符号；当按钮上显示为英文句号和逗号时，表示可以输入英文标点符号。

5．帮助按钮

单击该按钮，将会看到语言栏的帮助信息。

2.5　添加/删除输入法

有时，Windows Vista 默认提供的输入法不能满足用户的需求，这就需要添加新的输入法。同时，对于那些几乎不使用的输入法，最好将它删除，这样可以减少按 Ctrl + Shift 组合键切换输入法时的按键次数。

2.5.1　安装 Windows Vista 提供的输入法

如果要安装 Windows Vista 提供的输入法，其操作步骤如下：

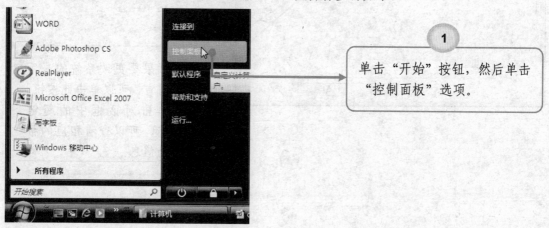

1

单击"开始"按钮，然后单击"控制面板"选项。

单击"更改键盘或其他输入法"超链接。

2

单击"键盘和语言"标签，进入"键盘和语言"选项卡。

3

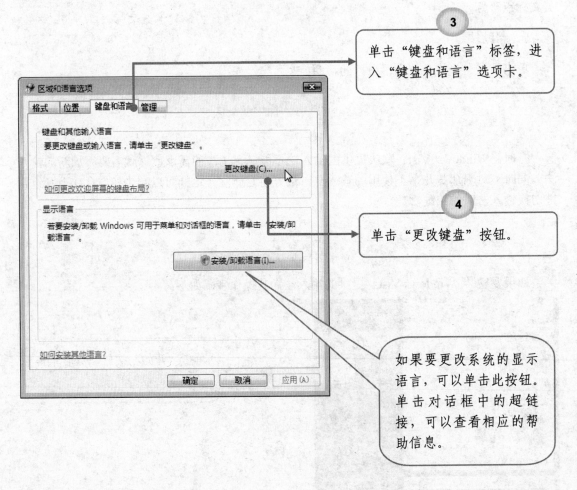

单击"更改键盘"按钮。

4

如果要更改系统的显示语言，可以单击此按钮。单击对话框中的超链接，可以查看相应的帮助信息。

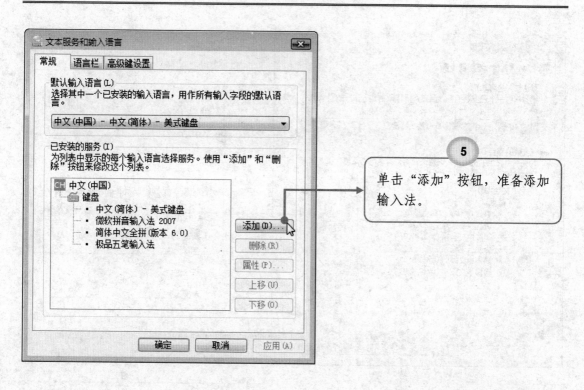

单击"添加"按钮，准备添加输入法。

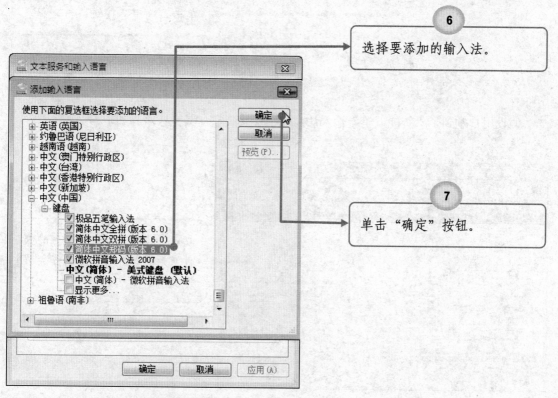

选择要添加的输入法。

单击"确定"按钮。

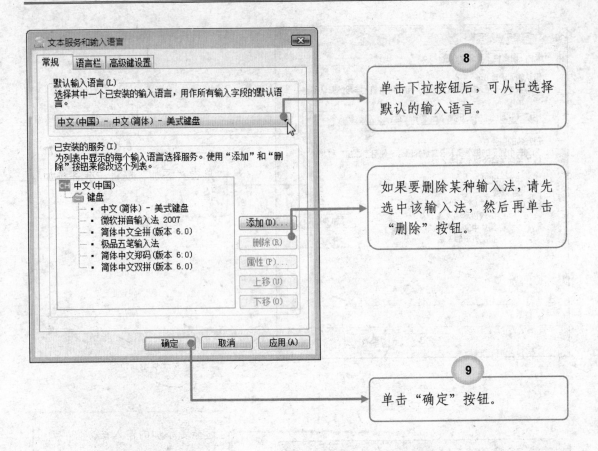

8 单击下拉按钮后，可从中选择默认的输入语言。

如果要删除某种输入法，请先选中该输入法，然后再单击"删除"按钮。

9 单击"确定"按钮。

2.5.2 安装其他输入法

假设用户拿到了"智能五笔"输入法，现在要安装它，其操作步骤如下：

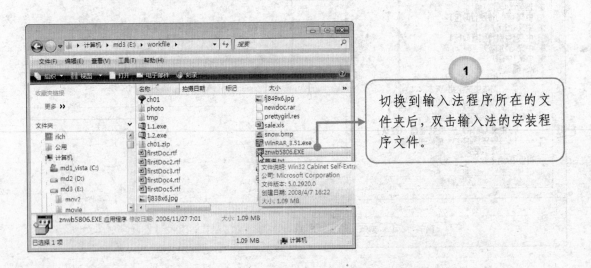

1 切换到输入法程序所在的文件夹后，双击输入法的安装程序文件。

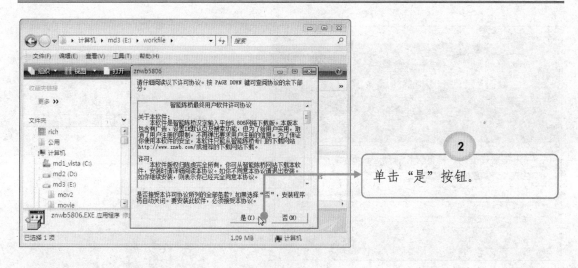

2

单击"是"按钮。

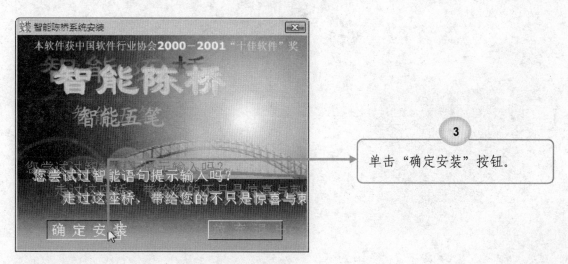

3

单击"确定安装"按钮。

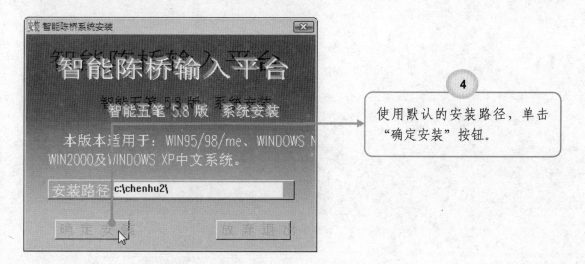

4

使用默认的安装路径，单击"确定安装"按钮。

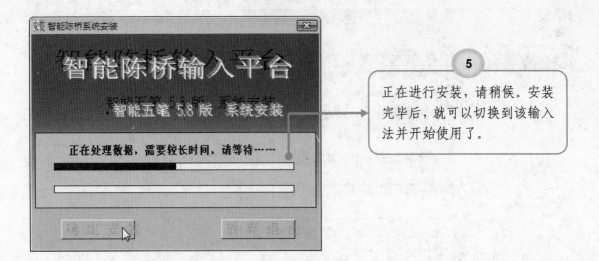

5

正在进行安装，请稍候。安装完毕后，就可以切换到该输入法并开始使用了。

第3章 管理我的电脑

计算机内包含了无数的文件和文件夹，在 Windows Vista 中，通过"资源管理器"和"计算机"窗口可以方便地组织、管理文件和文件夹。

3.1 文件和文件夹的基本操作

文件是计算机系统中数据组织的基本单位，文件夹则是分类存放文件的空间。

3.1.1 认识文件和文件夹

1. 文件

计算机中的所有数据都是以文件的形式存放在磁盘上的。文件是一组信息的集合，为了对各种各样的文件进行区分归类，计算机为不同的文件赋予不同的扩展名。

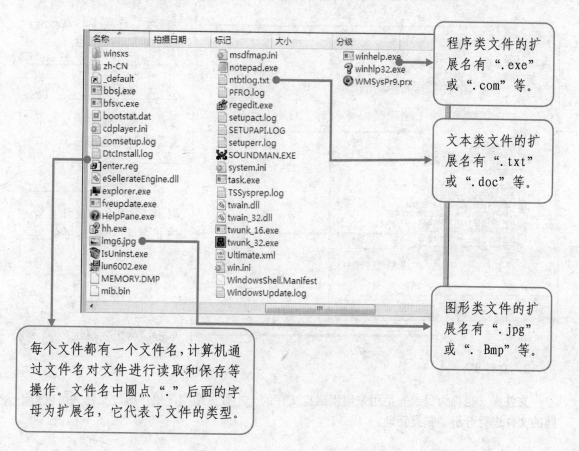

程序类文件的扩展名有".exe"或".com"等。

文本类文件的扩展名有".txt"或".doc"等。

图形类文件的扩展名有".jpg"或".Bmp"等。

每个文件都有一个文件名，计算机通过文件名对文件进行读取和保存等操作。文件名中圆点"."后面的字母为扩展名，它代表了文件的类型。

如果看不到扩展名，请进行如下设置：

1 从文件夹窗口的"工具"菜单中选择"文件夹选项"命令，打开"文件夹选项"对话框。

2 单击"查看"标签，进入"查看"选项卡，拖动滑块到列表框的中部。

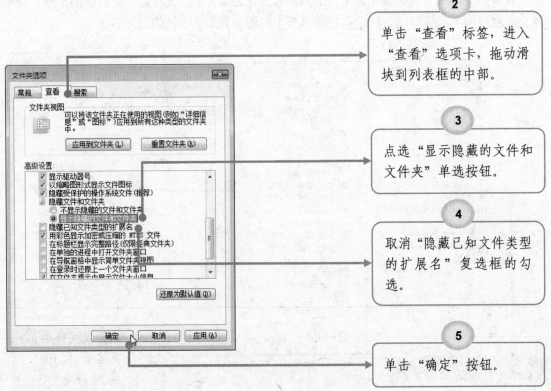

3 点选"显示隐藏的文件和文件夹"单选按钮。

4 取消"隐藏已知文件类型的扩展名"复选框的勾选。

5 单击"确定"按钮。

2. 文件夹

文件夹（也称为目录）是用来组织磁盘文件的一个数据结构，用户通过文件夹可以把不同的文件进行分组、归类管理。

文件夹就如同现实生活中的公文袋，通过把不同类别的文件存放在各自的文件夹中，便于文件的查找和管理。

1 双击某个文件夹（如 Web 文件夹），可以将它打开。

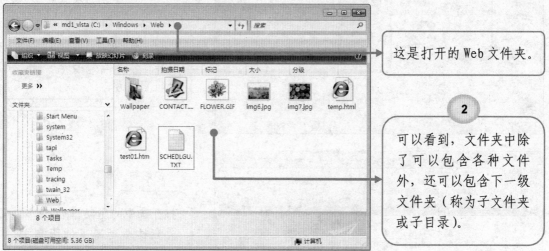

这是打开的 Web 文件夹。

2 可以看到，文件夹中除了可以包含各种文件外，还可以包含下一级文件夹（称为子文件夹或子目录）。

3.1.2　浏览计算机资源

下面带大家一起快速浏览一下计算机中的文件资源。

1．查看各个驱动器下的文件

驱动器就是我们所说软盘、硬盘、硬盘分区以及光驱。系统文件或用户文件都存放在这些驱动器中。查看驱动器中文件的操作步骤如下：

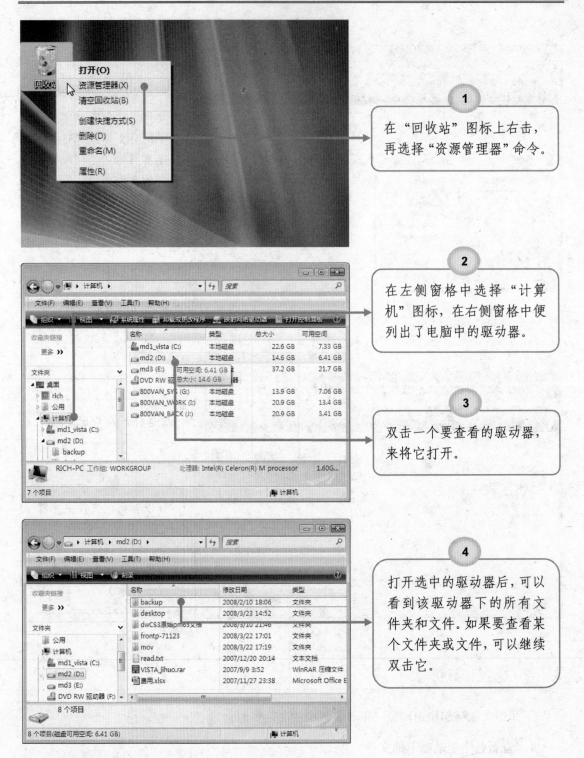

1 在"回收站"图标上右击，再选择"资源管理器"命令。

2 在左侧窗格中选择"计算机"图标，在右侧窗格中便列出了电脑中的驱动器。

3 双击一个要查看的驱动器，来将它打开。

4 打开选中的驱动器后，可以看到该驱动器下的所有文件夹和文件。如果要查看某个文件夹或文件，可以继续双击它。

2. 查看文件大小

有时候，我们需要了解文件或文件夹的大小，比如，发送电子邮件时，文件太大发送不了，就需要查看文件的大小，然后再做出相应的处理后再发送。下面我们就来介绍查看文件或文件夹大小的方法。

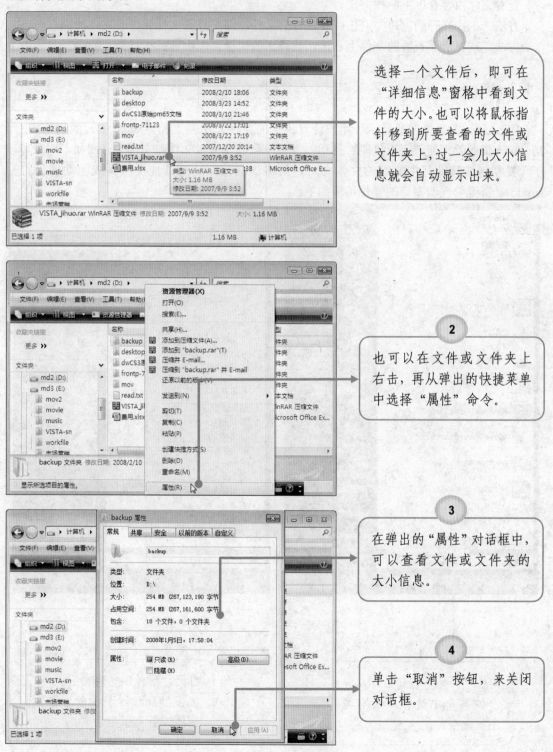

1

选择一个文件后，即可在"详细信息"窗格中看到文件的大小。也可以将鼠标指针移到所要查看的文件或文件夹上，过一会儿大小信息就会自动显示出来。

2

也可以在文件或文件夹上右击，再从弹出的快捷菜单中选择"属性"命令。

3

在弹出的"属性"对话框中，可以查看文件或文件夹的大小信息。

4

单击"取消"按钮，来关闭对话框。

3．查看文件内容

查看文件内容有以下两种方法。

方法一：在打开的窗口中双击所要查看的文件，即可打开文件并查看文件的内容。

方法二：在所要查看的文件上右击，从弹出的快捷菜单中选择"打开"命令。

3.1.3　Windows 资源管理器窗口

Windows 资源管理器显示了用户计算机上的文件、文件夹和驱动器的分层结构。使用 Windows 资源管理器，可以复制、移动、重新命名以及搜索文件和文件夹。例如，用户可以打开要复制或移动其中文件的文件夹，然后将该文件拖动到其他文件夹或驱动器。打开 Windows 资源管理器窗口的操作步骤如下：

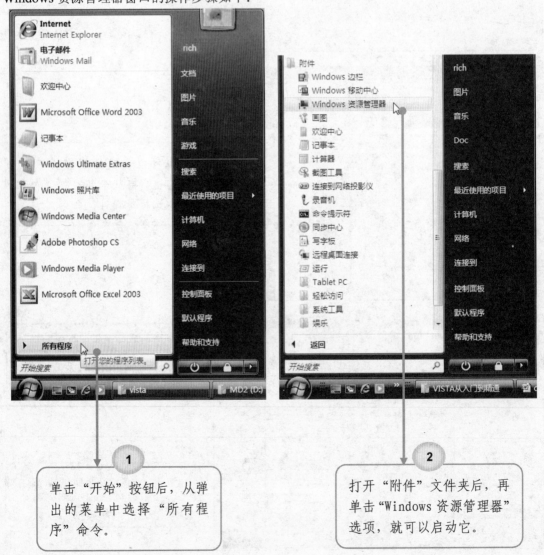

① 单击"开始"按钮后，从弹出的菜单中选择"所有程序"命令。

② 打开"附件"文件夹后，再单击"Windows 资源管理器"选项，就可以启动它。

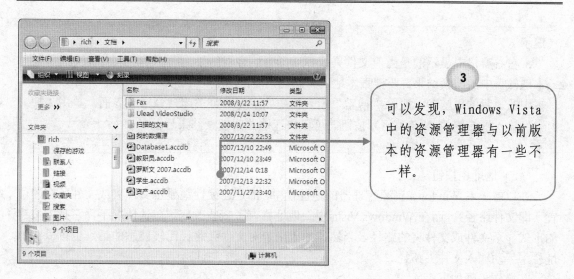

3
可以发现，Windows Vista 中的资源管理器与以前版本的资源管理器有一些不一样。

1．资源管理器窗口的组成

（1）搜索栏

在 Windows Vista 资源管理器窗口的右上角有一个搜索栏，通过它可以快速地定位当前文件夹下所需要的文件或文件夹。

操作步骤如下：

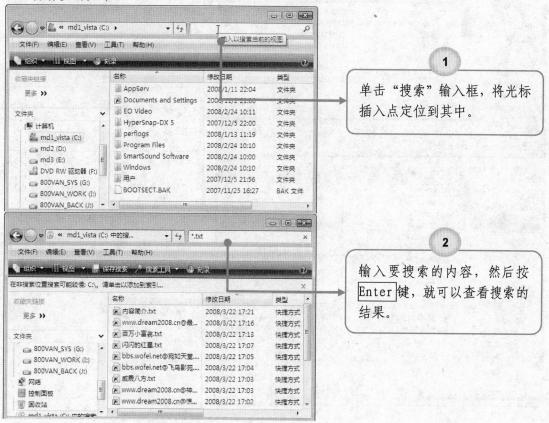

1
单击"搜索"输入框，将光标插入点定位到其中。

2
输入要搜索的内容，然后按 Enter 键，就可以查看搜索的结果。

提示

　　在右窗格中显示的是当前文件夹或驱动器中的搜索结果，而不是所有文件夹或所有本地磁盘中的搜索结果。要搜索本地所有磁盘，请在地址栏中选择"计算机"（即以前版本中的"我的电脑"）。删除"搜索"输入框中的字符即可关闭搜索结果界面，单击"搜索"输入框右侧的 × （关闭）按钮，可以快速地关闭搜索结果界面。

　　（2）地址栏按钮

　　在以前版本 Windows 资源管理器的地址栏中，都是连续性地显示文件夹或文件所在的位置（即文件路径）。而在 Windows Vista 中，地址栏有了一些改变。默认情况下，它是以按钮的形式显示文件或文件夹的路径。当然，如果用户对文件夹路径比较熟悉的话，也可以在地址栏中手动输入文件夹路径。

　　其操作步骤如下：

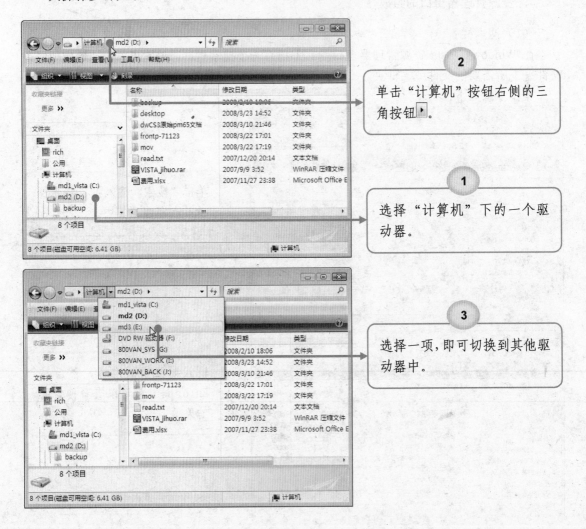

2 单击"计算机"按钮右侧的三角按钮▶。

1 选择"计算机"下的一个驱动器。

3 选择一项，即可切换到其他驱动器中。

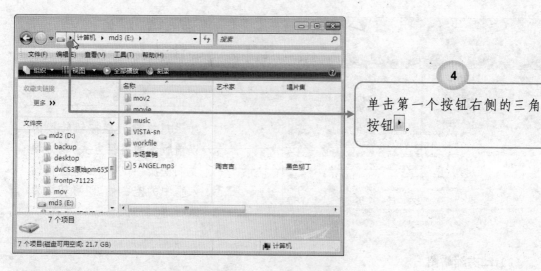

4

单击第一个按钮右侧的三角按钮 ▶。

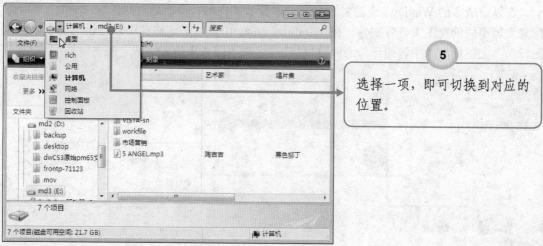

5

选择一项，即可切换到对应的位置。

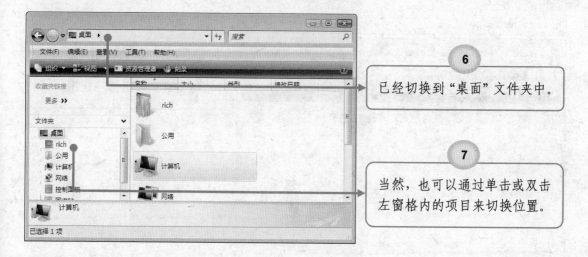

6

已经切换到"桌面"文件夹中。

7

当然，也可以通过单击或双击左窗格内的项目来切换位置。

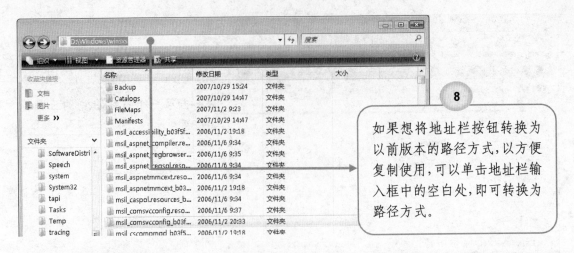

8

如果想将地址栏按钮转换为以前版本的路径方式，以方便复制使用，可以单击地址栏输入框中的空白处，即可转换为路径方式。

（3）动态缩略图

在以前版本的 Windows 资源管理器窗口中查看文件时，可选择"列表"、"平铺"、"详细信息"等不同的视图来查看文件。在 Windows Vista 中，除了这些视图外，还增加了"特大图标"、"大图标"、"中等图标"，并且可以让图标在不同大小的缩略图之间平滑地缩放。

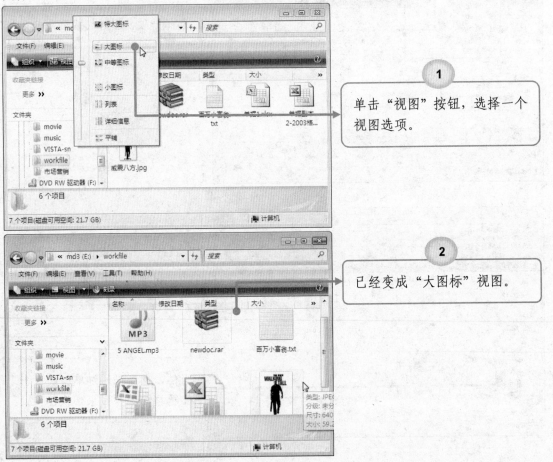

1

单击"视图"按钮，选择一个视图选项。

2

已经变成"大图标"视图。

提示

　　使用该功能会额外占用硬盘的空间，会严重影响系统的速度。如果想提升系统性能，可以禁用缩略图功能。方法为：打开资源管理器，按下键盘上的 Alt 键，显示出菜单栏。单击"工具"→"文件夹选项"命令，打开"文件夹选项"对话框。在"查看"选项卡中勾选"始终显示图标，从不显示缩略图"复选框，然后单击"确定"按钮即可。

　　（4）面板和窗格

　　与以前版本的 Windows 资源管理器窗口相比，Windows Vista 资源管理器窗口有了很大的变化，除了"导航窗格"外，在 Windows Vista 资源管理器窗口中还增加了"预览窗格"、"详细信息面板"。下面是 Windows XP 资源管理器窗口（左图）与 Windows Vista 资源管理器窗口（右图）的对比。

　　（5）导航窗格

　　位于资源管理器窗口的左侧，其中列出了本地磁盘中所有可供选择的对象，单击选择其中的对象，即可在文件预览区中看到选中对象内所包含的文件或文件夹。

　　（6）预览窗格

　　位于资源管理器窗口的右侧，当选中的对象为视频文件、图片文件和文本文件时，在预览窗格中显示其内容。默认情况下，预览窗格是被隐藏起来的，要打开预览窗格，可单击"组织"按钮，从弹出的下拉菜单中选择"布局"→"预览窗格"命令。

　　（7）详细信息面板

　　位于资源管理器窗口的下方，其中显示了选择对象的属性，包括创建对象的日期、时间、文件大小等。选择不同的对象，详细信息面板中显示的属性也会不同。

提示

　　对于习惯使用菜单操作的读者，也可以将隐藏的菜单栏显示出来。方法为：单击"组织"按钮，从弹出的下拉菜单中选择"布局"→"菜单栏"命令即可。如果是临时使用菜单，可以按键盘上的 Alt 键，菜单栏就会显示出来，使用完后又会被自动隐藏。

　　很多用户喜欢使用资源管理器的双窗格方式管理文件夹和文件，左窗格中显示系统中磁盘驱动器和文件夹名,右窗格显示活动文件夹中包含的子文件夹或文件。

2.改变显示环境

为了便于对文件进行诸如复制、移动或删除等操作,用户可以根据自己的需要和爱好调整资源管理器的显示环境,例如改变左右窗格的大小、显示或隐藏工具栏等。

(1)调整窗格尺寸

如果要调整窗格的尺寸,可以将鼠标指针移到资源管理器窗口中间的分隔条上,当鼠标指针变成水平双向箭头时,按住鼠标左键拖动分隔条,即可改变左、右窗格的大小。

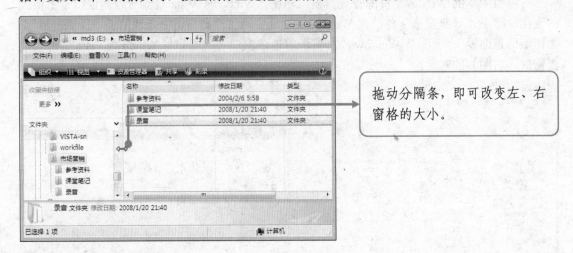

(2)显示或隐藏状态栏

资源管理器窗口中的状态栏按开关方式工作。如果没有显示状态栏,可以单击"查看"菜单中的"状态栏"命令显示状态栏,此时该命令左侧出现"✓"标记。如果已经显示状态栏,单击"查看"菜单中的"状态栏"命令即可隐藏状态栏,此时该命令左侧的"✓"标记消失。

由于状态栏中可以显示许多有用的信息,并且占用的空间不太大,因此最好显示状态栏。

(3)改变对象的显示方式

在资源管理器的"查看"菜单中,提供了7种改变对象显示方式的命令。

❖ 超大图标:以超大图标方式显示文件和文件夹对象。

❖ 大图标:以大图标方式显示文件和文件夹对象。

❖ 中等图标:以中等图标方式显示文件和文件夹对象。

❖ 小图标:以小图标方式显示文件和文件夹对象。

❖ 列表:以列表方式显示文件和文件夹对象。

❖ 详细信息:显示文件和文件夹对象的详细信息。

❖ 平铺:以平铺方式显示文件和文件夹对象。

(4)对象图标的排列

将资源管理器中的文件按照一定的规则排列,有助于用户很快地从杂乱无章的文件中找到所需的文件。Windows Vista 提供了多种排列文件的方式,如名称、类型、大小和日期等。

单击"查看"菜单中的"排序方式"命令，出现如下图所示的级联菜单。

选择一种排序方式。

在"排序方式"级联菜单中选择"名称"、"类型"、"大小"或"修改日期"命令，则可以将当前文件夹中的对象按名称中的字母顺序、按对象类型、按文件的字节多少或者按修改文件的日期进行排序。

如果希望在改变窗口的大小后，自动重新排列图标，单击"查看"→"自动排列"命令即可。

（5）刷新显示

对文件夹树的结构和文件夹中的文件经过多次变动后，右窗格中显示的内容可能不是按照最初设想的那样排序了，文件大小也可能发生了变化。例如，按名称排序时，有些文件应该显示在前面，但是因为它创建得比较晚，因而显示在后面。为了便于查找文件，可以单击"查看"菜单中的"刷新"命令（或按 F5 键），此时，右窗格中显示的内容将按指定的顺序重新排序。

3．展开和折叠文件夹

在资源管理器窗口的左窗格中，某个文件夹可能还包含子文件夹。用户可以展开该文件夹列表，从而显示子文件夹；也可以折叠文件夹列表，从而不显示子文件夹。为了能够清楚地知道某个文件夹下是否含有子文件夹，Windows 已经用图标做了标记。

文件夹图标前含有"▷📁"时，表示该文件夹含有子文件夹，可以将其展开；文件夹图标前含有"◢📁"时，表示该文件夹已被展开，可以将其关闭；文件夹图标前不含有任何小三角时，表示该文件夹中没有子文件夹，无法将其展开。

为了展开含有"▷📁"的文件夹，双击文件夹图标即可；为了折叠含有"◢📁"的文件夹，也可双击其图标。

3.1.4　选定文件或文件夹

对文件或文件夹进行移动、复制或删除等操作前，必须先选定它们，使文件或文件夹反白显示（或称为高亮显示）。

1．单个选定

如果要选定一个文件或文件夹，只需在资源管理器窗口中单击要选定的对象，被选定的文件或文件夹的图标将变为高亮显示。

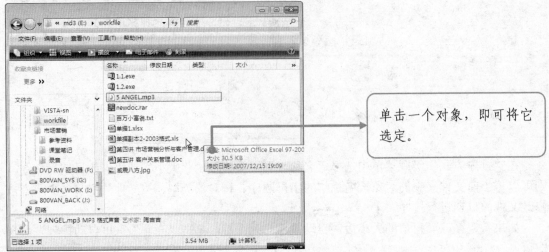

2．连续选定

如果要选定多个连续的文件或文件夹，可以按照下述步骤进行操作：

（1）单击第一个文件或文件夹。

（2）按住 Shift 键，再单击最后一个文件或文件夹，则两次单击之间的文件或文件夹将被选定，如下图所示。

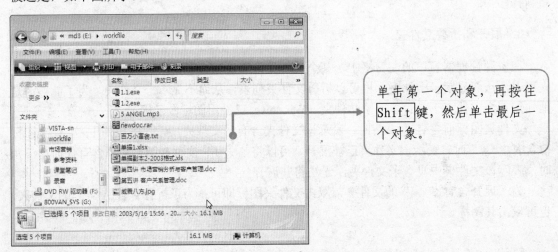

3．不连续选定

如果要选定的多个文件或文件夹并不相邻，可以按照下述步骤进行操作：

（1）单击第一个文件或文件夹。

（2）按住 Ctrl 键，再单击要选定的每个文件或文件夹，如下图所示。

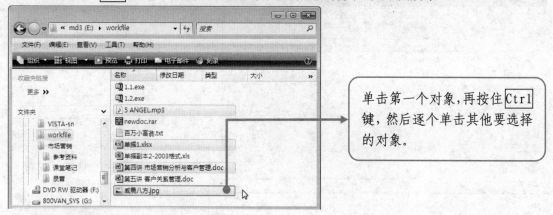

单击第一个对象，再按住 Ctrl 键，然后逐个单击其他要选择的对象。

4．取消选定

在资源管理器窗口中单击任意位置，可以将选定的文件全部取消。如果按住 Ctrl 键，再单击已经被选定的某个文件，可以取消对该文件的选定。

3.1.5　创建文件夹

在 Windows Vista 中创建文件夹的方法很多，既可以利用资源管理器创建文件夹，也可以在对话框中创建文件夹。

1．在资源管理器窗口中创建文件夹

如果想利用资源管理器窗口创建文件夹，可以按照下述步骤进行操作：

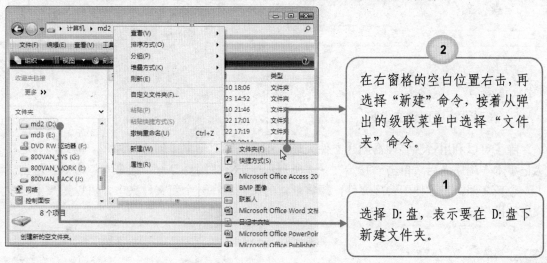

2 在右窗格的空白位置右击，再选择"新建"命令，接着从弹出的级联菜单中选择"文件夹"命令。

1 选择 D: 盘，表示要在 D: 盘下新建文件夹。

3 新建了一个空白文件夹，它默认的名字为"新建文件夹"。

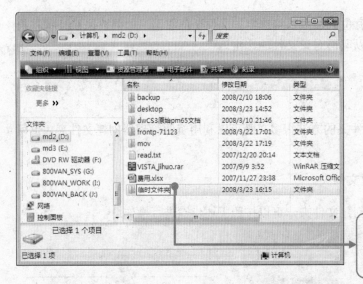

4 输入新的文件夹名字，然后按 Enter 键确认。

2. 在对话框中创建文件夹

除了可以利用资源管理器创建文件夹外，还可以在对话框中创建文件夹。例如，当运行"记事本"程序之后（单击"开始"→"所有程序"→"附件"→"记事本"命令），创建了一个新文档，为了便于管理文件，想将创建的文档放在一个新文件夹中，可以按照下述步骤进行操作：

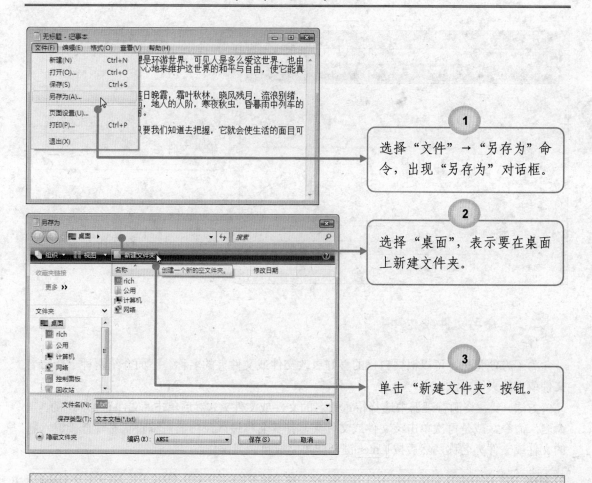

1 选择"文件"→"另存为"命令，出现"另存为"对话框。

2 选择"桌面"，表示要在桌面上新建文件夹。

3 单击"新建文件夹"按钮。

提示

　　拖动对话框的边框或角框，可以改变对话框的大小。这也是 Windows Vista 中改进的地方之一。

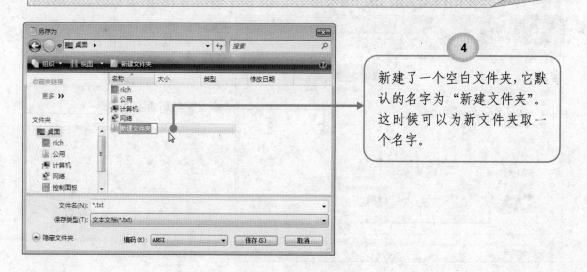

4 新建了一个空白文件夹，它默认的名字为"新建文件夹"。这时候可以为新文件夹取一个名字。

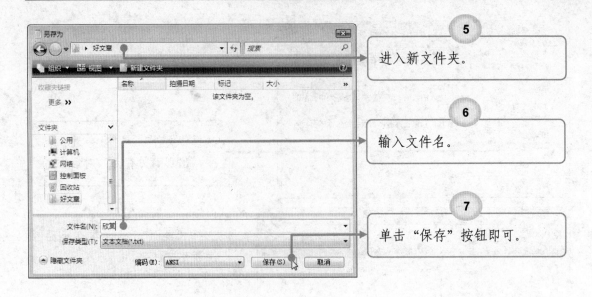

5 进入新文件夹。

6 输入文件名。

7 单击"保存"按钮即可。

3.1.6 重命名文件或文件夹

为了方便记忆，可以根据自己的喜好更改文件或文件夹的名称。下面介绍两种重新命名文件或文件夹的方法。

方法一：在资源管理器中选择待重命名的文件或文件夹，然后单击"文件"菜单中的"重命名"命令，或是再次单击该文件或文件夹，使其名称进入反白的可编辑状态，直接键入新的文件或文件夹名称，然后按 Enter 键，即可完成重命名操作。

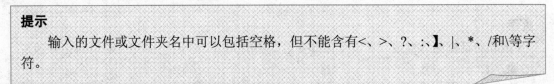

提示

输入的文件或文件夹名中可以包括空格，但不能含有<、>、?、:、】、|、*、/和\等字符。

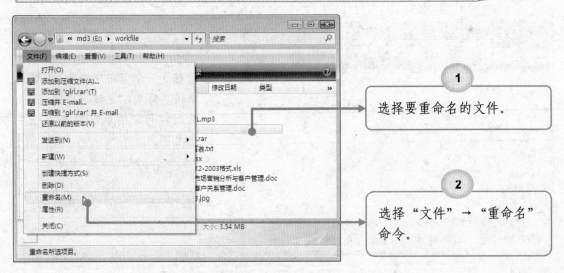

1 选择要重命名的文件。

2 选择"文件"→"重命名"命令。

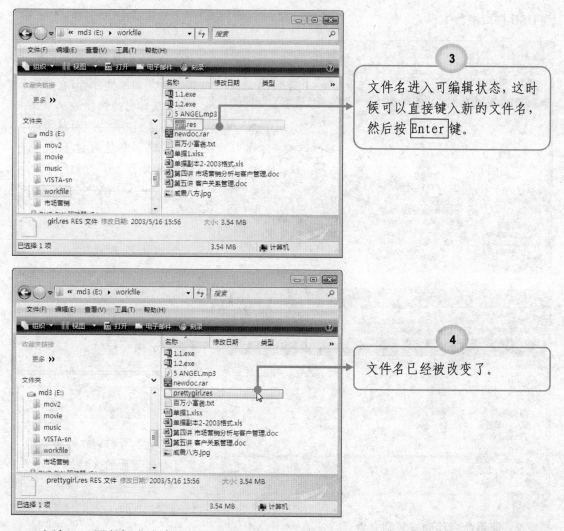

方法二：用鼠标右击桌面或资源管理器中待重命名的文件或文件夹，在弹出的快捷菜单中选择"重命名"命令，可使文件或文件夹的名称进入反白的可编辑状态，这时可以直接键入新的文件或文件夹名称，然后按 Enter 键，亦可完成重命名操作。

3.1.7　移动或复制文件

移动或复制文件是经常使用的文件操作。移动文件是指文件从原位置上消失，而出现在新位置处；复制文件是指原位置的文件仍然保留，而在新位置创建文件的备份。

1. 从硬盘向U盘复制文件

U 盘主要是通过 USB 接口来与电脑连接，所以在使用 U 盘时要将 U 盘插入电脑的 USB 接口中。当把 U 盘插入 USB 接口后，系统将自动检测到新硬件设备。

如果系统没有识别到 U 盘，可能是 U 盘没有插好，此时可以将 U 盘拔下然后重新插入到 USB 接口中。

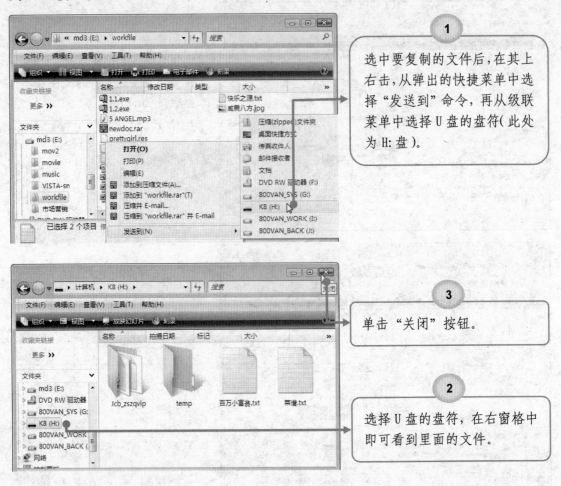

1 选中要复制的文件后,在其上右击,从弹出的快捷菜单中选择"发送到"命令,再从级联菜单中选择 U 盘的盘符(此处为 H: 盘)。

3 单击"关闭"按钮。

2 选择 U 盘的盘符,在右窗格中即可看到里面的文件。

2. 使用命令移动或复制文件

如果要使用命令移动或复制文件,可以按照下述步骤进行操作:

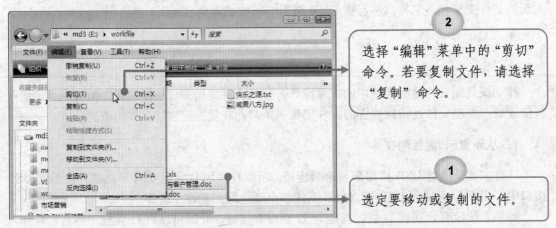

2 选择"编辑"菜单中的"剪切"命令。若要复制文件,请选择"复制"命令。

1 选定要移动或复制的文件。

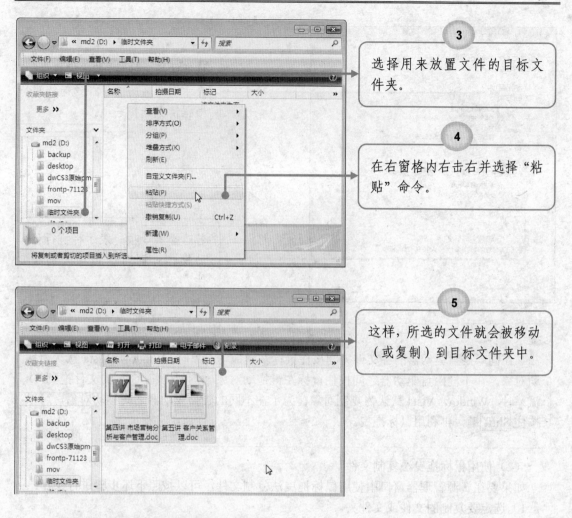

3 选择用来放置文件的目标文件夹。

4 在右窗格内右击右并选择"粘贴"命令。

5 这样,所选的文件就会被移动(或复制)到目标文件夹中。

3．使用鼠标拖曳法移动或复制文件

（1）使用鼠标拖曳法移动文件

如果要在资源管理器窗口中使用鼠标拖曳法移动文件,可以按照下述步骤进行操作:

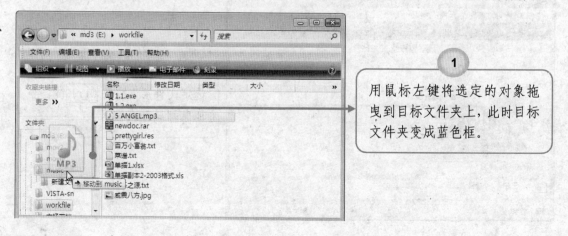

1 用鼠标左键将选定的对象拖曳到目标文件夹上,此时目标文件夹变成蓝色框。

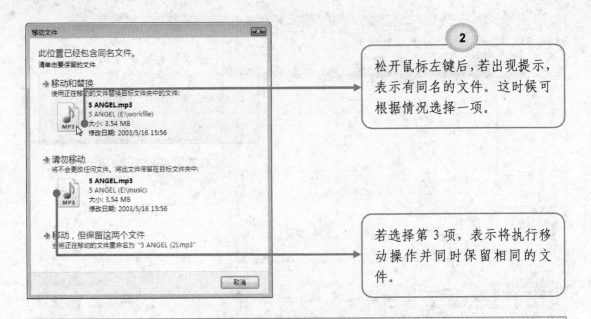

2

松开鼠标左键后，若出现提示，表示有同名的文件。这时候可根据情况选择一项。

若选择第 3 项，表示将执行移动操作并同时保留相同的文件。

（2）使用鼠标拖曳法复制文件

如果要在资源管理器窗口中使用鼠标拖曳法复制文件，可以按照下述步骤进行操作：

1）选定要复制的文件或文件夹。

2）按住 Ctrl 键，再用鼠标左键将选定的对象拖到目标文件夹，此时目标文件夹变成蓝色框，拖动过程中鼠标指针下方出现一个带有"+"的小方框，如下图所示。

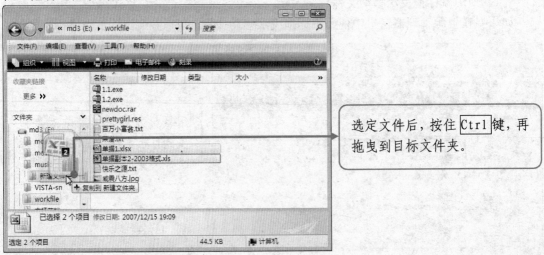

选定文件后，按住 Ctrl 键，再拖曳到目标文件夹。

3）松开鼠标左键和 Ctrl 键，选定的文件将被复制到目标文件夹中。

3.1.8　删除文件夹或文件

工作过程中，需要定期删除一些没有用的文件和文件夹，这样可以释放占用的磁盘空间。不管是文件还是文件夹，删除它们的操作步骤都是一样的。只是在删除文件夹时，会连同里面的文件一并删除。

1．将文件夹或文件放入回收站

如果要删除文件夹或文件，可以按照下述步骤进行操作：

（1）在资源管理器中选择要删除的对象。

（2）单击"文件"菜单中的"删除"命令，将出现"删除文件"对话框（如果选定删除的对象是文件夹，则会出现"删除文件夹"对话框）。

1 右击对象后选择"删除"命令，或者选定要删除的对象后按 Delete 键。

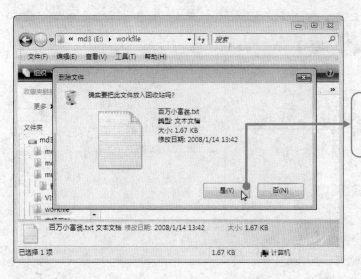

2 单击"是"按钮，即可将要删除的对象放入回收站。

提示

　　如果删除的是硬盘上的对象，那么删除时会被送入"回收站"文件夹中暂存起来。如果想直接删除硬盘上的对象而不将其放入"回收站"，只需在选定对象后按 Shift+Delete 键。如果删除的是 U 盘上的对象，那么删除时不会被放入"回收站"。

2．从回收站中恢复文件

　　当用户从硬盘上删除一个文件或文件夹时，Windows Vista 会将已经删除的文件或文件夹放入"回收站"中，并没有真正从磁盘中删除。如果发现误删了某个文件，还可以从"回收站"中恢复被删除的文件。

　　如果要恢复被删除的对象，可以按照下述步骤进行操作：

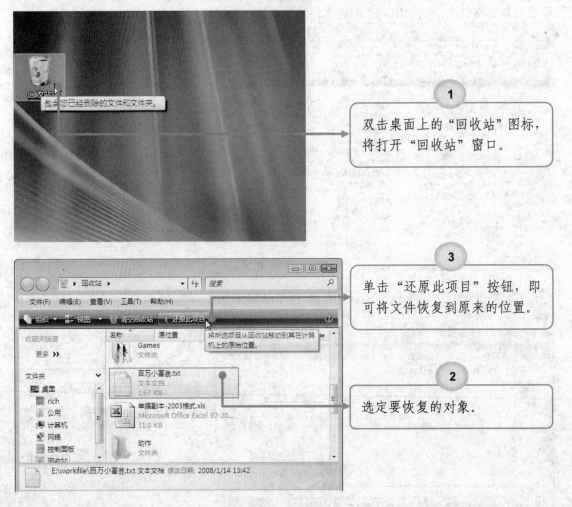

1 双击桌面上的"回收站"图标，将打开"回收站"窗口。

3 单击"还原此项目"按钮，即可将文件恢复到原来的位置。

2 选定要恢复的对象。

3．永久删除

如果确实认为放入"回收站"中的文件或文件夹没有保留价值，可以将其从计算机中永久删除。具体操作方法如下：

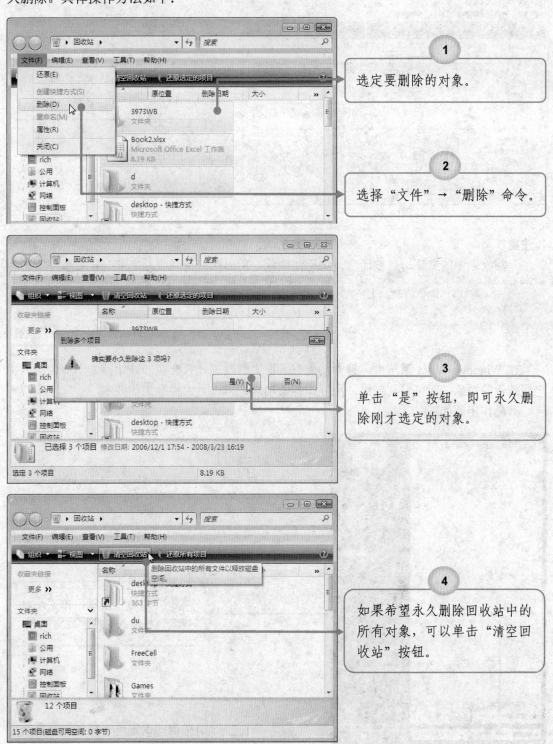

1　选定要删除的对象。

2　选择"文件"→"删除"命令。

3　单击"是"按钮，即可永久删除刚才选定的对象。

4　如果希望永久删除回收站中的所有对象，可以单击"清空回收站"按钮。

5

单击"是"按钮，回收站中的所有内容将全部被清除。

注意

回收站中的文件一旦被清空，将无法恢复，所以在清空回收站之前一定要多注意。

3.1.9　搜索文件或文件夹

在 Windows Vista 系统中，搜索功能有了很大的改进，只要在"开始搜索"框内输入用户要搜索的对象，即可看到结果。用好该搜索功能，可以大大提高工作效率。

其操作步骤如下：

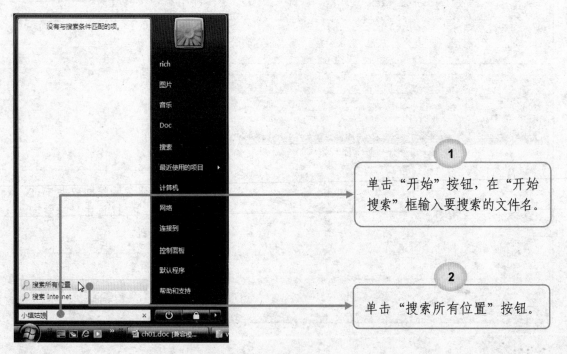

1

单击"开始"按钮，在"开始搜索"框输入要搜索的文件名。

2

单击"搜索所有位置"按钮。

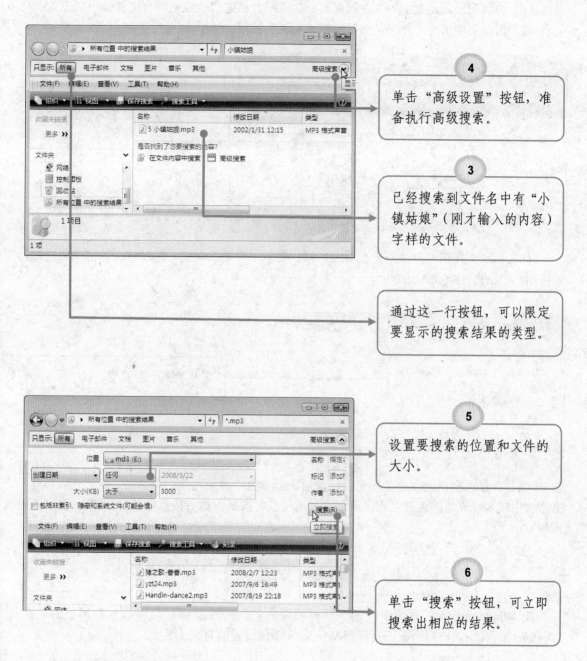

④ 单击"高级设置"按钮，准备执行高级搜索。

③ 已经搜索到文件名中有"小镇姑娘"（刚才输入的内容）字样的文件。

通过这一行按钮，可以限定要显示的搜索结果的类型。

⑤ 设置要搜索的位置和文件的大小。

⑥ 单击"搜索"按钮，可立即搜索出相应的结果。

3.1.10　刻录文件和文件夹

在 Windows Vista 中，刻录光盘的功能得到了加强，操作起来也更为方便。在执行刻录操作之前，请确保您的计算机中已经安装了刻录机（即刻录光驱）。

操作步骤如下：

（1）将要刻录到光盘中的文件收集到一起，最好将它们放到同一个文件夹中。

（2）选择要刻录的文件夹，然后单击"刻录"按钮。

单击"刻录"按钮。

（3）系统会弹出"刻录到光盘"对话框，提示用户插入光盘。同时还会弹出光驱托盘，等待用户把空白光盘放入光驱中。

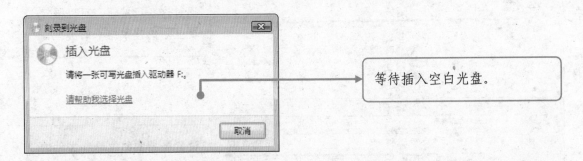

等待插入空白光盘。

（4）在插入空白光盘并关闭光驱托盘后，会弹出"刻录光盘"对话框。在"光盘标题"文本框中输入此光盘的标题名称，再单击"下一步"按钮，然后按照屏幕提示即可完成刻录操作。

3.2　让我的电脑更有个性

在 Windows Vista 系统中，几乎所有的硬件和软件资源都是可以设置和调整的，而 Windows Vista 中的控制面板正是管理 Windows 系统设置的有利工具。

3.2.1　认识控制面板

Windows 的控制面板中包含许多系统设置工具，可以用于调整系统的各种属性。其操作步骤如下：

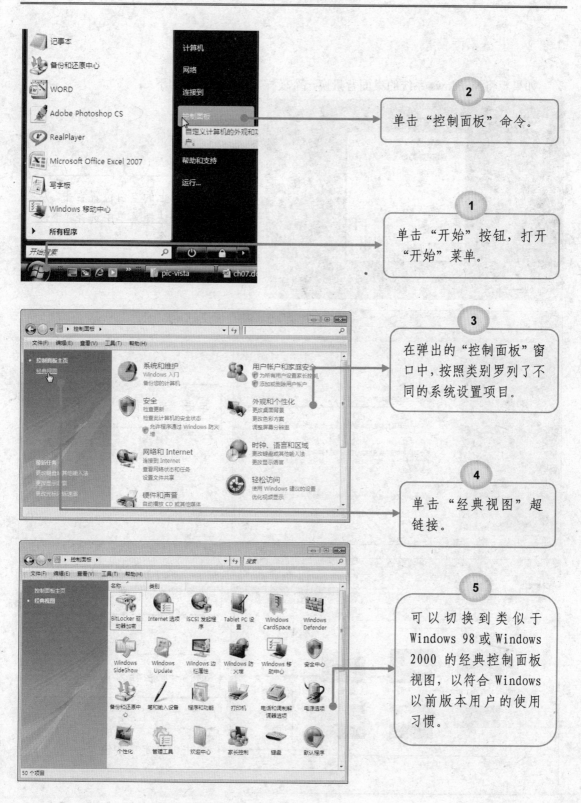

① 单击 "开始" 按钮，打开 "开始" 菜单。

② 单击 "控制面板" 命令。

③ 在弹出的 "控制面板" 窗口中，按照类别罗列了不同的系统设置项目。

④ 单击 "经典视图" 超链接。

⑤ 可以切换到类似于 Windows 98 或 Windows 2000 的经典控制面板视图，以符合 Windows 以前版本用户的使用习惯。

3.2.2 设置桌面背景

如果想将 Windows 系统的桌面背景换一个模样，其操作步骤如下：

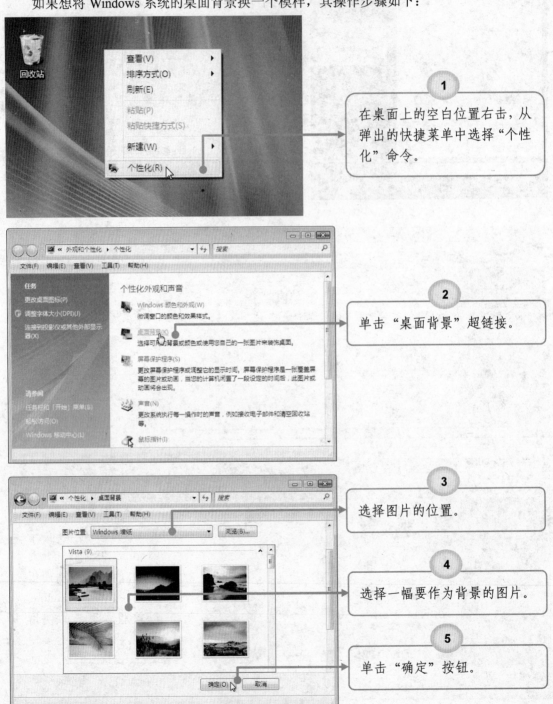

1 在桌面上的空白位置右击，从弹出的快捷菜单中选择"个性化"命令。

2 单击"桌面背景"超链接。

3 选择图片的位置。

4 选择一幅要作为背景的图片。

5 单击"确定"按钮。

提示

　　如果要将自己拍摄的照片或者硬盘中的其他图片用作桌面背景，可以通过上图中的"浏览"按钮来进行选择。

6

可以看到，现在的桌面背景已经变成了一幅风景画。

3.2.3　使用屏幕保护程序

　　所谓"屏幕保护程序"，就是指在一段指定的时间内没有使用鼠标或键盘操作时，在计算机屏幕上出现的移动的图片或图案。

　　要使用屏幕保护程序，其操作步骤如下：

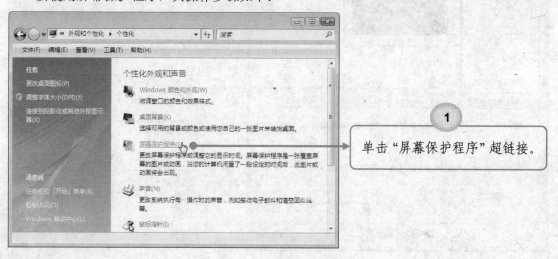

1

单击"屏幕保护程序"超链接。

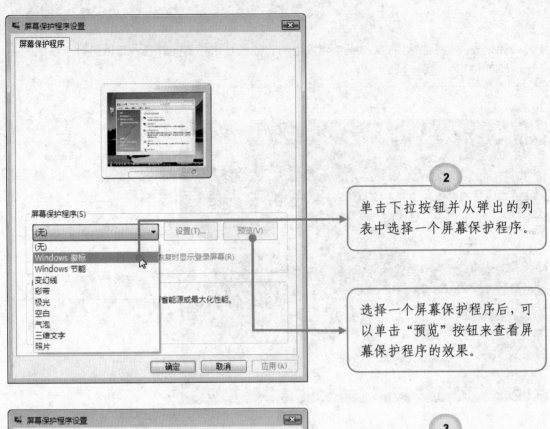

2

单击下拉按钮并从弹出的列表中选择一个屏幕保护程序。

选择一个屏幕保护程序后，可以单击"预览"按钮来查看屏幕保护程序的效果。

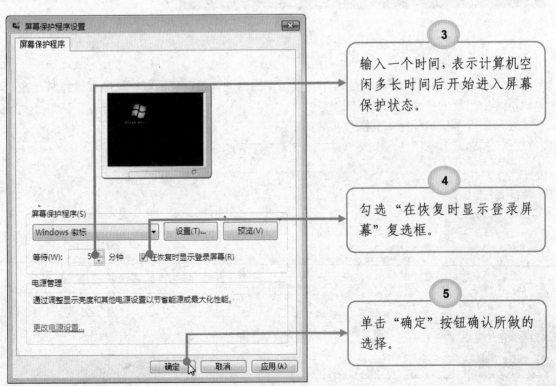

3

输入一个时间，表示计算机空闲多长时间后开始进入屏幕保护状态。

4

勾选"在恢复时显示登录屏幕"复选框。

5

单击"确定"按钮确认所做的选择。

提示

　　屏幕保护程序密码与当前用户的登录密码相同。如果没有设置使用密码登录功能，将不能设置屏幕保护程序密码。

3.2.4　设置屏幕分辨率或监视器的刷新频率

　　要设置屏幕分辨率或监视器的刷新频率，其操作步骤如下：

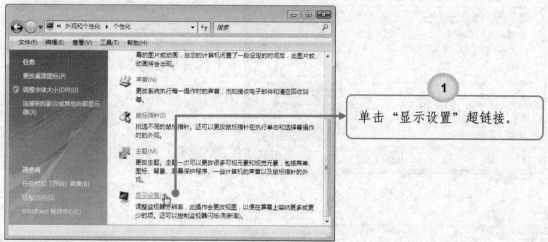

1 单击"显示设置"超链接。

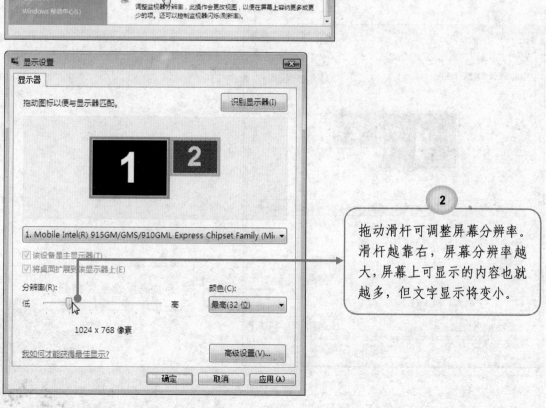

2 拖动滑杆可调整屏幕分辨率。滑杆越靠右，屏幕分辨率越大，屏幕上可显示的内容也就越多，但文字显示将变小。

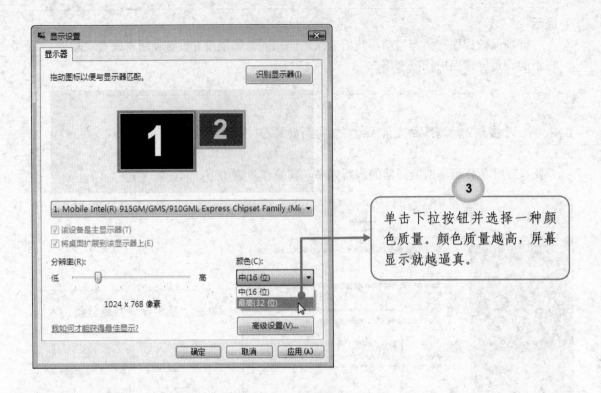

3

单击下拉按钮并选择一种颜色质量。颜色质量越高，屏幕显示就越逼真。

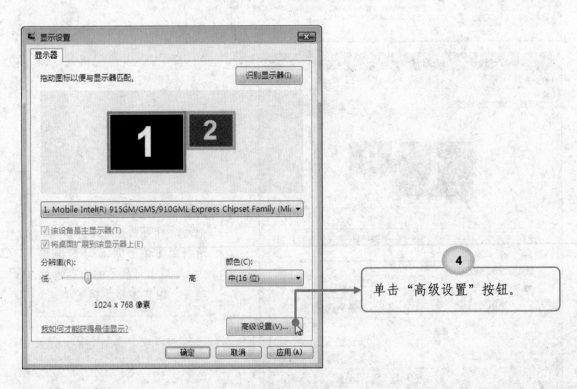

4

单击"高级设置"按钮。

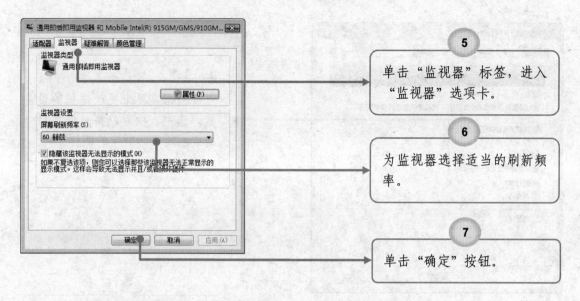

5 单击"监视器"标签，进入"监视器"选项卡。

6 为监视器选择适当的刷新频率。

7 单击"确定"按钮。

3.2.5 设置任务栏的属性

如果要对任务栏的相关选项做进一步设置，其操作步骤如下：

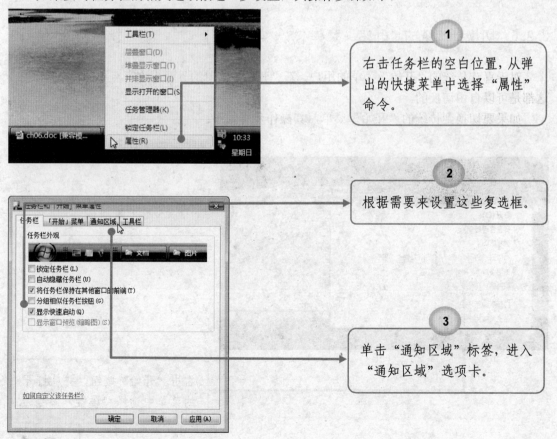

1 右击任务栏的空白位置，从弹出的快捷菜单中选择"属性"命令。

2 根据需要来设置这些复选框。

3 单击"通知区域"标签，进入"通知区域"选项卡。

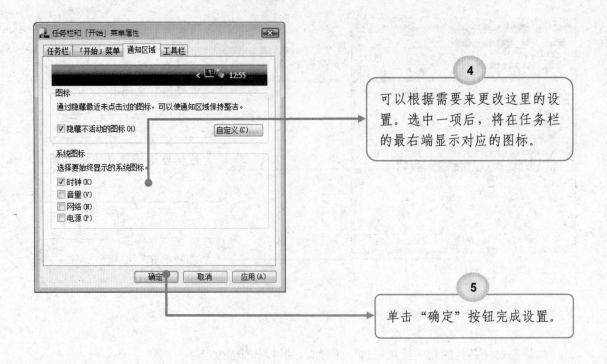

4 可以根据需要来更改这里的设置。选中一项后，将在任务栏的最右端显示对应的图标。

5 单击"确定"按钮完成设置。

3.2.6　切换到传统的"开始"菜单

对于喜欢传统的"开始"菜单的用户，新"开始"菜单的界面也许有点不习惯。没关系，这都是可以自由切换的。

如果要切换到传统的"开始"菜单，其操作步骤如下：

1 右击"开始"按钮，并从打开的菜单中选择"属性"命令。

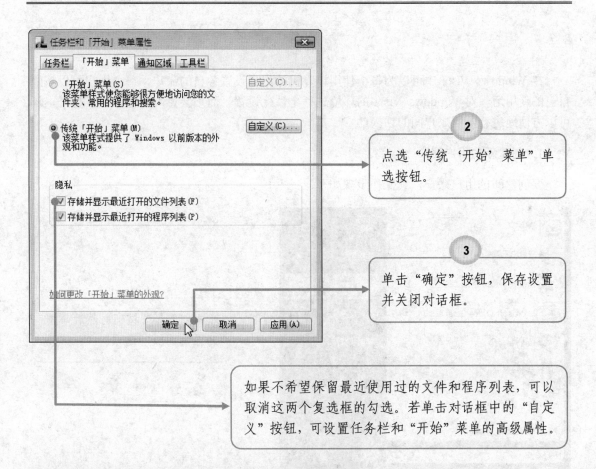

2

点选"传统'开始'菜单"单选按钮。

3

单击"确定"按钮，保存设置并关闭对话框。

如果不希望保留最近使用过的文件和程序列表，可以取消这两个复选框的勾选。若单击对话框中的"自定义"按钮，可设置任务栏和"开始"菜单的高级属性。

4

单击"开始"按钮后，现在打开的就是传统的"开始"菜单（也叫经典菜单）。这种模式的菜单对于一直在使用以前 Windows 版本的用户也许更有吸引力。

3.2.7 用户账户的管理

在 Windows Vista 中可以为每个使用计算机的用户设置各自的账户，每个用户可以按照自己的使用习惯对 Windows Vista 的环境进行个性化设置，而不会影响其他账户。另外，还可以方便地进行不同账户间的切换。

1. 创建新的用户账户

要创建新的用户账户，其操作步骤如下：

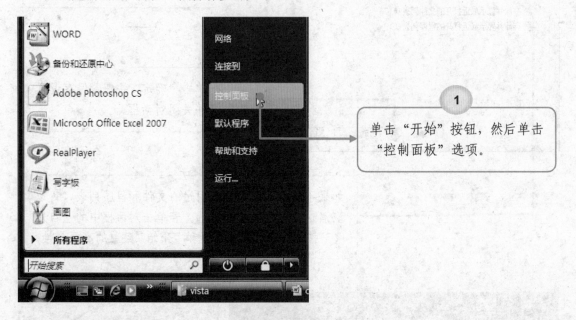

1 单击"开始"按钮，然后单击"控制面板"选项。

2 单击"添加或删除用户账户"超链接。

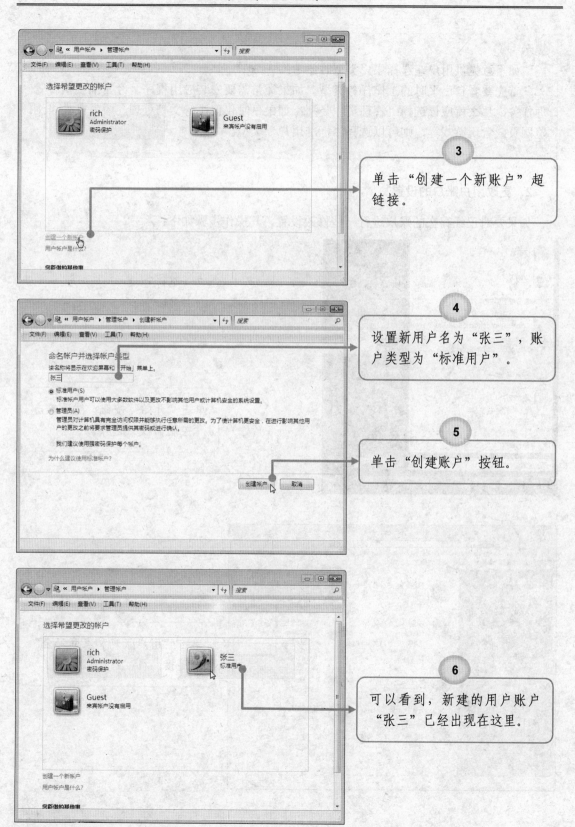

3

单击"创建一个新账户"超链接。

4

设置新用户名为"张三"，账户类型为"标准用户"。

5

单击"创建账户"按钮。

6

可以看到，新建的用户账户"张三"已经出现在这里。

提示

如下意见供用户在选择账户类型时参考：

首先要看自己平时的工作任务类型。如果经常需要安装应用程序、经常需要执行管理任务，那么就应该选择"管理员"类型；如果平时仅仅进行文档处理、收发邮件、浏览网页或者玩游戏等，则可以选择"标准用户"类型。

2．更改用户账户的设置

如果要对已经存在的账户进行一些修改设置，其操作步骤如下：

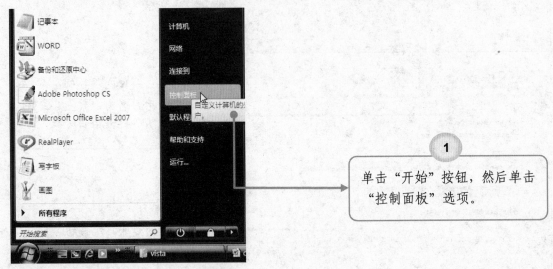

1 单击"开始"按钮，然后单击"控制面板"选项。

2 单击"用户账户和家庭安全"超链接。

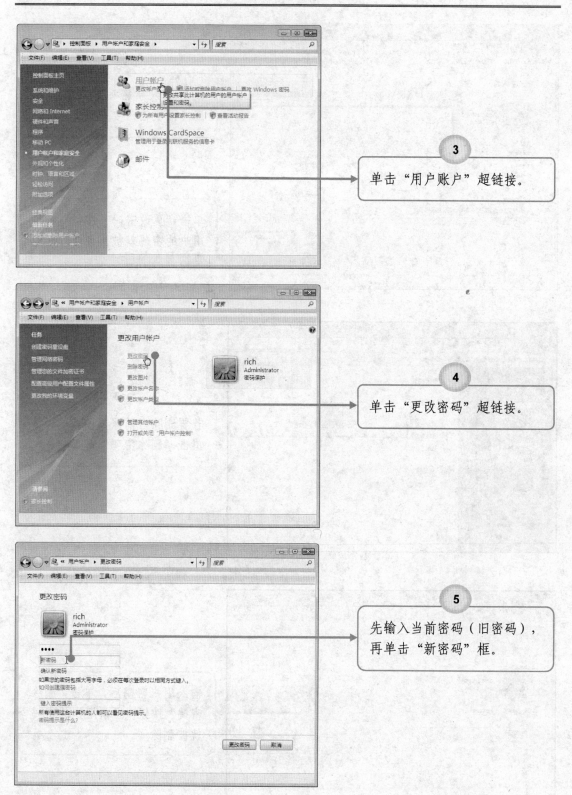

3 单击"用户账户"超链接。

4 单击"更改密码"超链接。

5 先输入当前密码（旧密码），再单击"新密码"框。

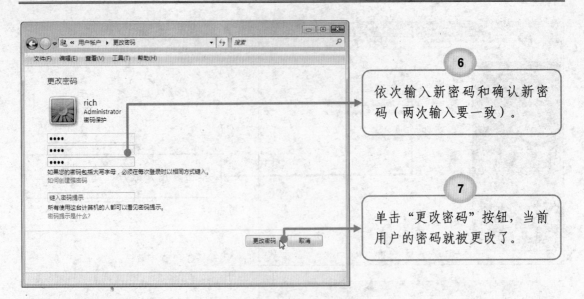

6 依次输入新密码和确认新密码（两次输入要一致）。

7 单击"更改密码"按钮，当前用户的密码就被更改了。

8 若要删除当前账户的密码，请单击"删除密码"超链接。

9 输入用户密码后，单击"删除密码"按钮，当前用户的密码就被删除了。

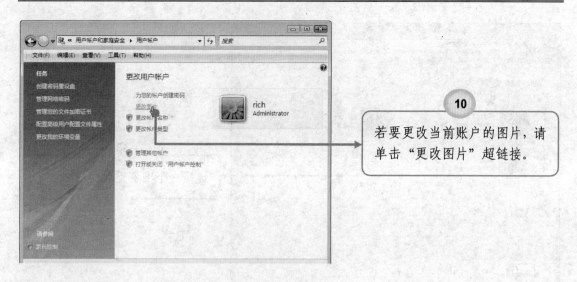

10 若要更改当前账户的图片，请单击"更改图片"超链接。

11 选择一幅图片后，再单击"更改图片"按钮，当前用户的图片就被更改了。

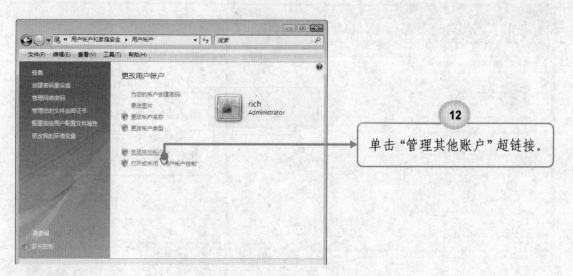

12 单击"管理其他账户"超链接。

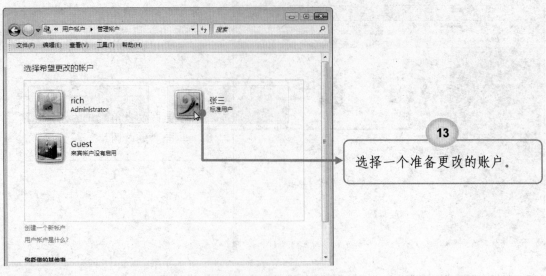

13

选择一个准备更改的账户。

14

若要更改当前账户的名称，请单击"更改账户名称"超链接。

若要删除当前账户，可以单击"删除账户"超链接。

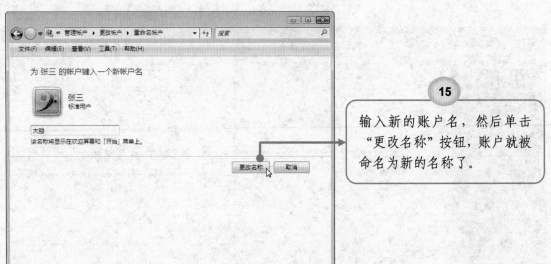

15

输入新的账户名，然后单击"更改名称"按钮，账户就被命名为新的名称了。

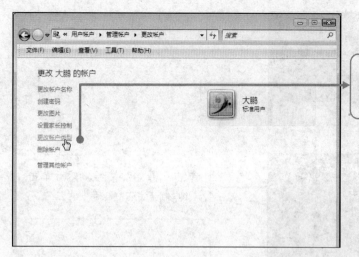

16

若要更改当前账户的类型，请单击"更改账户类型"超链接。

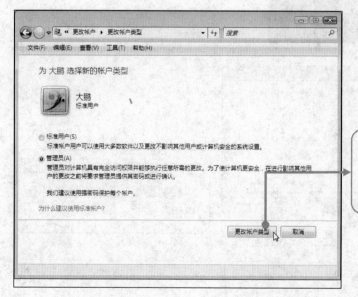

17

点选"管理员"单选按钮，再单击"更改账户类型"按钮，账户将被改为指定的类型。

3.3 字体的使用

字体是屏幕上看到的、文档中使用的各种字符的样式，它定义了字符的显示效果。用户可以根据需要添加和删除字体。

3.3.1 查看字体效果

在"字体"窗口中显示了已经安装的字体。如果要显示某个字体的有关说明，其操作步骤如下：

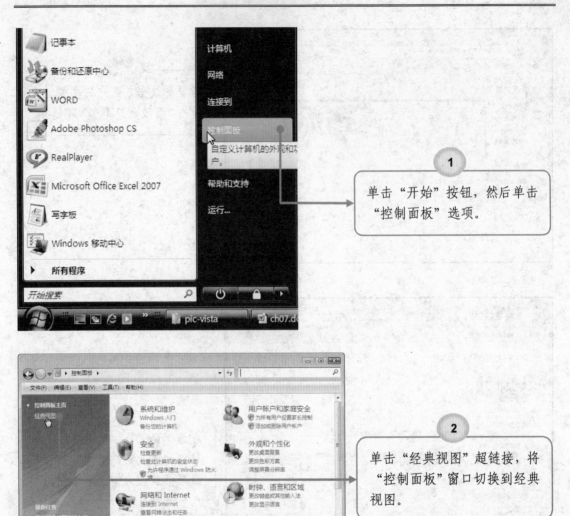

1

单击"开始"按钮，然后单击"控制面板"选项。

2

单击"经典视图"超链接，将"控制面板"窗口切换到经典视图。

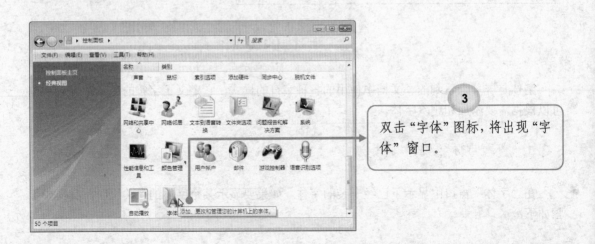

3

双击"字体"图标，将出现"字体"窗口。

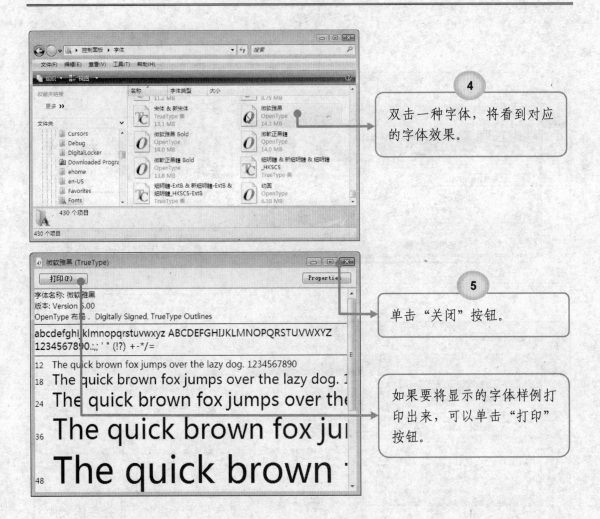

4

双击一种字体，将看到对应的字体效果。

5

单击"关闭"按钮。

如果要将显示的字体样例打印出来，可以单击"打印"按钮。

3.3.2 安装新字体

如果要安装新字体，首先将包含字体的光盘放入光盘驱动器或者将字体文件复制至硬盘的某个文件夹中，其后的操作步骤如下：

1

单击"文件"菜单中的"安装新字体"命令，将出现"添加字体"对话框。

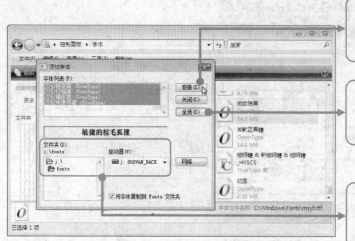

4

单击"安装"按钮，将开始安装字体。

3

单击"全选"按钮，选择所有字体。

2

选择新字体文件所在的驱动器和文件夹。

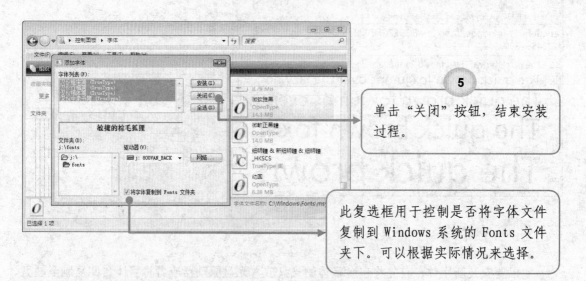

5

单击"关闭"按钮，结束安装过程。

此复选框用于控制是否将字体文件复制到 Windows 系统的 Fonts 文件夹下。可以根据实际情况来选择。

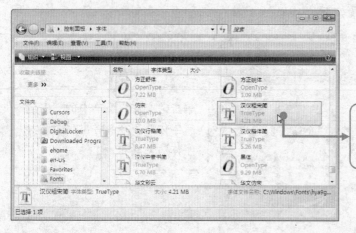

6

可以看到，新安装的字体已经出现在"字体"窗口中了。

3.3.3 删除字体

在系统中安装太多的字体不仅会占用大量的硬盘空间，而且会占据过多的系统内存。应该删除一些不需要的字体以提高系统的性能。

要删除字体，其操作步骤如下：

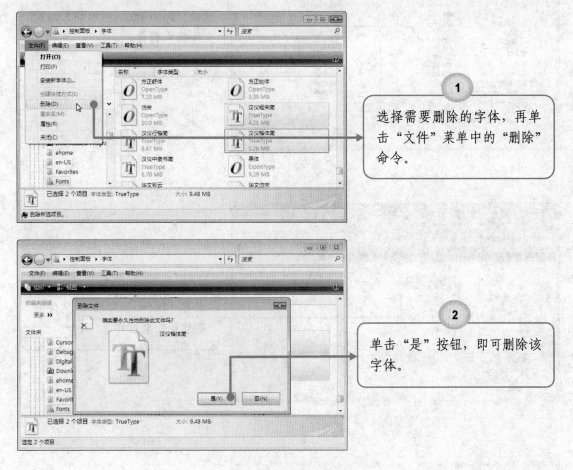

选择需要删除的字体，再单击"文件"菜单中的"删除"命令。

单击"是"按钮，即可删除该字体。

3.4 安装和卸载软件

下面来学习安装和卸载软件的知识。

3.4.1 安装软件

目前，软件的安装都比较简单，一般采取安装向导的方式。只要按照向导的提示一步步地进行操作，就可以完成安装过程。

下面以安装 FlashGet 为例，向读者演示一下软件的安装过程。

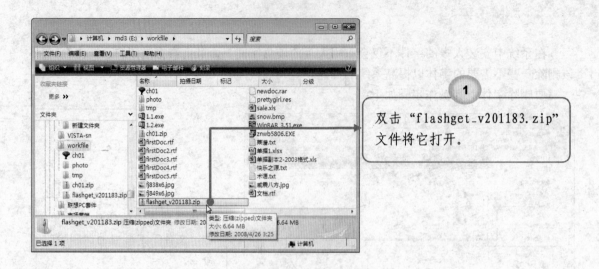

1 双击 "flashget_v201183.zip" 文件将它打开。

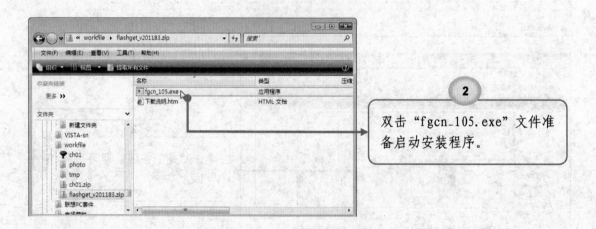

2 双击 "fgcn_105.exe" 文件准备启动安装程序。

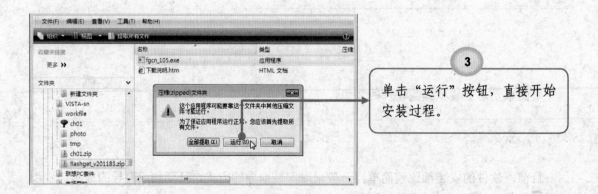

3 单击 "运行" 按钮，直接开始安装过程。

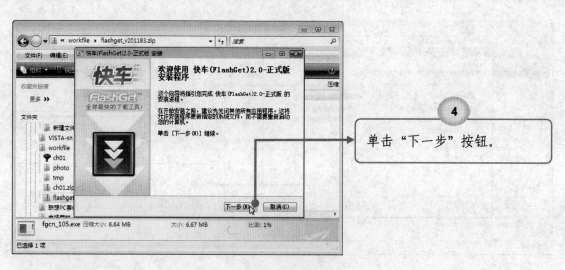

4 单击"下一步"按钮。

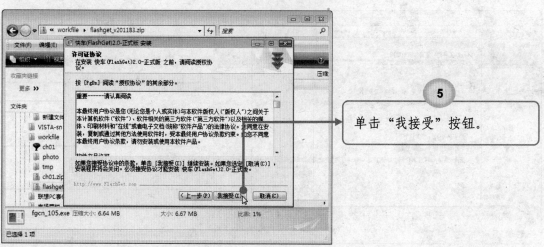

5 单击"我接受"按钮。

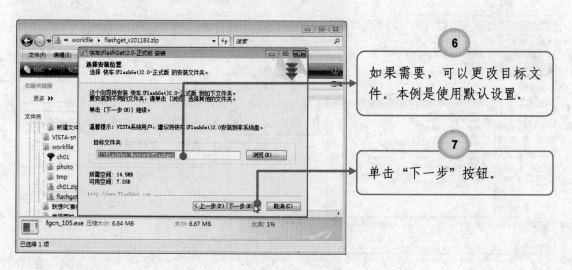

6 如果需要,可以更改目标文件。本例是使用默认设置。

7 单击"下一步"按钮。

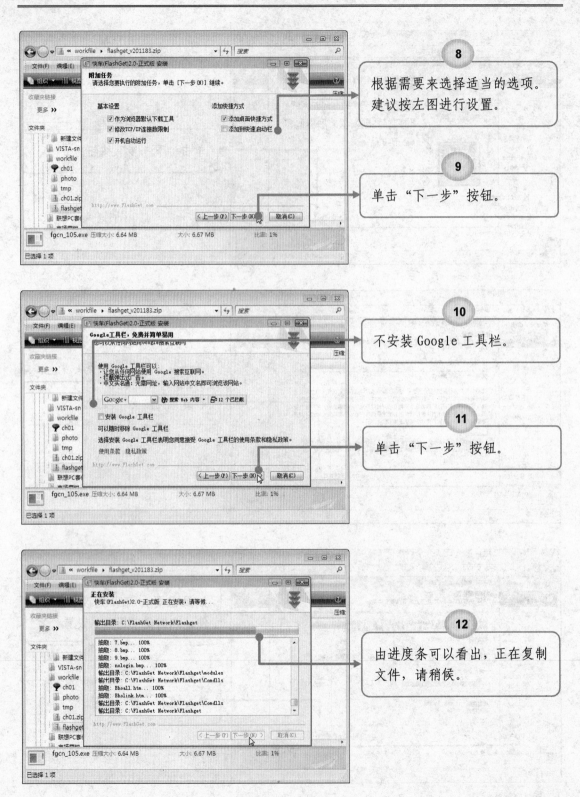

8 根据需要来选择适当的选项。建议按左图进行设置。

9 单击"下一步"按钮。

10 不安装 Google 工具栏。

11 单击"下一步"按钮。

12 由进度条可以看出,正在复制文件,请稍候。

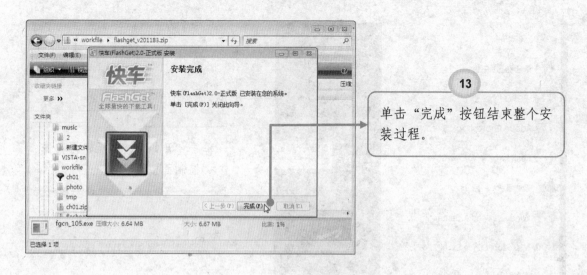

单击"完成"按钮结束整个安装过程。

3.4.2　卸载软件

通常，应用程序在"所有程序"级联菜单中都添加带有"卸载XXX"或"Uninstall XXX"命令的级联菜单，如下图所示。

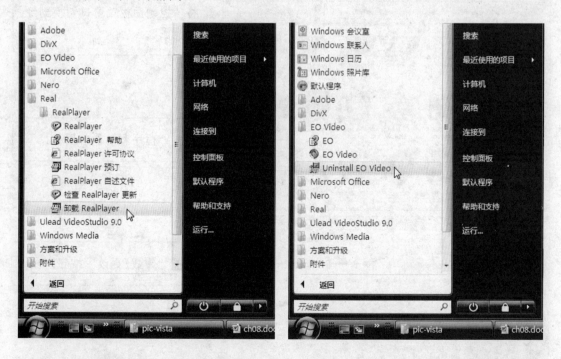

执行"卸载 XXX"或"Uninstall XXX"命令，然后按屏幕提示操作，即可彻底、安全地删除相应的应用程序，这样还可避免删除一些共享文件或其他应用程序正在使用的文件。

如果某个应用程序的级联菜单项中没有"卸载XXX"或"Uninstall XXX"，则通过如下方式来卸载软件：

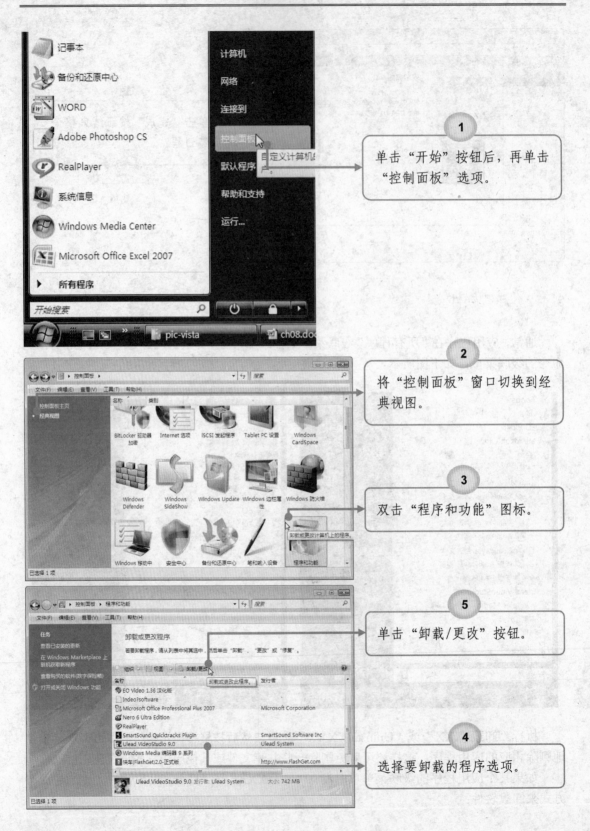

1 单击"开始"按钮后，再单击"控制面板"选项。

2 将"控制面板"窗口切换到经典视图。

3 双击"程序和功能"图标。

5 单击"卸载/更改"按钮。

4 选择要卸载的程序选项。

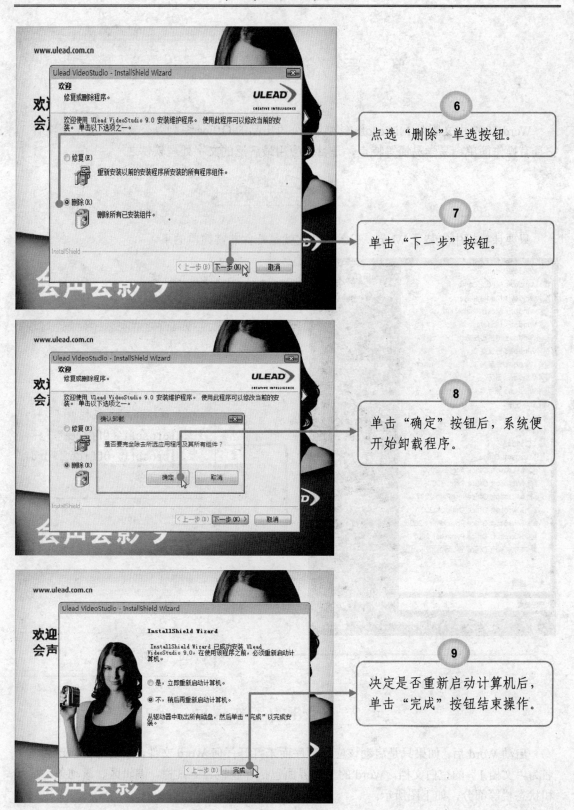

6 点选"删除"单选按钮。

7 单击"下一步"按钮。

8 单击"确定"按钮后,系统便开始卸载程序。

9 决定是否重新启动计算机后,单击"完成"按钮结束操作。

第4章 创建 Word 文档

Word 2007 中文版是 Microsoft（微软）公司出品的 Office 系列办公软件中的一个组件，它具有操作简单、易学易懂等特点，是目前应用最广泛的文字处理软件之一。

4.1 启 动 Word

只要计算机中安装了 Word，那么启动它就是一件非常简单的事。

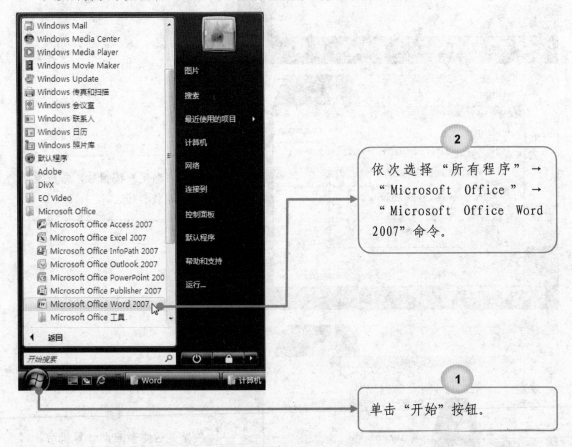

2 依次选择"所有程序"→"Microsoft Office"→"Microsoft Office Word 2007"命令。

1 单击"开始"按钮。

4.2 Word 的工作界面

启动 Word 后，如果只是启动该应用程序而未打开任何 Word 文件，系统将自动建立一个名为"文档1"的空白文档。Word 的工作界面包括标题栏、工具栏、编辑区、滚动条、标尺和状态栏等部分，如下图所示。

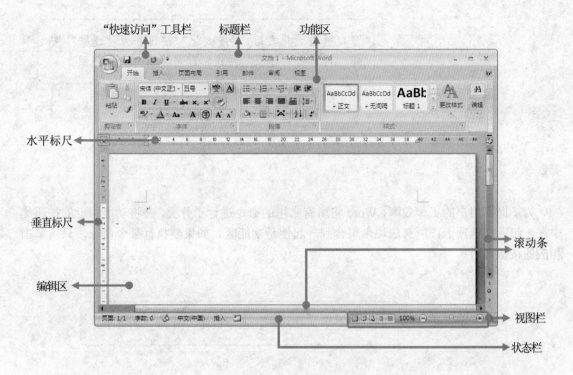

4.2.1 标题栏

标题栏位于整个 Word 窗口界面的最上面，标题栏中显示窗口的名称"文档 1–Microsoft Word"。在启动 Word 后，"文档 1"是系统给出的默认文档名称。

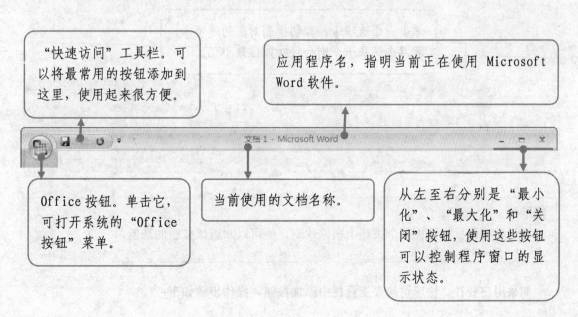

"快速访问"工具栏。可以将最常用的按钮添加到这里，使用起来很方便。

应用程序名，指明当前正在使用 Microsoft Word 软件。

Office 按钮。单击它，可打开系统的"Office 按钮"菜单。

当前使用的文档名称。

从左至右分别是"最小化"、"最大化"和"关闭"按钮，使用这些按钮可以控制程序窗口的显示状态。

窗口被最大化之后，"最大化"按钮变为"还原"按钮。再单击"还原"按钮，即可将窗口大小还原。

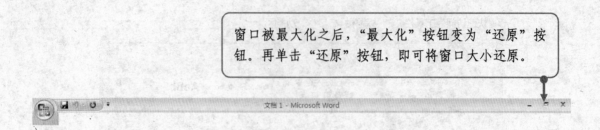

4.2.2 功能区

为了提高用户的工作效率，Word 将所有常用的命令进行了分类，并将功能相近的按钮集中在一起形成选项卡，所有选项卡组合到一起便是功能区。如果要执行某个命令，只需单击相应的按钮即可。

默认状态下，在功能区显示的是"开始"选项卡。

单击一个选项卡，即切换到对应的选项卡。若双击选项卡，则会将功能区最小化。

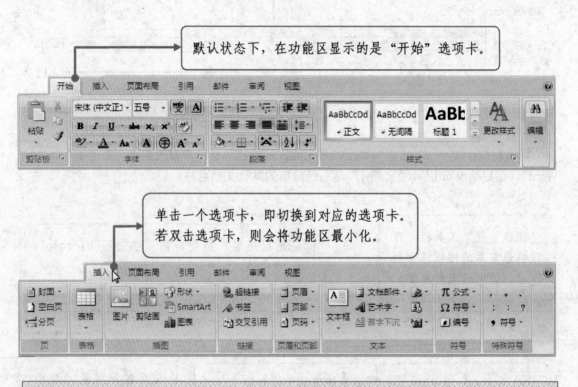

提示

只要将鼠标指针在某个按钮上稍停片刻，便可以知道该按钮的功能。

如果用户要往"快速访问"工具栏中添加按钮，操作步骤如下：

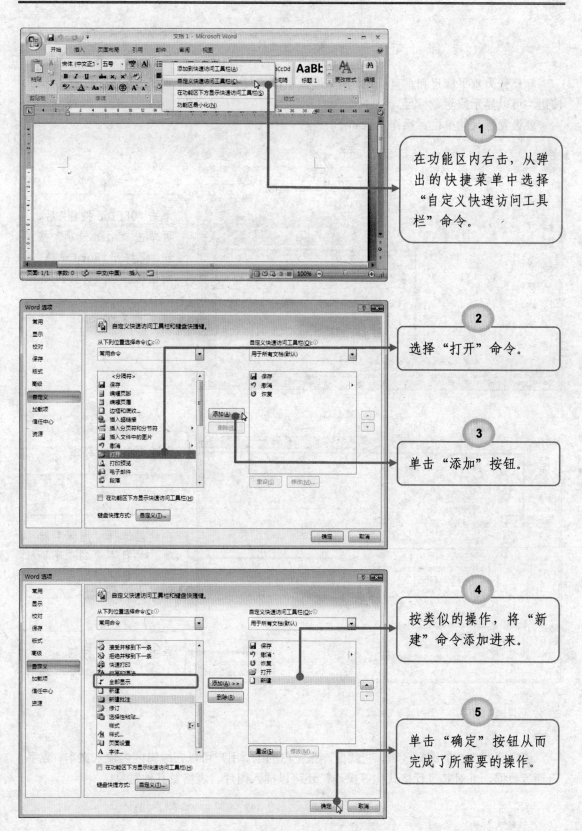

1 在功能区内右击，从弹出的快捷菜单中选择"自定义快速访问工具栏"命令。

2 选择"打开"命令。

3 单击"添加"按钮。

4 按类似的操作，将"新建"命令添加进来。

5 单击"确定"按钮从而完成了所需要的操作。

4.2.3 标尺

标尺分为水平标尺和垂直标尺，用来度量页面的尺寸。单击垂直滚动条顶部的 （标尺）按钮，可以显示或隐藏标尺。

要设置标尺的单位，操作步骤如下：

> **1** 单击"Office 按钮"后，再单击"Word 选项"按钮，将打开"Word 选项"对话框。

> **2** 选择"高级"分类。

> **3** 在这里选择"厘米"选项，并且不要勾选下面的两个复选框。

> **4** 单击"确定"按钮。

4.2.4 编辑区

编辑区即文档的编辑区域，它就像一张空白的纸。用户可以在编辑区内输入文本、数字、日期等数据，并对其进行格式化等操作，还可以插入图片、表格及其他对象。

4.2.5 滚动条

滚动条分为垂直滚动条和水平滚动条（右侧的称为垂直滚动条，下侧的称为水平滚动条），它由滚动框、浏览滑块和几个滚动箭头组成。用户用鼠标指针拖拉滚动条的浏览滑块或者单击滚动箭头，可以在文档内容中上下或左右滚动。

4.2.6 状态栏

状态栏是位于应用程序窗口底部的信息栏，用于提供当前窗口操作进程和工作状态的信息。例如，显示文档页数、字数及插入或改写状态等。

4.2.7 视图栏

视图栏位于 Word 界面的右下角，用于快速切换显示视图。

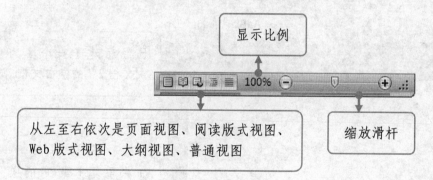

4.3 文档的基本操作

文档的基本操作包括新建文档、保存文档、关闭文档、打升文档等。

4.3.1 新建文档

在 Word 2007 中用户可以利用以下几种方法创建新文档：
◇ 创建新的空白文档。
◇ 利用模板创建文档。

1. 创建空白文档

在启动 Word 2007 时，如果没有指定要打开的文件，Word 2007 将自动使用 Normal 模板创建一个名为"文档 1"的新文档，用户可以在空白文档的编辑区内输入文字，然后对其进行格式的编排。

要创建新文档，操作步骤如下：

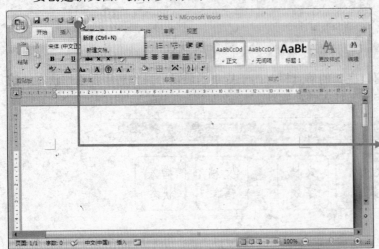

1 单击"新建"按钮，系统会创建一个新的空白文档。

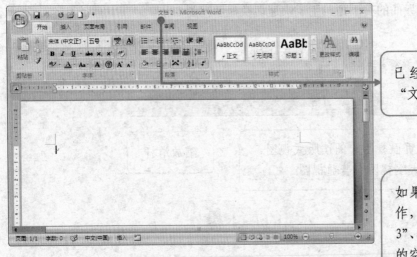

2 已经新建了一个名为"文档 2"的空白文档。

3 如果重复步骤 1 的操作，将新建名为"文档 3"、"文档 4"……这样的空白文档。

提示

用户在编辑区内的某一位置双击鼠标，即可在该位置定位插入点光标。

2．利用模板创建文档

Word 自身提供了丰富的模板文件，用户可以根据需要选择合适的模板来创建不同用途的文档。

要利用模板来创建文档，其操作步骤如下：

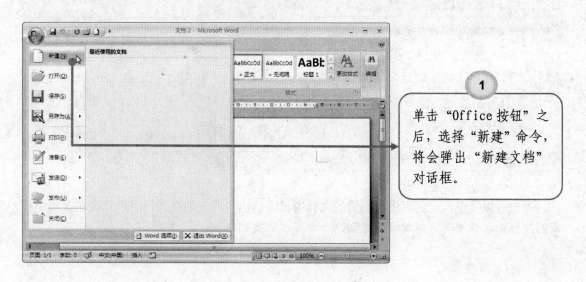

1 单击"Office 按钮"之后，选择"新建"命令，将会弹出"新建文档"对话框。

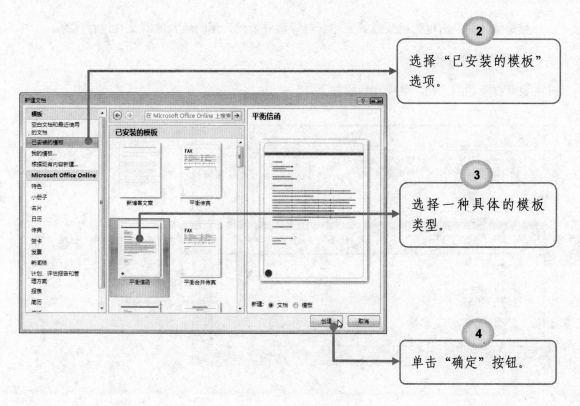

2 选择"已安装的模板"选项。

3 选择一种具体的模板类型。

4 单击"确定"按钮。

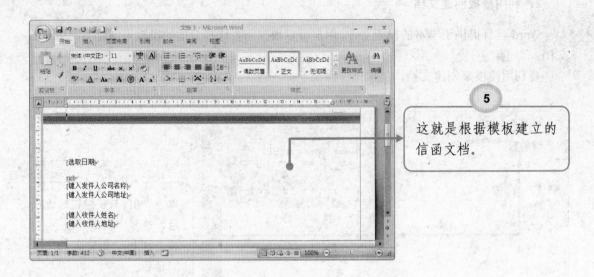

这就是根据模板建立的信函文档。

5

　　用户可以发现，在利用模板创建的文档中已经给出了固定的格式，用户只需在文档中相应的位置输入详细的信息即可快速创建一个专业的文档。

4.3.2　保存文档

　　为避免计算机出现死机或遇到突然断电等意外情况，用户应及时对文件进行保存。

1.　保存新建文档

　　要保存新建的文档，其操作步骤如下：

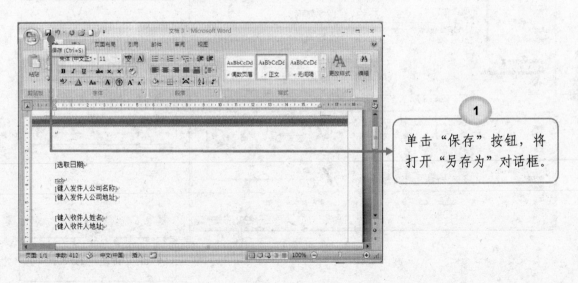

单击"保存"按钮，将打开"另存为"对话框。

1

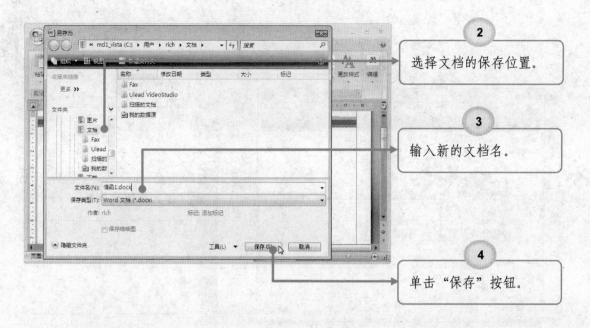

选择文档的保存位置。

输入新的文档名。

单击"保存"按钮。

对于保存过的文档进行修改后，若要保存可直接单击"Office 按钮"并选择"保存"命令，或单击"快速访问"工具栏中的"保存"按钮进行保存，此时不会打开"另存为"对话框。

2. 另存文档

如果用户对现有文件进行了修改，但是还需要保留原始文件，或在不同的文件夹下保存文件的备份，就可以使用"另存为"命令（在"另存为"对话框中指定不同的文件名或文件夹来保存文件，这样原始文件保持不变）。此外，如果要以其他的格式保存文件，也可使用"另存为"命令。其操作步骤如下：

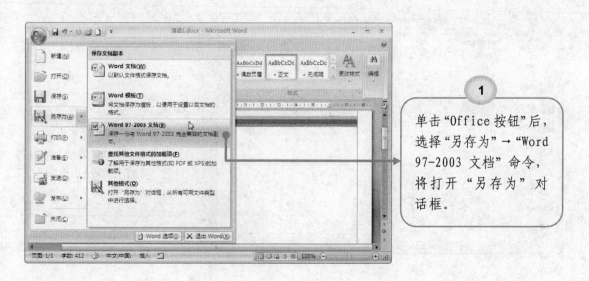

单击"Office 按钮"后，选择"另存为"→"Word 97-2003 文档"命令，将打开"另存为"对话框。

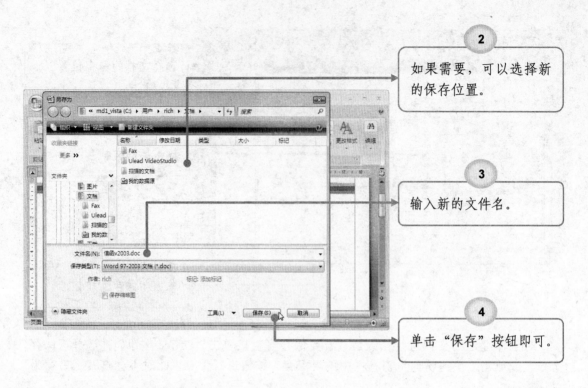

如果需要，可以选择新的保存位置。

2

输入新的文件名。

3

单击"保存"按钮即可。

4

3．文档的自动保存功能

在使用电脑过程中，难免会遇到突然断电或死机等意外情况发生而使文档被关闭，如果没有立即进行保存将会导致文件内容丢失，造成无法挽回的损失。为了防止上述情况的发生，Word 2007 提供了自动保存功能，即在设置的时间内自动存盘。

默认情况下，自动保存功能是被打开的，如果该功能没有被打开，我们可以对它进行设置，具体操作步骤如下：

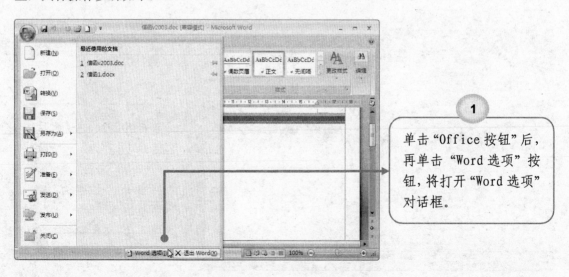

单击"Office 按钮"后，再单击"Word 选项"按钮，将打开"Word 选项"对话框。

1

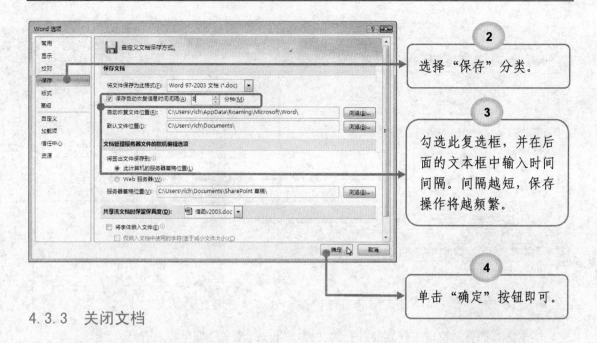

2　选择"保存"分类。

3　勾选此复选框,并在后面的文本框中输入时间间隔。间隔越短,保存操作将越频繁。

4　单击"确定"按钮即可。

4.3.3　关闭文档

对文档的操作全部完成后,用户就可以关闭文档了。要关闭一个文档,最快的方法是单击标题栏右侧的"关闭"按钮。此外也可以使用下面的方法来关闭文档:

(1)单击"Office 按钮"后,选择"关闭"命令。

(2)如果对文档进行了修改但还未保存,在关闭文档之前系统会询问是否要保存所做的修改。

(3)单击"是"按钮,会先保存修改再关闭文档。

4.3.4　打开文档

要打开文档(可以是本地硬盘、光驱或与本机相连的网络驱动器上的文档),其操作步骤如下:

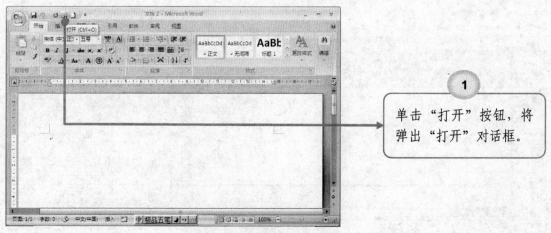

1　单击"打开"按钮,将弹出"打开"对话框。

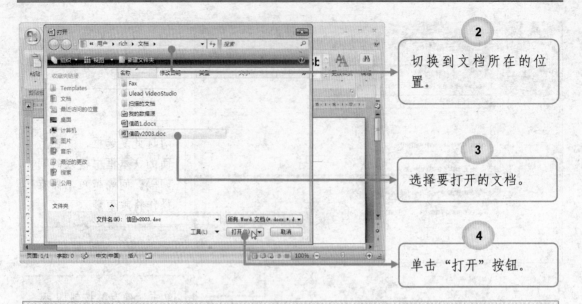

切换到文档所在的位置。

选择要打开的文档。

单击"打开"按钮。

提示

在资源管理器窗口中找到要打开的文档，再双击该文档即可将它打开。

4.4 输入内容

新建好文档后，在空白文档的起始处有一个不断闪烁的竖线，这就是插入点，它表示键入文本时的起始位置。在空白文档中，用户可以利用双击鼠标来定位插入点的位置。

4.4.1 输入文本和数字

操作步骤如下：

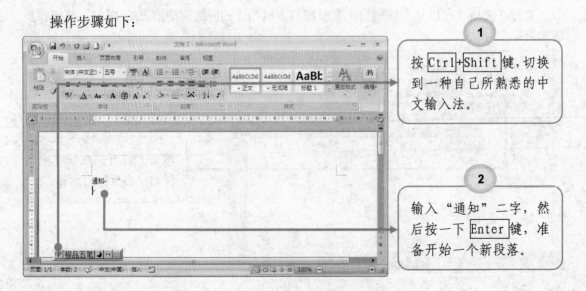

按 Ctrl+Shift 键，切换到一种自己所熟悉的中文输入法。

输入"通知"二字，然后按一下 Enter 键，准备开始一个新段落。

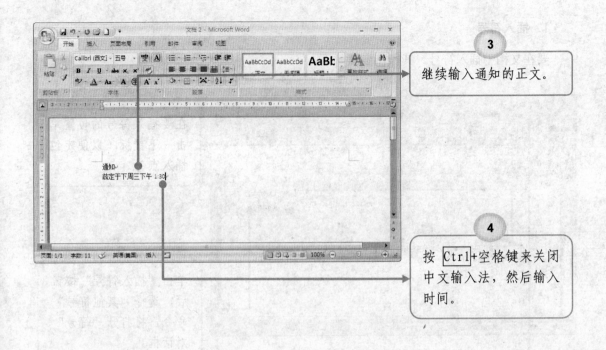

③ 继续输入通知的正文。

④ 按 Ctrl+空格键来关闭中文输入法，然后输入时间。

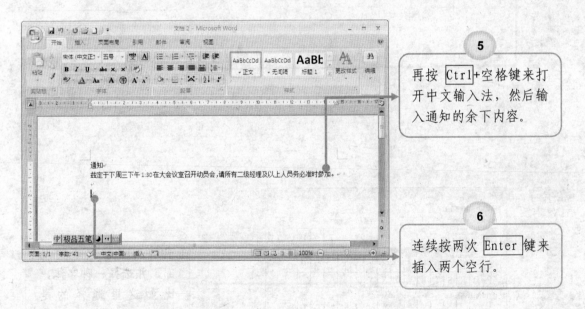

⑤ 再按 Ctrl+空格键来打开中文输入法，然后输入通知的余下内容。

⑥ 连续按两次 Enter 键来插入两个空行。

4.4.2 输入特殊符号和日期

用户在文档中输入文本时，有些符号是不能直接从键盘上输入的，由于它们平时很少用到，所以没有定义在键盘上，用户可以使用对话框将其插入到文档中。

1. 插入符号

要在文档中插入符号，其操作步骤如下：

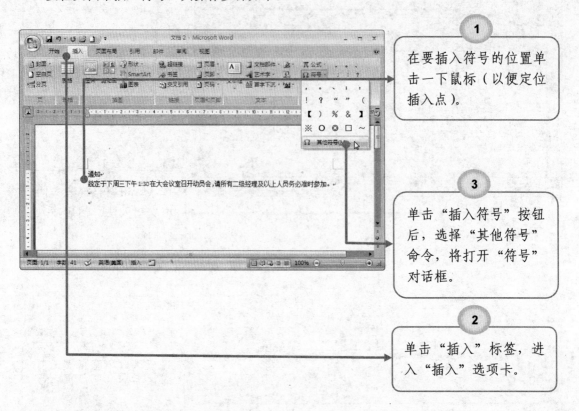

1 在要插入符号的位置单击一下鼠标（以便定位插入点）。

3 单击"插入符号"按钮后，选择"其他符号"命令，将打开"符号"对话框。

2 单击"插入"标签，进入"插入"选项卡。

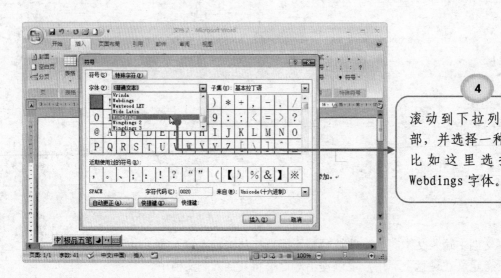

4 滚动到下拉列表的底部，并选择一种字体，比如这里选择的是Webdings字体。

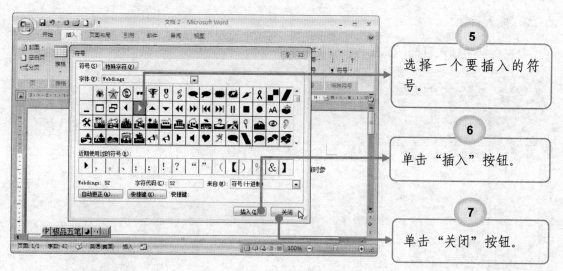

选择一个要插入的符号。 **5**

单击"插入"按钮。 **6**

单击"关闭"按钮。 **7**

2. 插入特殊符号

Word 还提供了插入特殊符号的功能,利用该功能用户可以非常方便地将单位符号、数字序号等一些特殊符号插入到文档中,操作步骤如下:

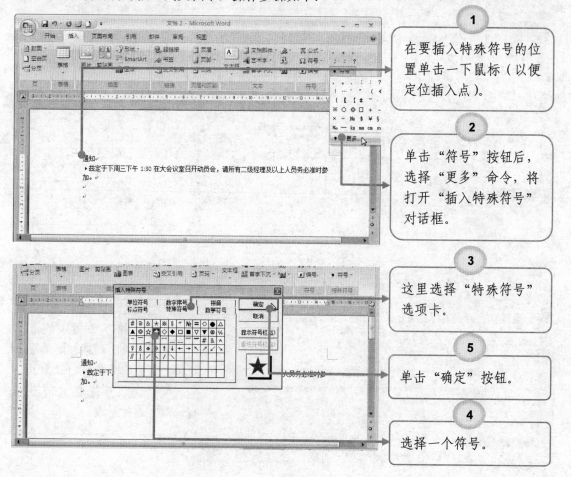

在要插入特殊符号的位置单击一下鼠标(以便定位插入点)。 **1**

单击"符号"按钮后,选择"更多"命令,将打开"插入特殊符号"对话框。 **2**

这里选择"特殊符号"选项卡。 **3**

单击"确定"按钮。 **5**

选择一个符号。 **4**

3. 插入日期

要在文档中插入日期，其操作步骤如下：

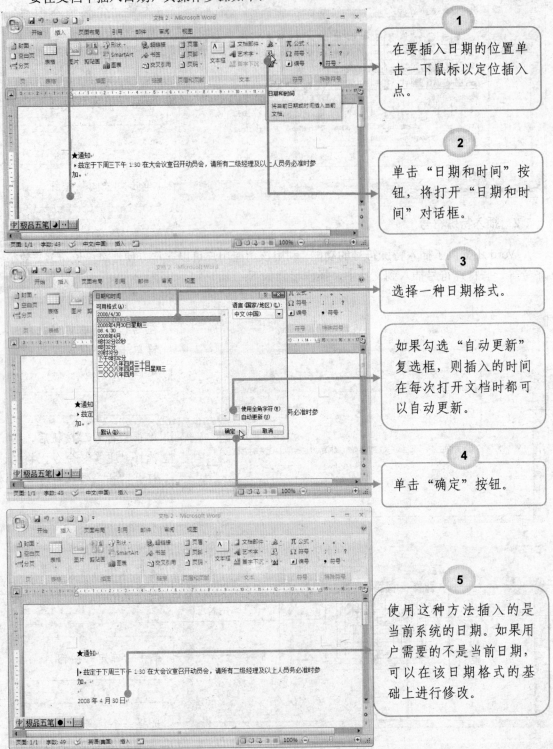

1 在要插入日期的位置单击一下鼠标以定位插入点。

2 单击"日期和时间"按钮，将打开"日期和时间"对话框。

3 选择一种日期格式。

如果勾选"自动更新"复选框，则插入的时间在每次打开文档时都可以自动更新。

4 单击"确定"按钮。

5 使用这种方法插入的是当前系统的日期。如果用户需要的不是当前日期，可以在该日期格式的基础上进行修改。

4.5　编　辑　内　容

在 Word 中新建或打开一个文档之后，就可以进行文字输入与编辑操作了。

4.5.1　选择文本

选定文本是编辑文本的最基本操作，也是移动、复制、剪切、格式化等编辑操作的前提。选中的文本可以是一个字符、一个词、一段文本甚至整篇文档。

1. 利用鼠标选择文本

操作步骤如下：

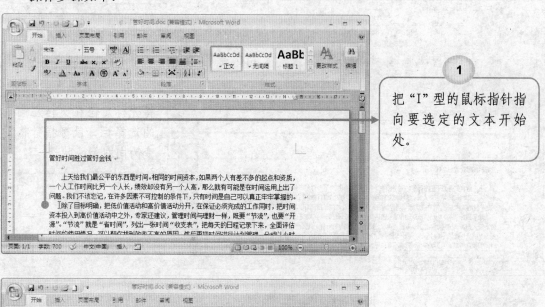

1　把"I"型的鼠标指针指向要选定的文本开始处。

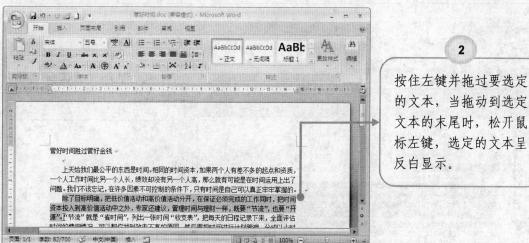

2　按住左键并拖过要选定的文本，当拖动到选定文本的末尾时，松开鼠标左键，选定的文本呈反白显示。

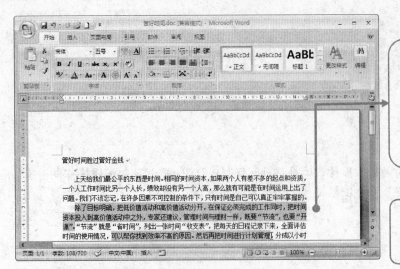

3

选定了一块文本之后，在按下 Ctrl 键的同时拖动鼠标来选择其他的文本，可以将不连续的多块文本选定。

4

在文档中单击一下鼠标，可以取消选定。

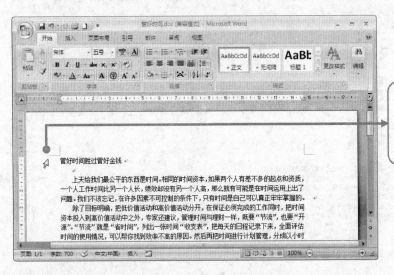

5

将光标定位在文档左侧的选择栏，鼠标指针将变为向右箭头状。

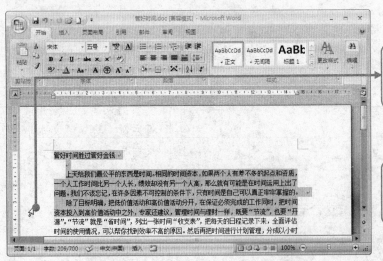

6

拖动鼠标进行选择，可选定若干连续行。

7

在文档中单击一下鼠标，可以取消选定。

2．利用键盘选择文本

用鼠标选定文本固然方便，但是在重复性较多的编辑操作中，可能会浪费时间，此时用户可以使用键盘来选定文本。使用键盘选定文本可以通过方向键和 Shift、Ctrl 键来实现，最常用的使用键盘选定文本的方法如表 4-1 所示。

表 4-1　使用键盘选定文本的方法

按　　键	作　　用
Shift+ ↑	向上选定一行
Shift+ ↓	向下选定一行
Shift+ ←	向左选定一个字符
Shift+ →	向右选定一个字符
Shift+ Ctrl + ↑	选定内容扩展至段落开头
Shift + Ctrl + ↓	选定内容扩展至段落结尾
Shift + Ctrl + ←	选定内容扩展至单词开头
Shift + Ctrl + →	选定内容扩展至单词结尾
Shift +Home	选定内容扩展至行首
Shift +End	选定内容扩展至行末
Shift + Ctrl+Home	选定内容至文档开始处
Shift + Ctrl+End	选定内容至文档结尾处

4.5.2　修改输入的文本

使用键盘上的 ↑ 、 ↓ 、 ← 、 → 四个方向键，可在文档中移动插入点的位置。在文档中单击鼠标，可以快速移动和定位插入点。

在编辑过程中，难免会出现输入错误，用户可以通过如下操作来删除错误的输入：

◇ 按 Backspace 键将删除插入点之前的字符。

◇ 按 Delete 键将删除插入点之后的字符。

◇ 如果要删除一句话、一行或一段、多行或多段，首先应选中要删除的文本，然后按 Delete 键或 Backspace 键。

在 Word 中，按键盘上的 Insert 键或单击状态栏中的"插入"（或"改写"）标记，即可实现改写或插入状态之间的切换。此外，如果首先选中要改写的文本，则输入新文本后原有内容自动被替换。

4.5.3　移动与复制文本

文本的移动、复制和粘贴是编辑工作中最常用的操作。例如，对于重复出现的文本可以利用复制和粘贴功能来完成文本的输入工作。

1．利用剪贴板复制文本

其操作步骤如下：

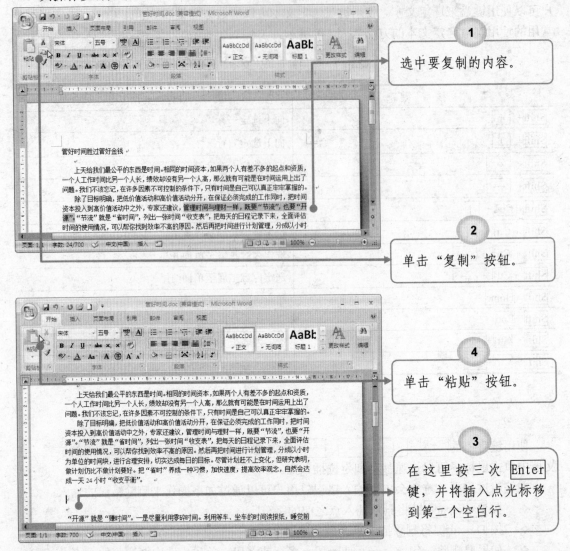

1 选中要复制的内容。

2 单击"复制"按钮。

4 单击"粘贴"按钮。

3 在这里按三次 Enter 键，并将插入点光标移到第二个空白行。

提示

移动与复制文本的操作步骤基本相同，如果要移动文本，只需将步骤2中的"复制"按钮变成"剪切"按钮即可。

2．利用鼠标拖动来移动或复制文本

如果用户要在同一个文档中进行短距离的复制或移动文本时，可以使用鼠标拖动的方法，这种方法简单方便。其操作步骤如下：

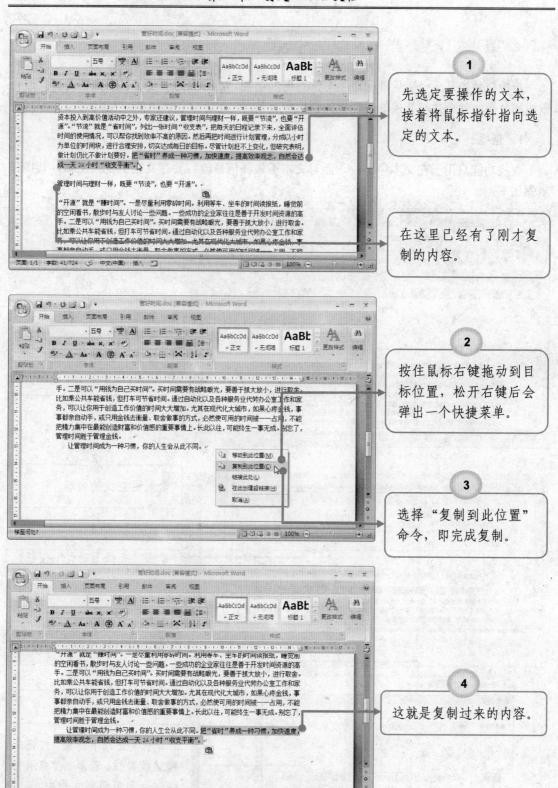

1 先选定要操作的文本，接着将鼠标指针指向选定的文本。

在这里已经有了刚才复制的内容。

2 按住鼠标右键拖动到目标位置，松开右键后会弹出一个快捷菜单。

3 选择"复制到此位置"命令，即完成复制。

4 这就是复制过来的内容。

4.5.4　查找和替换文本

　　查找与替换是一个字处理程序中非常有用的功能。Word 允许对文字甚至文档的格式进行查找和替换，使查找与替换的功能更加强大和有效。

1．查找

　　查找功能只用于在文本中定位，而对文本不做任何修改。要在文档中查找文本，其操作步骤如下：

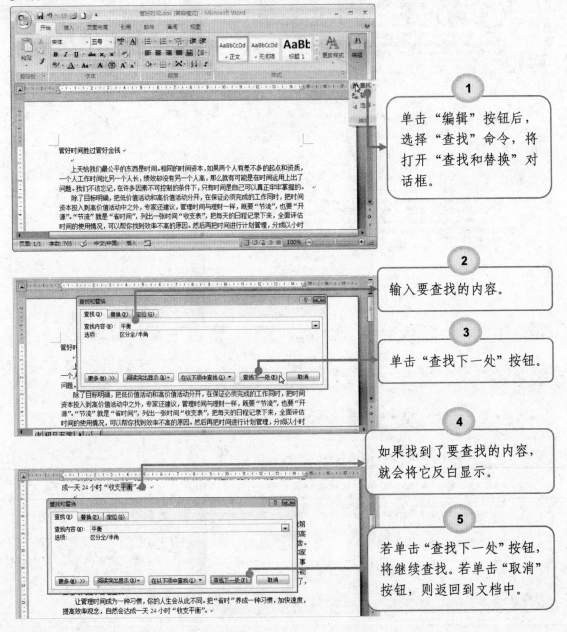

1 单击"编辑"按钮后，选择"查找"命令，将打开"查找和替换"对话框。

2 输入要查找的内容。

3 单击"查找下一处"按钮。

4 如果找到了要查找的内容，就会将它反白显示。

5 若单击"查找下一处"按钮，将继续查找。若单击"取消"按钮，则返回到文档中。

提示

在"查找和替换"对话框处于打开的情况下，用户只要在文档中单击，即可在不关闭该对话框的情况下编辑和滚动文档。

2．替换

最简单快捷的替换操作是选定要修改的内容，然后直接输入新内容，只不过这样的操作一次只能替换一个对象。要想一次替换多个相同的内容，就要使用 Word 的替换功能。

要在文档中执行替换操作，其操作步骤如下：

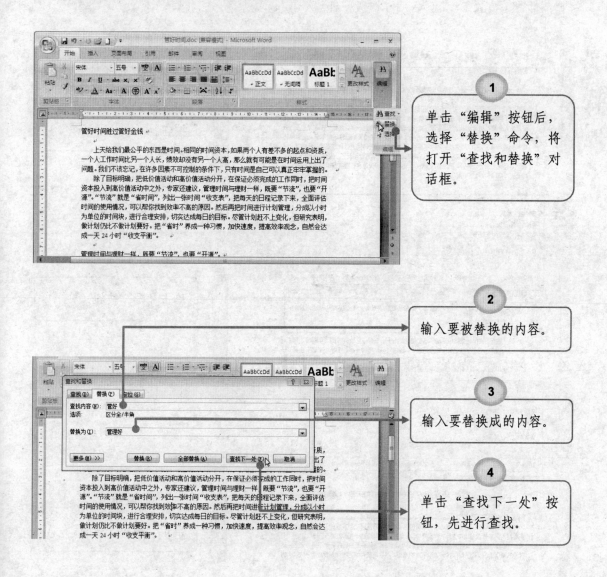

1 单击"编辑"按钮后，选择"替换"命令，将打开"查找和替换"对话框。

2 输入要被替换的内容。

3 输入要替换成的内容。

4 单击"查找下一处"按钮，先进行查找。

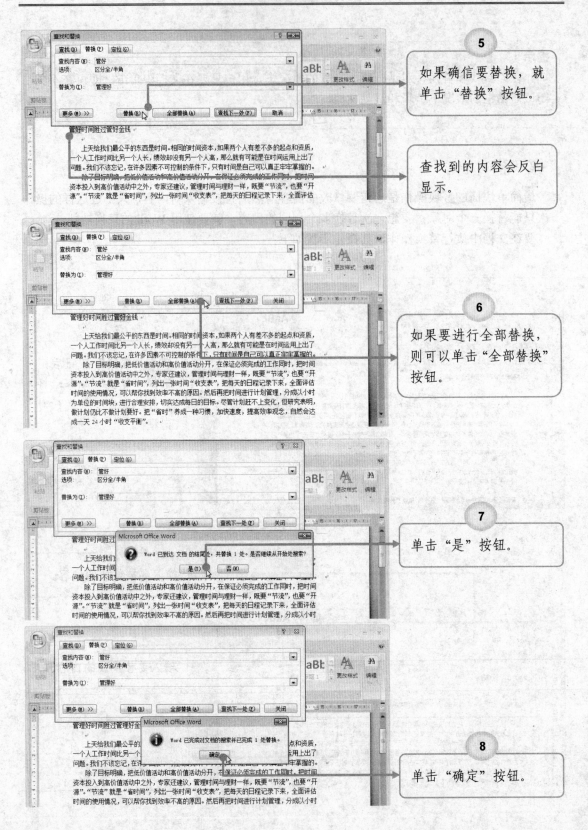

5 如果确信要替换，就单击"替换"按钮。

查找到的内容会反白显示。

6 如果要进行全部替换，则可以单击"全部替换"按钮。

7 单击"是"按钮。

8 单击"确定"按钮。

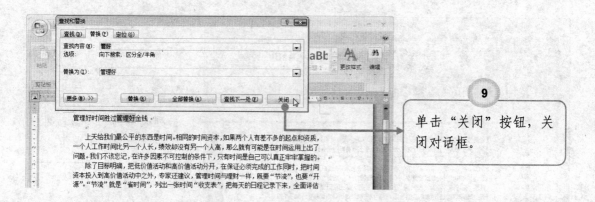

单击"关闭"按钮，关闭对话框。

4.5.5 撤销与恢复操作

编辑文档时，难免会出现错误的操作，比如不小心删除、替换或移动了某些文本内容。Word 所提供的"撤销"和"恢复"操作功能，可以帮助用户迅速纠正错误操作。

1. 撤销操作

Word 会随时观察用户的工作，并能记住操作细节，还可以撤销一个错误的操作，其操作步骤如下：

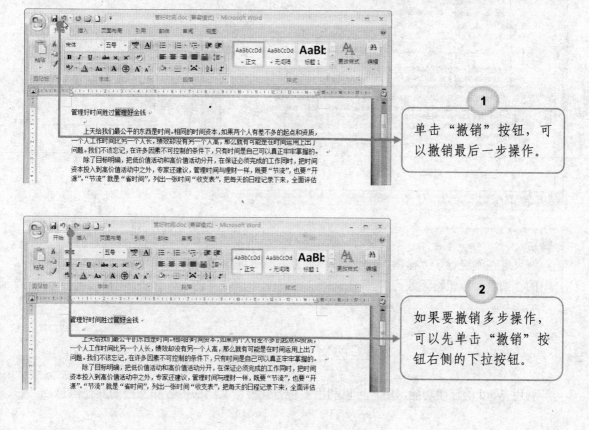

单击"撤销"按钮，可以撤销最后一步操作。

如果要撤销多步操作，可以先单击"撤销"按钮右侧的下拉按钮。

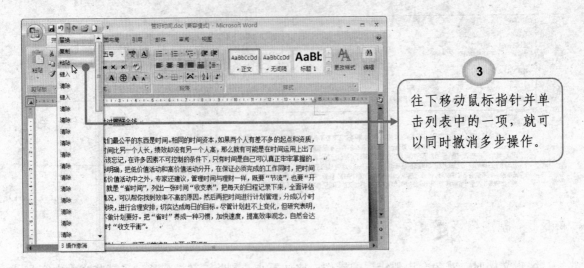

3

往下移动鼠标指针并单击列表中的一项，就可以同时撤消多步操作。

2. 恢复操作

执行完一次"撤销"命令后，如果需要的话，还可以恢复"撤销"操作之前的内容。

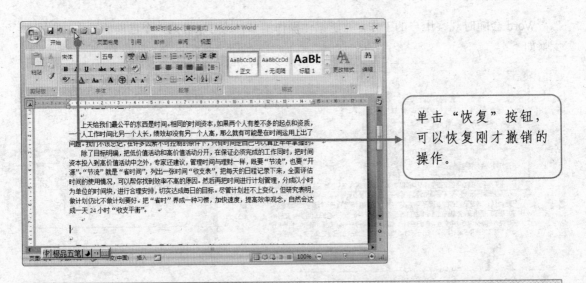

单击"恢复"按钮，可以恢复刚才撤销的操作。

提示

只有在刚进行了"撤销"操作后，"恢复"命令才生效；否则，"快速访问"工具栏中的"恢复"按钮将无效。

4.6 打印文档

利用 Word 的打印功能，用户可以利用多种方式打印文档的内容和文档的其他信息。

4.6.1 打印预览

利用 Word 的打印预览功能，用户可以在正式打印文档之前就看到文档被打印后的效果，如果不满意，可以在打印前进行修改。其操作步骤如下：

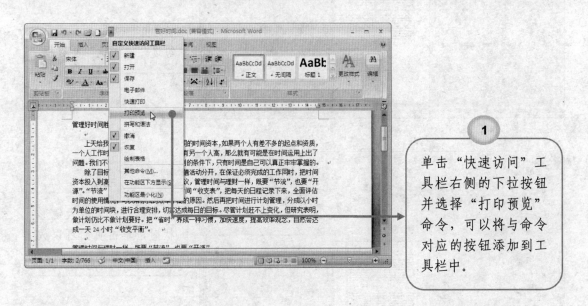

1 单击"快速访问"工具栏右侧的下拉按钮并选择"打印预览"命令，可以将与命令对应的按钮添加到工具栏中。

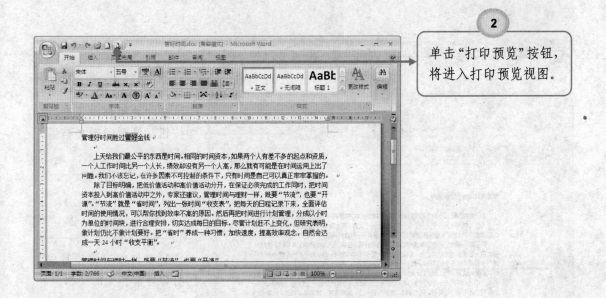

2 单击"打印预览"按钮，将进入打印预览视图。

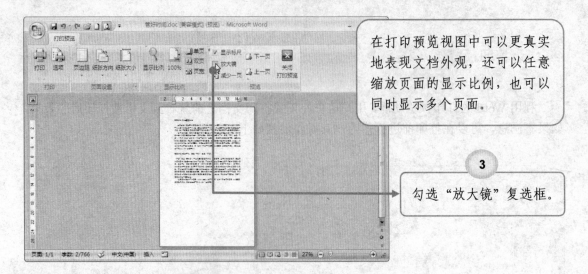

在打印预览视图中可以更真实地表现文档外观，还可以任意缩放页面的显示比例，也可以同时显示多个页面。

3 勾选"放大镜"复选框。

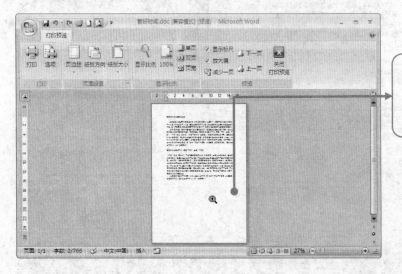

4 当鼠标指针呈放大镜形状时，单击页面可以放大视图的显示比例。

5 单击"关闭打印预览"按钮，将返回到文档编辑状态。

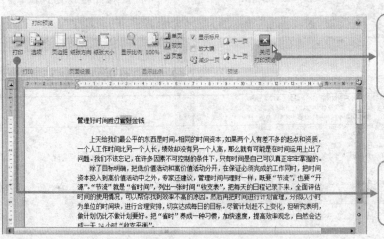

通过"打印"按钮可以打印当前预览的文档。

4.6.2　开始打印

如果用户想进行快速打印,可直接单击"快速访问"工具栏中的"快速打印"按钮,这样就可以按 Word 默认的设置进行打印。一般情况下,默认的打印设置不能够满足用户的要求,此时用户可以在"打印"对话框中对打印的具体方式进行设置。其操作步骤如下:

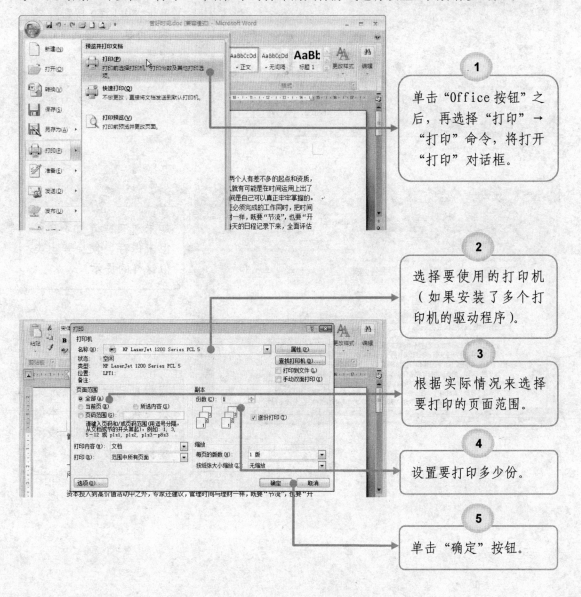

1　单击"Office 按钮"之后,再选择"打印"→"打印"命令,将打开"打印"对话框。

2　选择要使用的打印机(如果安装了多个打印机的驱动程序)。

3　根据实际情况来选择要打印的页面范围。

4　设置要打印多少份。

5　单击"确定"按钮。

4.7　退出 Word

当决定不再使用 Word 程序时,就可以考虑退出 Word 了,以便释放一些内存空间。

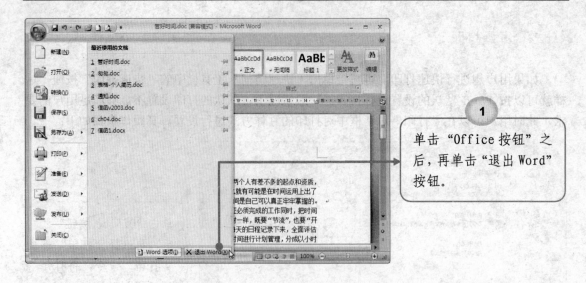

1 单击"Office 按钮"之后，再单击"退出 Word"按钮。

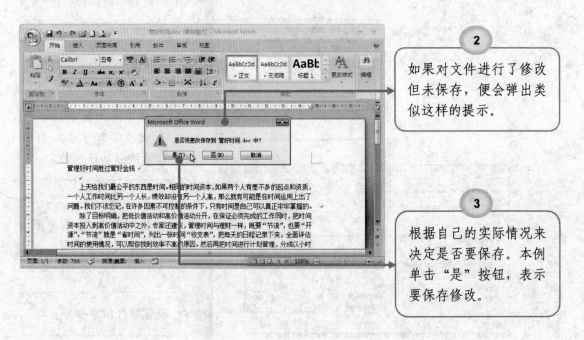

2 如果对文件进行了修改但未保存，便会弹出类似这样的提示。

3 根据自己的实际情况来决定是否要保存。本例单击"是"按钮，表示要保存修改。

第 5 章　美化 Word 文档

本章将介绍一些美化 Word 文档的方法，以便使最后制作的文档更加漂亮。

5.1　设置字符格式

默认情况下，在新建的文档中输入文本时，文字以正文文本的格式输入，即宋体五号字。通过设置字符格式可以使文字的效果更加突出。

5.1.1　用工具栏设置字符格式

在 Word 文档中可以使用的字体，取决于打印机所提供的字体和计算机内所安装的字体文件。要利用工具栏来设置字符格式，其操作步骤如下。

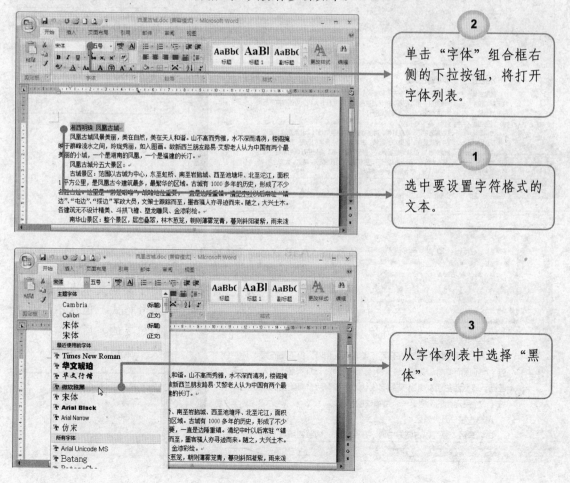

2 单击"字体"组合框右侧的下拉按钮，将打开字体列表。

1 选中要设置字符格式的文本。

3 从字体列表中选择"黑体"。

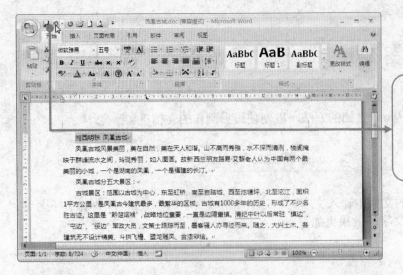

4 由于其他文本也应用了字体格式，但这不是我们想要的，所以单击一次"撤销"按钮。

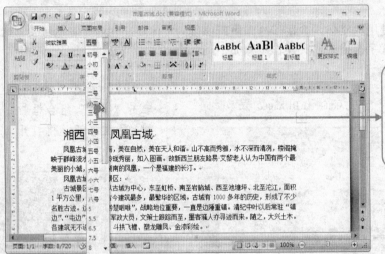

5 单击"字号"组合框右侧的下拉按钮，打开字号列表后，从中选择"小二号"。

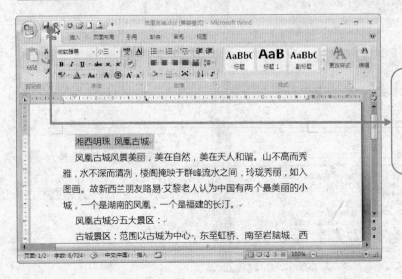

6 由于其他文本也应用了字号格式，但这不是我们想要的，所以单击一次"撤销"按钮。

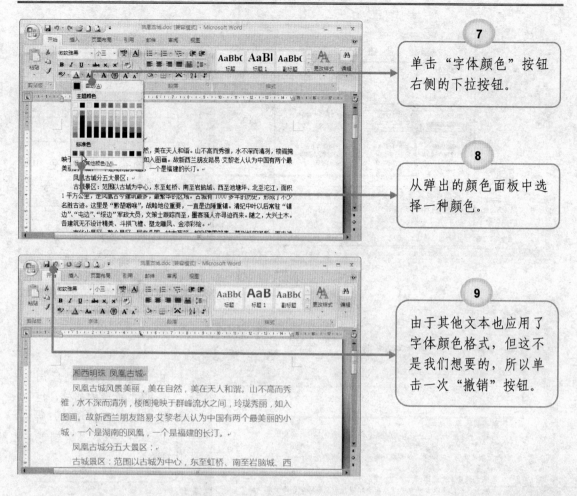

7

单击"字体颜色"按钮右侧的下拉按钮。

8

从弹出的颜色面板中选择一种颜色。

9

由于其他文本也应用了字体颜色格式，但这不是我们想要的，所以单击一次"撤销"按钮。

5.1.2　用"字体"对话框设置字符格式

如果要设置比较复杂的字符格式，可以在"字体"对话框中进行设置，其操作步骤如下：

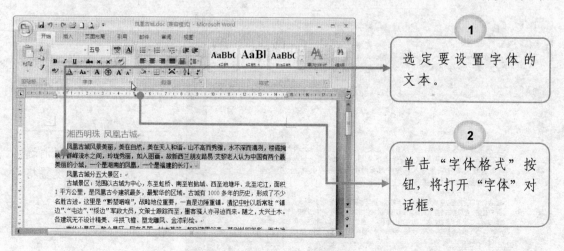

1

选定要设置字体的文本。

2

单击"字体格式"按钮，将打开"字体"对话框。

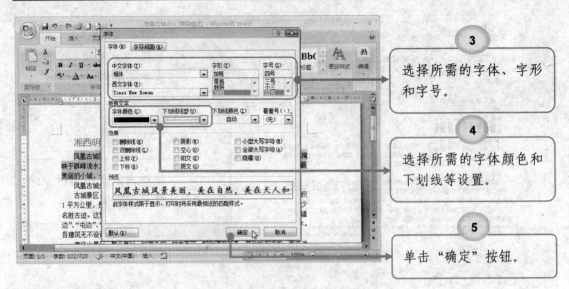

3 选择所需的字体、字形和字号。

4 选择所需的字体颜色和下划线等设置。

5 单击"确定"按钮。

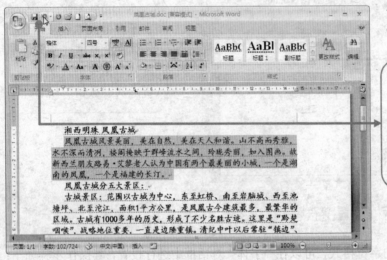

6 由于其他文本也应用了刚才所选的格式，但这不是我们想要的，所以单击一次"撤销"按钮。

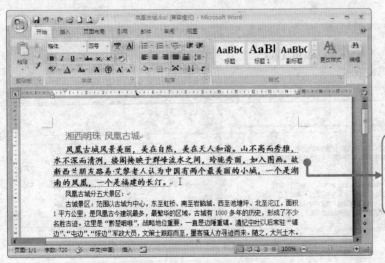

7 单击空白位置来取消选定，就可以看到设置格式后的效果。

5.2 设置段落格式

段落就是以 Enter（回车）键结束的一段文字，它是独立的信息单位。字符格式表示的是文档中局部文本的格式化效果，而段落格式的设置则将帮助用户布局文档的整体外观。

5.2.1 设置段落对齐格式

段落的对齐直接影响文档的版面效果，段落的水平对齐方式控制了段落中文本行的排列方式，在工具栏中提供了"左对齐"、"居中对齐"、"右对齐"、"两端对齐"和"分散对齐"五个对齐方式按钮。这里以"居中对齐"为例介绍段落对齐的方法，其操作步骤如下。

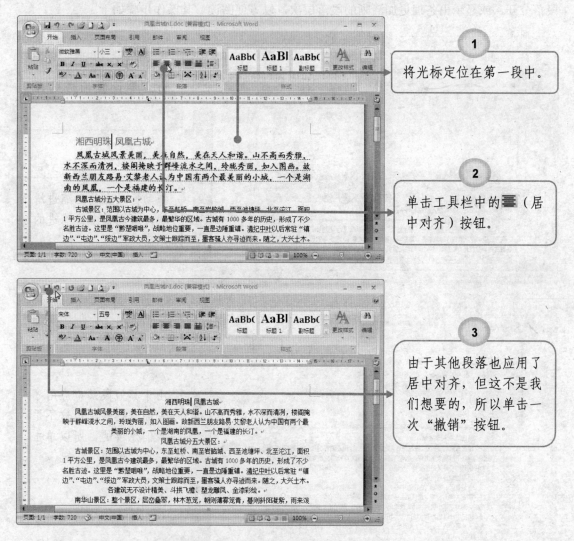

下面简单介绍一下其他几个对齐方式按钮的作用。

◇ 两端对齐：段落中除了最后一行文本外，其余行的文本的左右两端分别以文档的左右边界为基准向两端对齐。这种对齐方式是最常用的，也是系统默认的对齐方式。

◇ 右对齐：文本在文档右边界被对齐，而左边界是不规则的，一般文章的落款多采用该对齐方式。

◇ 左对齐：文本在文档左边界被对齐，而右边界是不规则的。这也是一种常用的对齐方式。

◇ 分散对齐：段落的所有行的文本的左右两端分别沿文档的左右两边界对齐。

5.2.2 设置段落缩进

段落缩进可以调整一个段落与页边距之间的距离。设置段落缩进可以将一个段落与其他段落分开，或显示出条理更加清晰的段落层次，以方便阅读。其操作步骤如下。

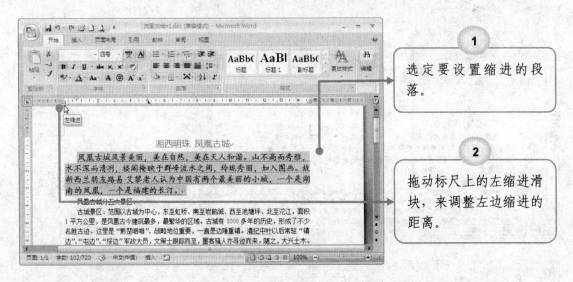

1 选定要设置缩进的段落。

2 拖动标尺上的左缩进滑块，来调整左边缩进的距离。

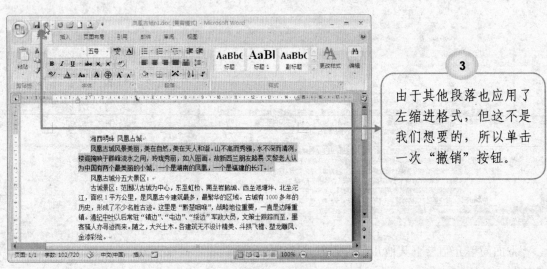

3 由于其他段落也应用了左缩进格式，但这不是我们想要的，所以单击一次"撤销"按钮。

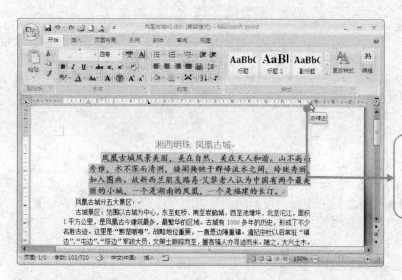

4 拖动标尺上的右缩进滑块，来调整右边缩进的距离。

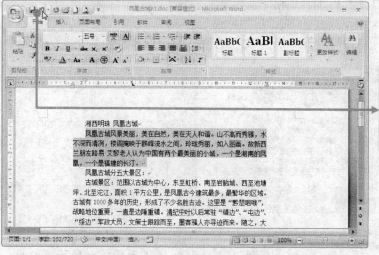

5 由于其他段落也应用了右缩进格式，但这不是我们想要的，所以单击一次"撤销"按钮。

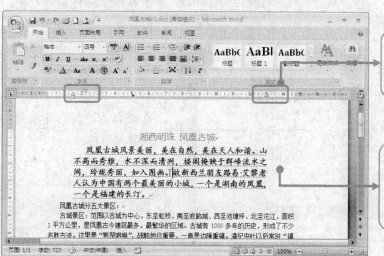

6 缩进滑块的位置也发生了相应的变化。

7 单击空白位置来取消选定，就可以看到设置格式后的效果。

提示

用户还可以利用工具栏中的按钮快速设置段落的缩进。将鼠标定位在要设置段落缩进的段落中或选中该段落，在工具栏中单击 ⯀（减少缩进量）按钮或 ⯀（增加缩进量）按钮一次，选中段落的所有行都将减少或增加一个汉字的缩进量。

5.2.3 设置行间距和段落间距

行间距是一个段落内部行与行之间的距离，段落间距是指两个段落之间的间隔。设置合适的行间距和段落间距，可以增强文档的可读性。

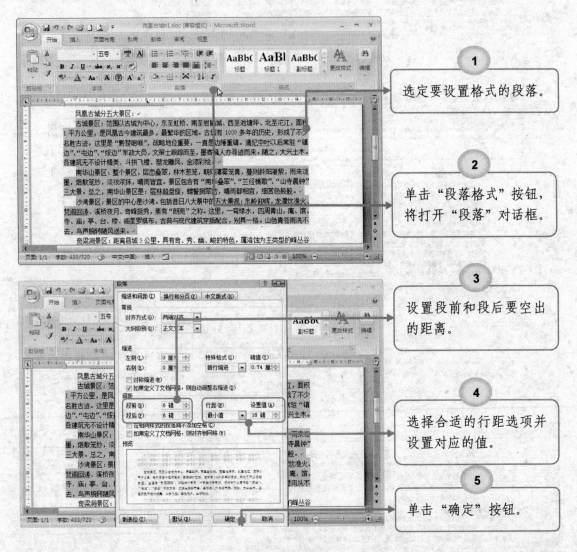

1. 选定要设置格式的段落。

2. 单击"段落格式"按钮，将打开"段落"对话框。

3. 设置段前和段后要空出的距离。

4. 选择合适的行距选项并设置对应的值。

5. 单击"确定"按钮。

提示

　　行距选择为"固定值"或"最小值"时，需要在"设置值"文本框中键入所需值；如果选择"多倍行距"，需要在"设置值"文本框中键入所需行数。如果设置的行距为"固定值"，则行间距不会自动调整，当在行中输入了较大字体时，较大的文本可能会显示不完全。当设置了除固定值以外的行距时，系统会自动调整行距以容纳较大的字体。

5.3　设置页面格式

　　页面设置包括对纸张大小、页边距、字符数/行数、纸张来源和版面等的设置，这些设置是打印文档之前必须要做的准备工作。用户可以使用 Word 默认的页面设置，也可以根据需要重新设置或随时修改这些选项。

　　系统提供了多种预定义的纸张，系统默认的是 A4 纸。用户可以根据需要选择纸张大小并设置适当的页边距，具体操作步骤如下：

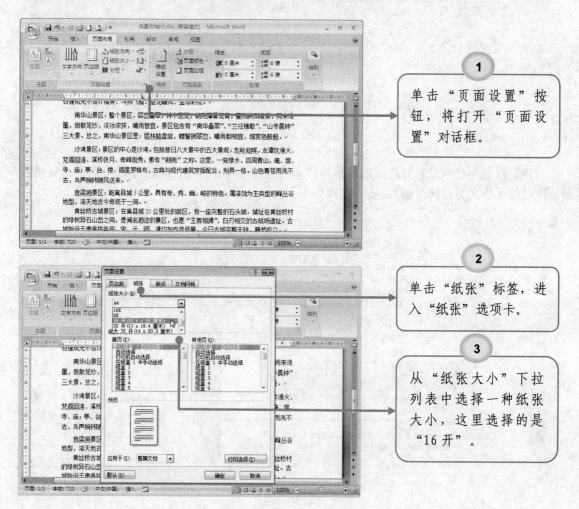

1 单击"页面设置"按钮，将打开"页面设置"对话框。

2 单击"纸张"标签，进入"纸张"选项卡。

3 从"纸张大小"下拉列表中选择一种纸张大小，这里选择的是"16 开"。

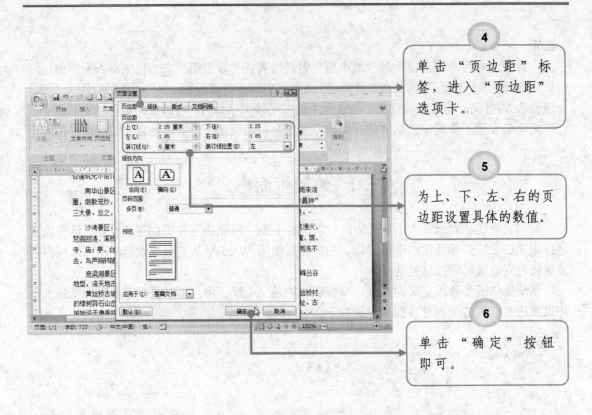

4 单击"页边距"标签，进入"页边距"选项卡。

5 为上、下、左、右的页边距设置具体的数值。

6 单击"确定"按钮即可。

5.4 复制格式

我们称一个已经设置好格式的段落为样本段落，Word 允许用户把样本段落的格式复制到其他段落（称之为目标段落）。操作步骤如下：

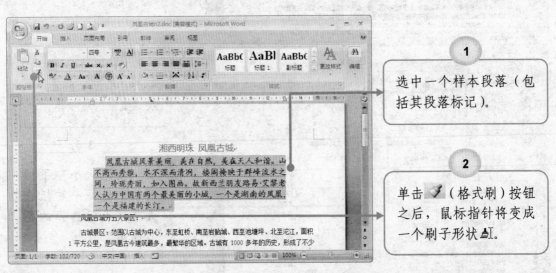

1 选中一个样本段落（包括其段落标记）。

2 单击 ✎ （格式刷）按钮之后，鼠标指针将变成一个刷子形状 ▮I。

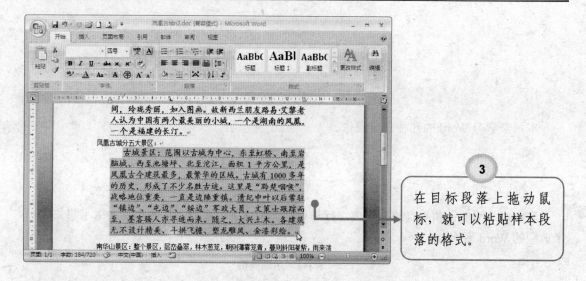

间，玲珑秀丽，如入图画。故新西兰朋友路易·艾黎老
人认为中国有两个最美丽的小城，一个是湖南的凤凰，
一个是福建的长汀。

凤凰古城分五大景区：

古城景区：范围以古城为中心，东至虹桥、南至岩
脑城、西至池塘坪、北至沱江，面积 1 平方公里，是
凤凰古今建筑最多，最繁华的区域。古城有 1000 多年
的历史，形成了不少名胜古迹。这里有"黔楚咽喉"，
战略地位重要，一直是边陲重镇。清纪中叶以后常驻
"镇边"、"屯边"、"绥边"军政大员，文策士跟踪而
至，墨客骚人亦寻迹而来。随之，大兴土木。各建筑
无不设计精美，斗拱飞檐，鳌龙雕凤，金漆彩绘。

南华山景区：整个景区，层峦叠翠，林木葱茏，朝则薄霭笼青，暮则斜阳凝紫，雨来溪

3

在目标段落上拖动鼠标，就可以粘贴样本段落的格式。

提示

　如要将选中的样本格式复制到多个目标位置，可以把步骤 2 中的单击"格式刷"按钮换成双击"格式刷"按钮，再重复步骤 3 的操作，最后单击"格式刷"按钮即可结束复制操作。

第 6 章　Word 的高级操作

本章来学习 Word 的几种高级操作。

6.1　使用表格

表格由水平的行和垂直的列组成，行与列交叉形成的方框称为单元格，表 6-1 显示了一个典型的 Word 表格。

表 6-1　示例表格

季度 城市	第一季度	第二季度	第三季度	第四季度
广州	4500	5000	5500	6000
上海	5300	5900	6500	7200
北京	5500	6200	6900	7500

6.1.1　表格的制作

1. 用"表格"按钮来创建表格

使用工具栏中的"表格"按钮，适合于创建那些行数、列数较少，并具有规范的行高和列宽的简单表格，这是创建表格的最快捷方法。操作步骤如下：

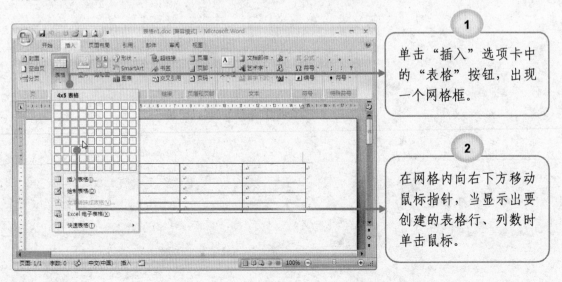

1 单击"插入"选项卡中的"表格"按钮，出现一个网格框。

2 在网格内向右下方移动鼠标指针，当显示出要创建的表格行、列数时单击鼠标。

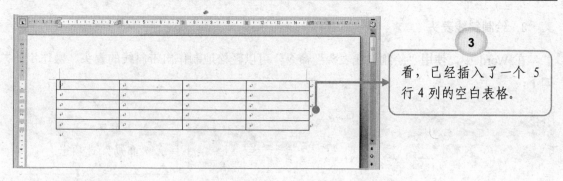

③

看，已经插入了一个 5 行 4 列的空白表格。

2．用"插入表格"命令来创建表格

用"插入表格"方式来创建表格固然方便，但由于屏幕宽度和高度有限，拖动到一定的位置就不能再拖动了，所以无法创建行数或列数较大的表格。用"插入表格"命令来创建表格的操作步骤如下：

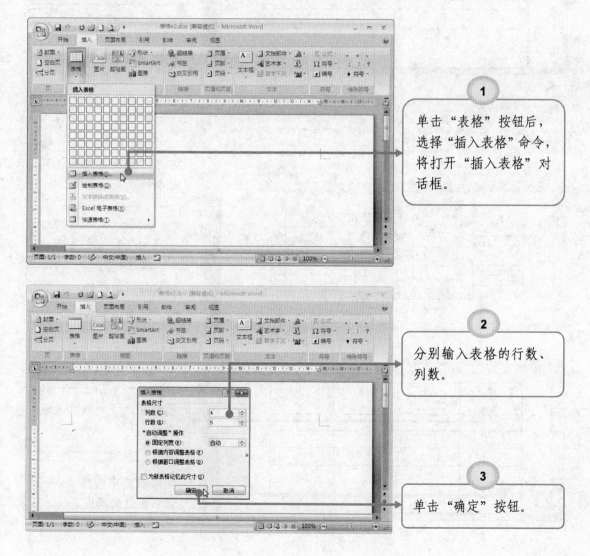

①

单击"表格"按钮后，选择"插入表格"命令，将打开"插入表格"对话框。

②

分别输入表格的行数、列数。

③

单击"确定"按钮。

3. 绘制斜线表头

在 Word 中，使用"绘制斜线表头"命令，可以轻松地制作出带斜线的表头。操作步骤如下：

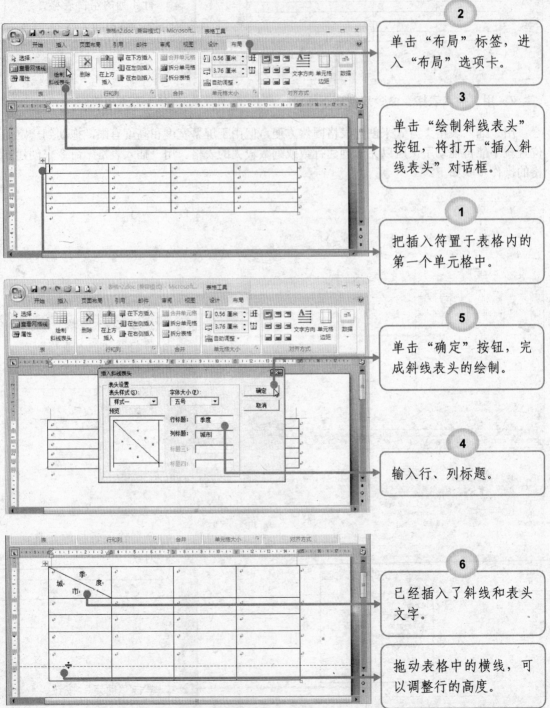

2 单击"布局"标签，进入"布局"选项卡。

3 单击"绘制斜线表头"按钮，将打开"插入斜线表头"对话框。

1 把插入符置于表格内的第一个单元格中。

5 单击"确定"按钮，完成斜线表头的绘制。

4 输入行、列标题。

6 已经插入了斜线和表头文字。

拖动表格中的横线，可以调整行的高度。

6.1.2 表格的编辑

编辑表格主要包括在表格中移动插入点并在相应的单元格中输入数据、调整表格的行高行宽、插入列等一些基本的操作。

若要在表格中输入数据，只要用鼠标单击一个单元格即可定位插入点，然后再向表格中输入数据就可以了。

如果在单元格中输入文本时出现错误，按 Backspace 键可删除插入点左边的字符，按 Delete 键可删除插入点右边的字符。

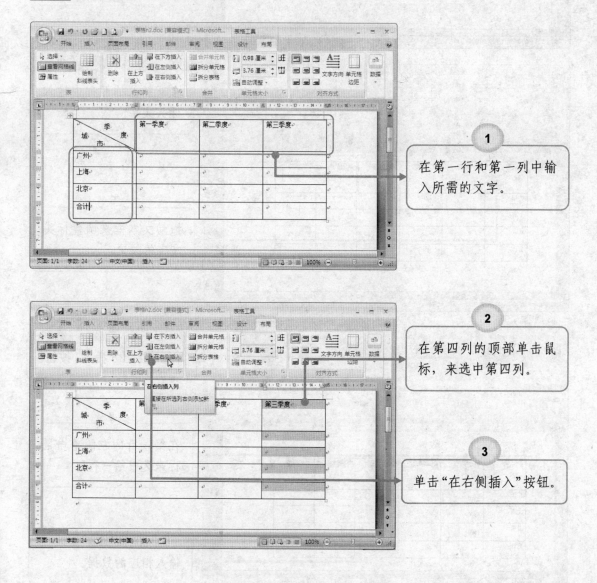

1 在第一行和第一列中输入所需的文字。

2 在第四列的顶部单击鼠标，来选中第四列。

3 单击"在右侧插入"按钮。

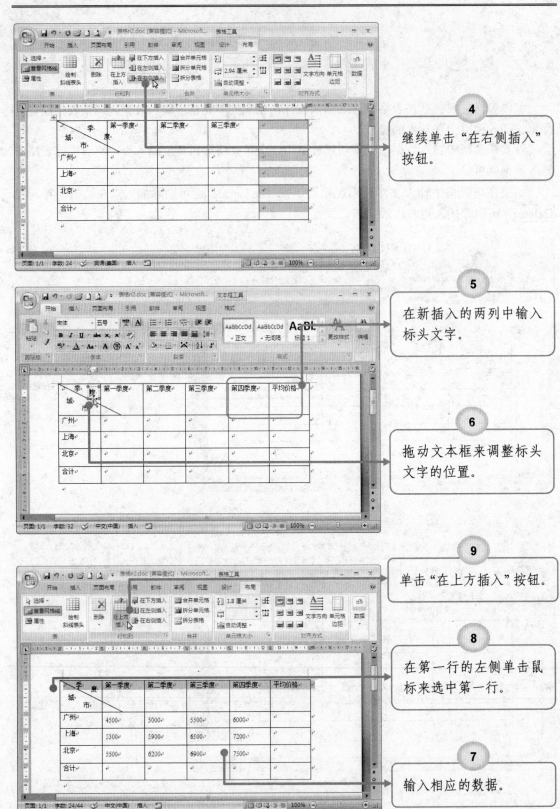

4 继续单击"在右侧插入"按钮。

5 在新插入的两列中输入标头文字。

6 拖动文本框来调整标头文字的位置。

9 单击"在上方插入"按钮。

8 在第一行的左侧单击鼠标来选中第一行。

7 输入相应的数据。

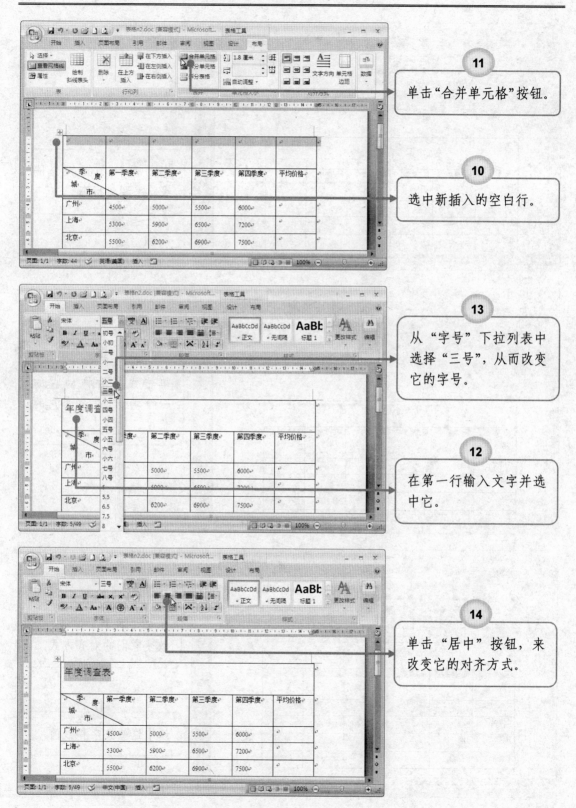

11 单击"合并单元格"按钮。

10 选中新插入的空白行。

13 从"字号"下拉列表中选择"三号",从而改变它的字号。

12 在第一行输入文字并选中它。

14 单击"居中"按钮,来改变它的对齐方式。

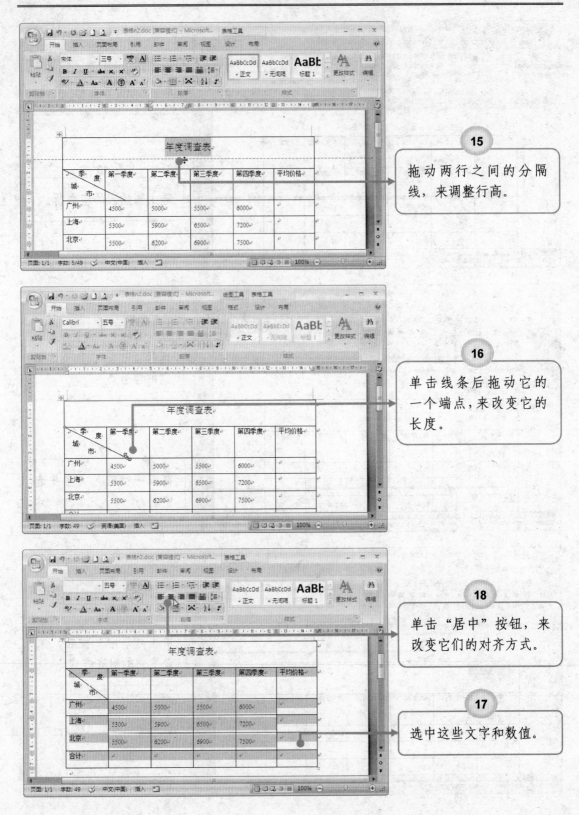

15 拖动两行之间的分隔线，来调整行高。

16 单击线条后拖动它的一个端点，来改变它的长度。

18 单击"居中"按钮，来改变它们的对齐方式。

17 选中这些文字和数值。

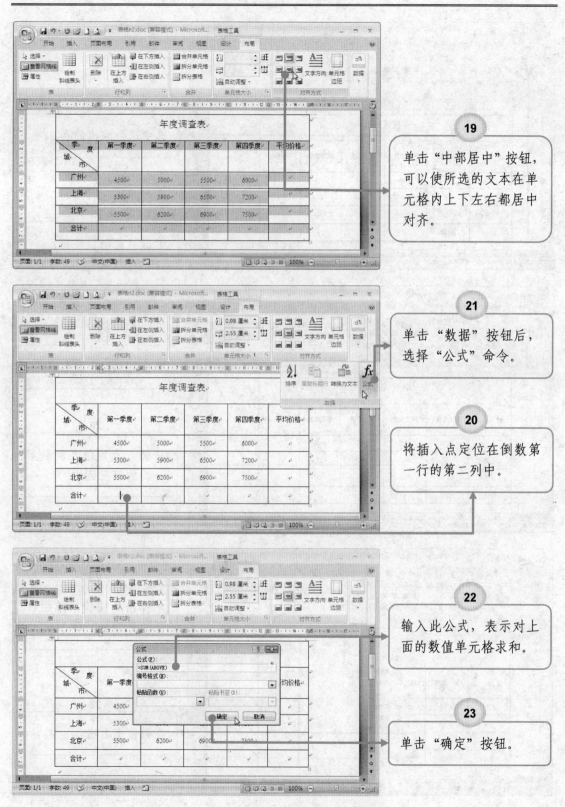

19

单击"中部居中"按钮，可以使所选的文本在单元格内上下左右都居中对齐。

21

单击"数据"按钮后，选择"公式"命令。

20

将插入点定位在倒数第一行的第二列中。

22

输入此公式，表示对上面的数值单元格求和。

23

单击"确定"按钮。

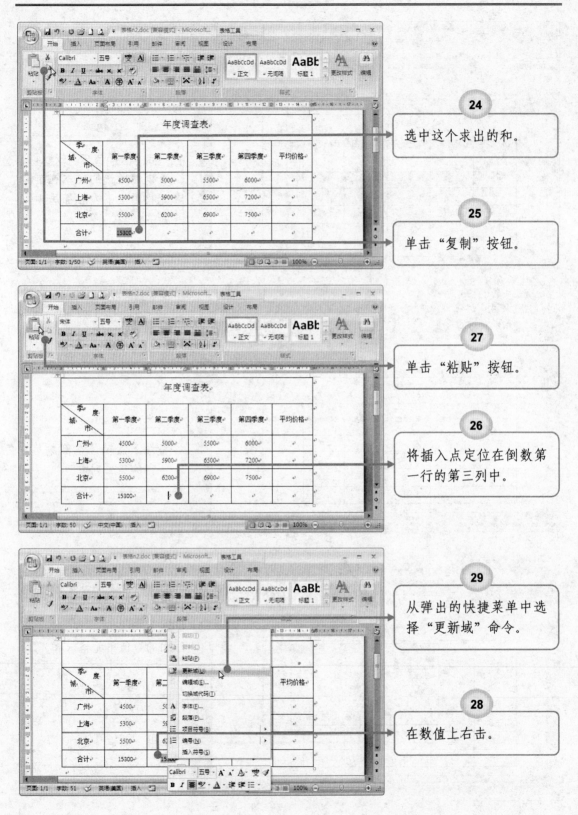

24 选中这个求出的和。

25 单击"复制"按钮。

27 单击"粘贴"按钮。

26 将插入点定位在倒数第一行的第三列中。

29 从弹出的快捷菜单中选择"更新域"命令。

28 在数值上右击。

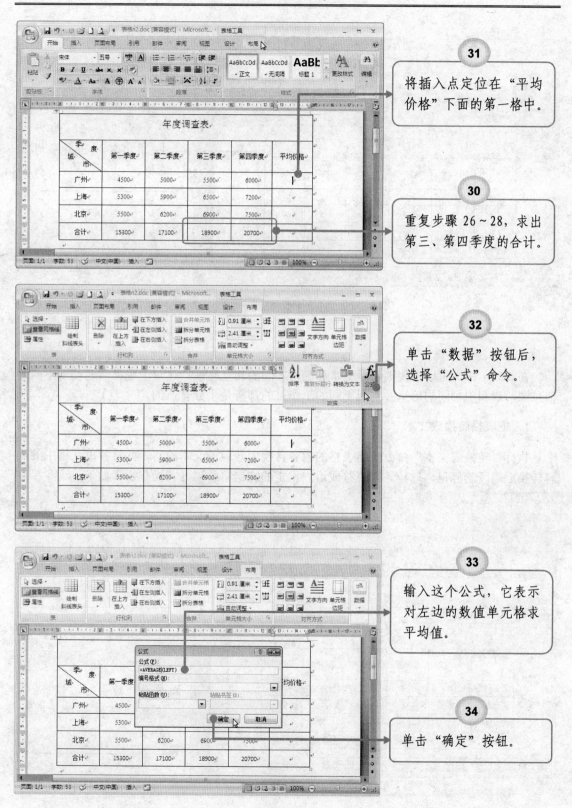

31 将插入点定位在"平均价格"下面的第一格中。

30 重复步骤 26～28，求出第三、第四季度的合计。

32 单击"数据"按钮后，选择"公式"命令。

33 输入这个公式，它表示对左边的数值单元格求平均值。

34 单击"确定"按钮。

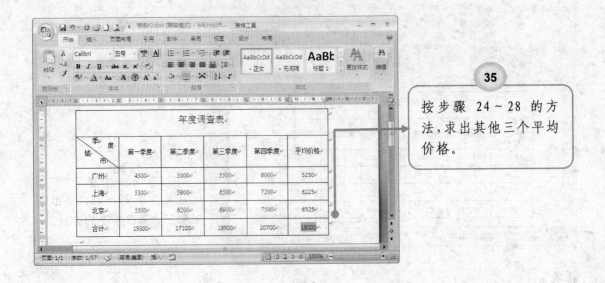

按步骤 24～28 的方法，求出其他三个平均价格。

6.1.3　表格与文本

在 Word 中，可以方便地进行文本和表格之间的相互转换，这对于更灵活地使用不同的信息源，或利用相同的信息源实现不同的工作目的都将是十分有益的。

1．把表格转换成文本

执行"转换成文本"命令可将表格的内容转换为普通的文本段落，并将各单元格中的内容转换后用段落标记、逗号、制表符或用户指定的特定字符隔开。操作步骤如下：

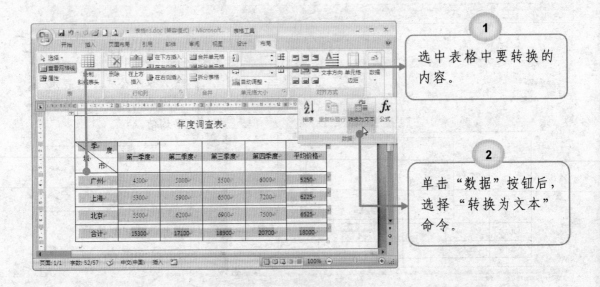

1

选中表格中要转换的内容。

2

单击"数据"按钮后，选择"转换为文本"命令。

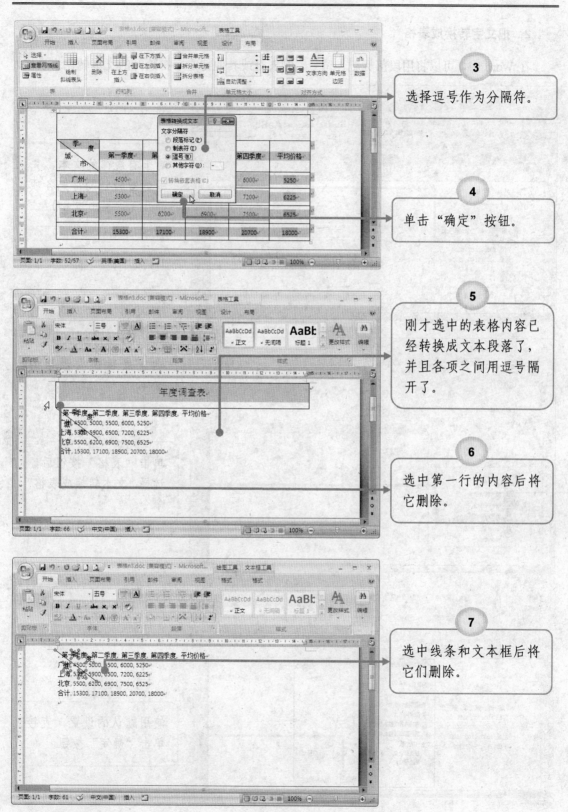

3 选择逗号作为分隔符。

4 单击"确定"按钮。

5 刚才选中的表格内容已经转换成文本段落了，并且各项之间用逗号隔开了。

6 选中第一行的内容后将它删除。

7 选中线条和文本框后将它们删除。

2. 把文字转换成表格

在 Word 中，可以将用段落标记、逗号、制表符或其他特定字符隔开的文本转化为表格。

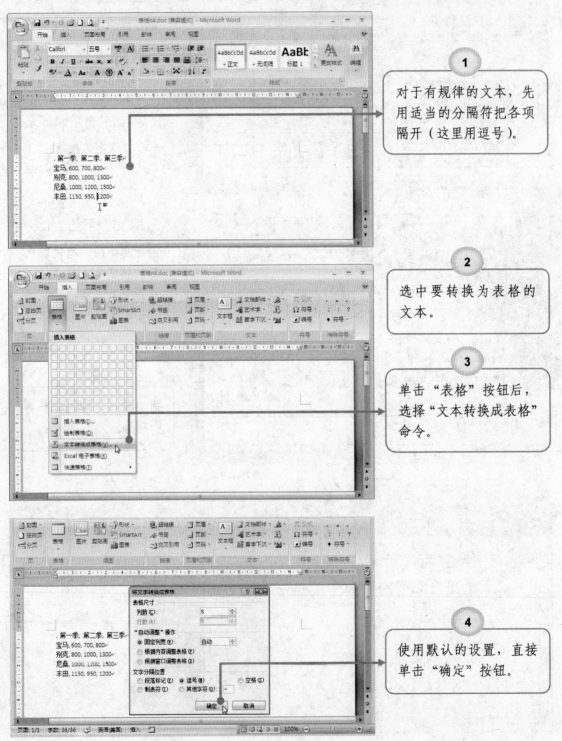

1 对于有规律的文本，先用适当的分隔符把各项隔开（这里用逗号）。

2 选中要转换为表格的文本。

3 单击"表格"按钮后，选择"文本转换成表格"命令。

4 使用默认的设置，直接单击"确定"按钮。

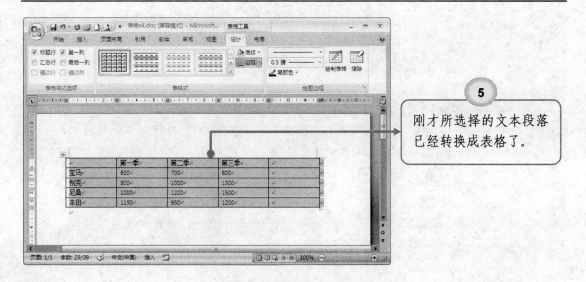

5

刚才所选择的文本段落
已经转换成表格了。

6.2　插　入　对　象

在 Word 中，只需几个简单的鼠标操作，就可以插入图形、图片和艺术字等对象。

6.2.1　绘制图形

利用 Word 的绘图工具，用户可轻松、快速地绘制出各种外观专业、效果生动的图形。对绘制出来的图形，可以重新调整其大小，进行旋转、翻转、添加颜色等修改，还可以将绘制的图形与其他图形组合，制作出各种更复杂的图形。

1．插入智能图形

操作步骤如下：

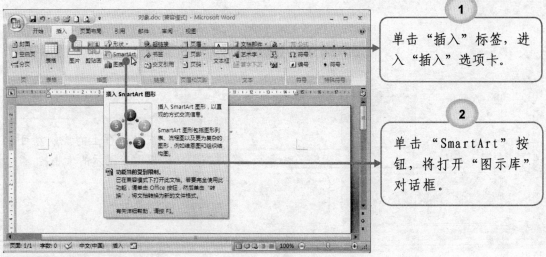

1

单击"插入"标签，进入"插入"选项卡。

2

单击"SmartArt"按钮，将打开"图示库"对话框。

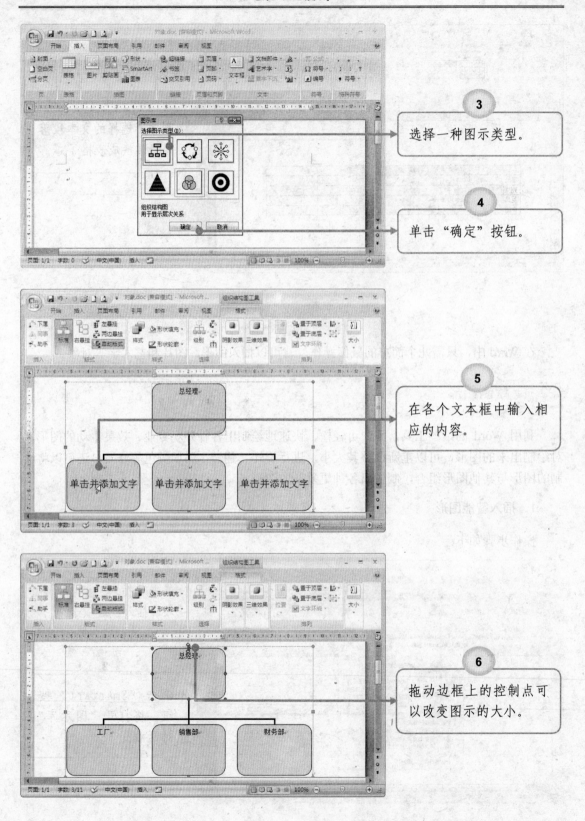

3 选择一种图示类型。

4 单击"确定"按钮。

5 在各个文本框中输入相应的内容。

6 拖动边框上的控制点可以改变图示的大小。

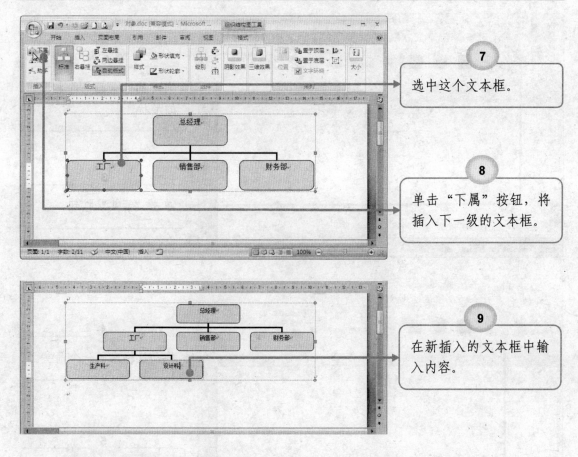

7 选中这个文本框。

8 单击"下属"按钮，将插入下一级的文本框。

9 在新插入的文本框中输入内容。

2. 绘制自选图形

值得指出的是，在各类自选图形中，除了直线、箭头等线条图形外，其他所有图形都允许向其中添加文字。

1 单击"形状"按钮后，选择一种要插入的形状。

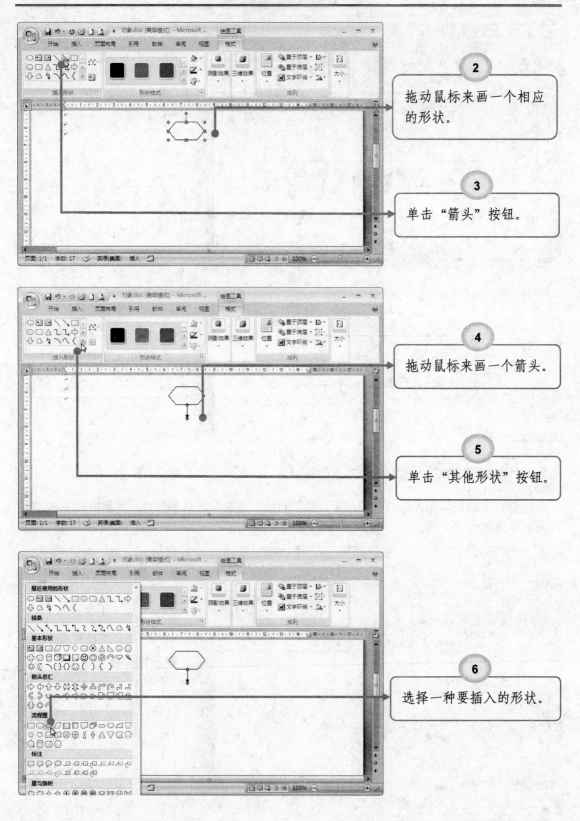

2 拖动鼠标来画一个相应的形状。

3 单击"箭头"按钮。

4 拖动鼠标来画一个箭头。

5 单击"其他形状"按钮。

6 选择一种要插入的形状。

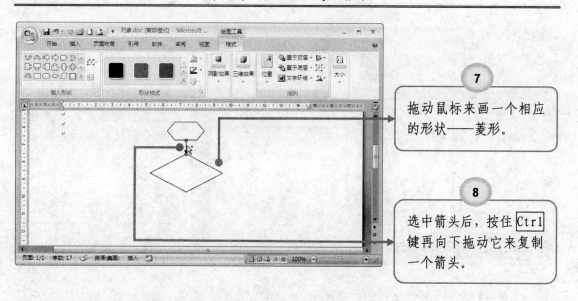

7

拖动鼠标来画一个相应的形状——菱形。

8

选中箭头后，按住 Ctrl 键再向下拖动它来复制一个箭头。

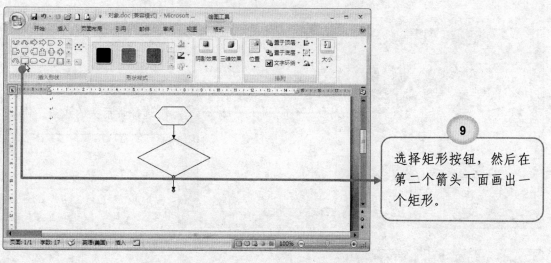

9

选择矩形按钮，然后在第二个箭头下面画出一个矩形。

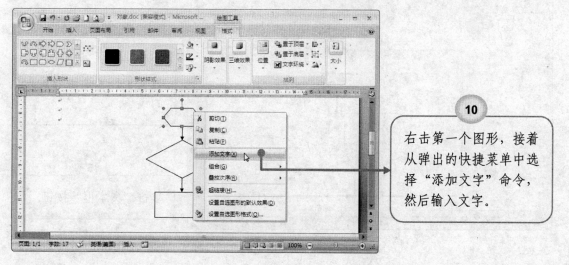

10

右击第一个图形，接着从弹出的快捷菜单中选择"添加文字"命令，然后输入文字。

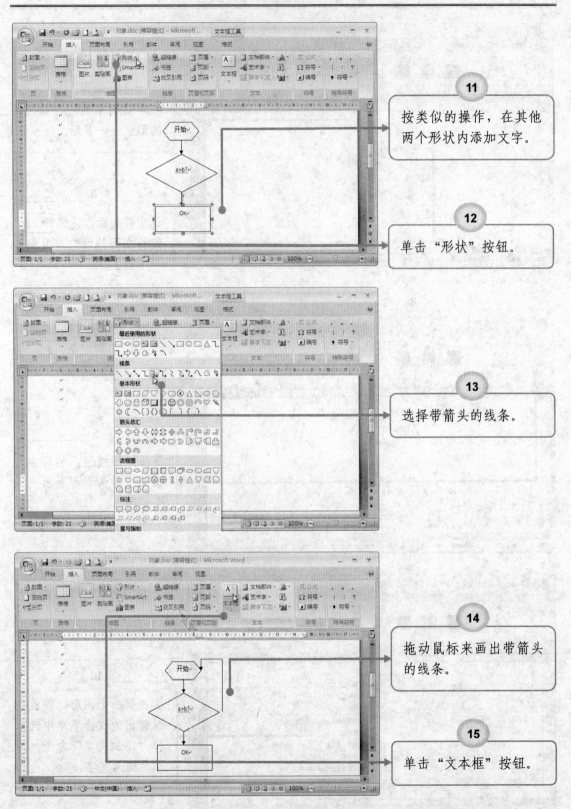

11 按类似的操作，在其他两个形状内添加文字。

12 单击"形状"按钮。

13 选择带箭头的线条。

14 拖动鼠标来画出带箭头的线条。

15 单击"文本框"按钮。

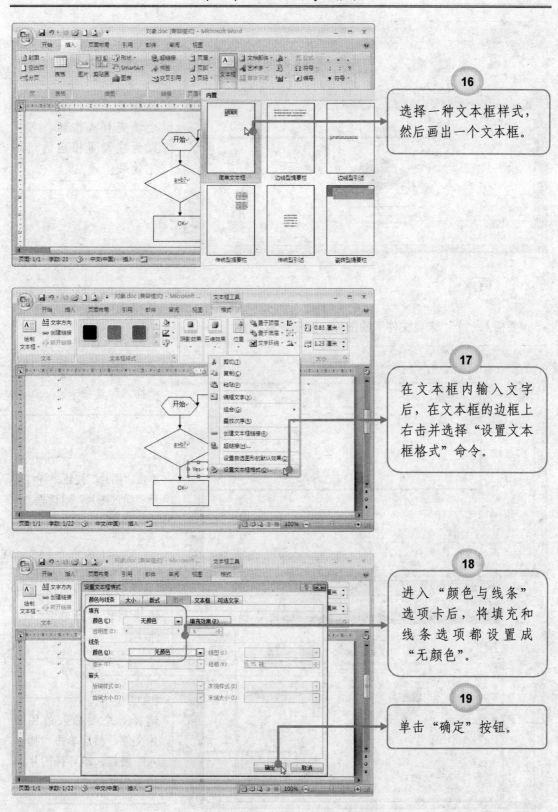

16 选择一种文本框样式，然后画出一个文本框。

17 在文本框内输入文字后，在文本框的边框上右击并选择"设置文本框格式"命令。

18 进入"颜色与线条"选项卡后，将填充和线条选项都设置成"无颜色"。

19 单击"确定"按钮。

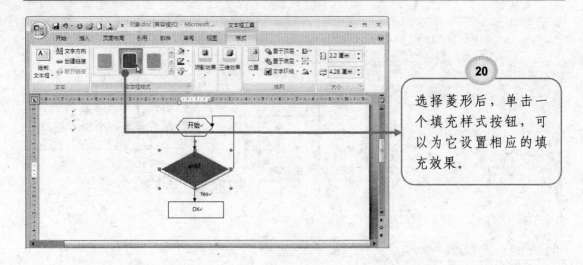

20

选择菱形后，单击一个填充样式按钮，可以为它设置相应的填充效果。

6.2.2 插入图片

要插入一个"来自文件"的图片，操作步骤如下：

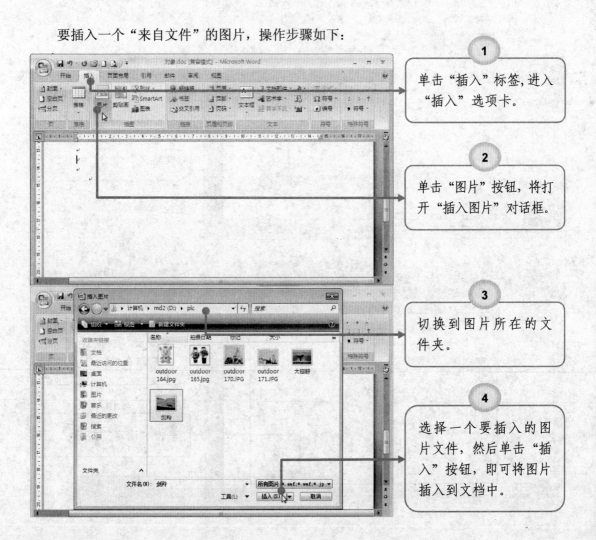

1

单击"插入"标签，进入"插入"选项卡。

2

单击"图片"按钮，将打开"插入图片"对话框。

3

切换到图片所在的文件夹。

4

选择一个要插入的图片文件，然后单击"插入"按钮，即可将图片插入到文档中。

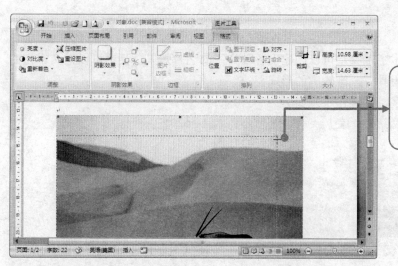

5

选中图片后，拖动边框上的控制点，可以改变图片的大小。

6

选择"裁剪"按钮后，拖动图片边框中上部的控制点，可以裁剪图片的高度。

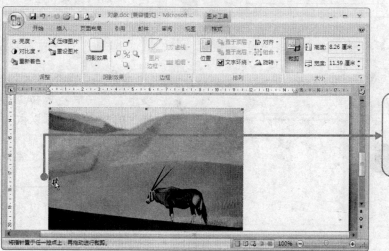

7

拖动图片边框左侧的控制点，可以裁剪图片的宽度。

6.2.3 插入艺术字

使用 Word 提供的艺术字工具，可以创建出各种文字的艺术效果，甚至可以把文本扭曲成各种各样的形状或设置为具有三维轮廓的形式。

要在文档中插入艺术字，其操作步骤如下：

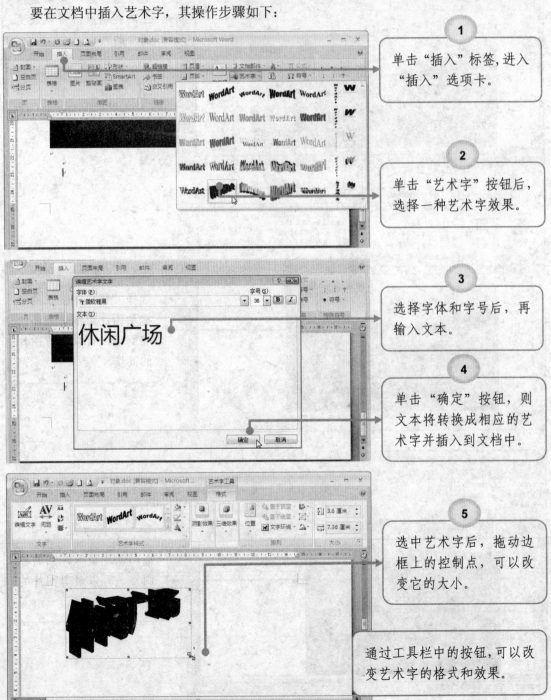

1 单击"插入"标签，进入"插入"选项卡。

2 单击"艺术字"按钮后，选择一种艺术字效果。

3 选择字体和字号后，再输入文本。

4 单击"确定"按钮，则文本将转换成相应的艺术字并插入到文档中。

5 选中艺术字后，拖动边框上的控制点，可以改变它的大小。

通过工具栏中的按钮，可以改变艺术字的格式和效果。

6.3 创建页眉页脚

页眉和页脚分别位于文档页面的顶部或底部的页边距中，常常用来插入标题、页码、日期等文本，或公司徽标等图形、符号。

用户只需在某一个页眉或页脚中输入要放置在页眉或页脚的内容，Word 就会把它们自动加到每一页上。页眉和页脚只有在页面视图或打印预览中才是可见的。

要在文档中创建页眉或页脚，其操作步骤如下：

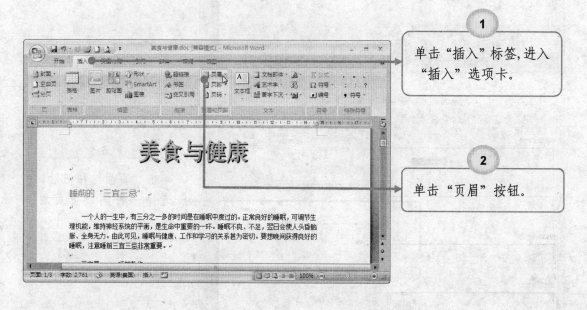

1 单击"插入"标签，进入"插入"选项卡。

2 单击"页眉"按钮。

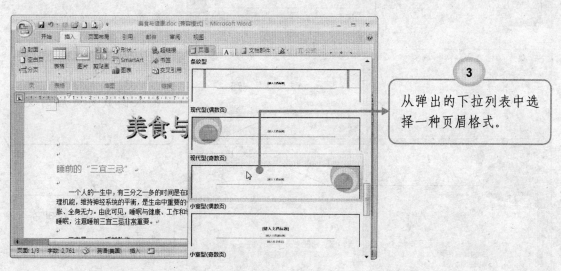

3 从弹出的下拉列表中选择一种页眉格式。

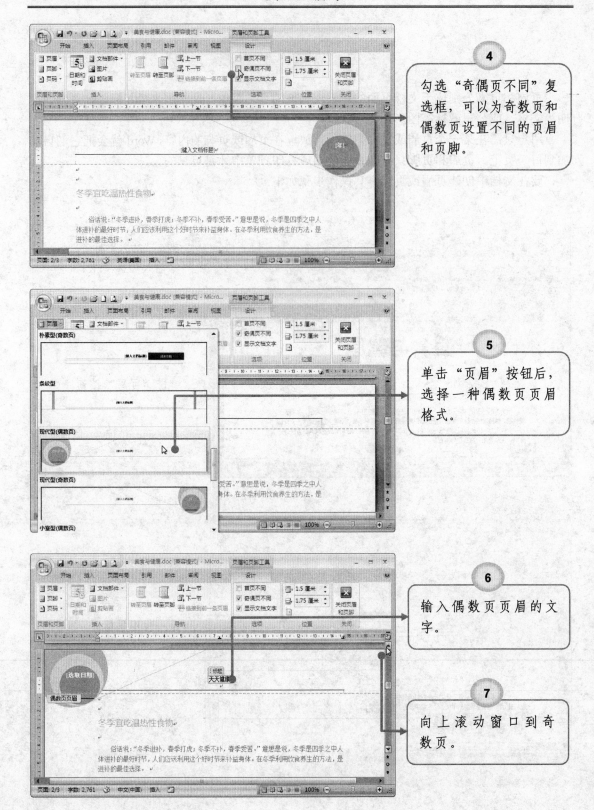

4

勾选"奇偶页不同"复选框，可以为奇数页和偶数页设置不同的页眉和页脚。

5

单击"页眉"按钮后，选择一种偶数页页眉格式。

6

输入偶数页页眉的文字。

7

向上滚动窗口到奇数页。

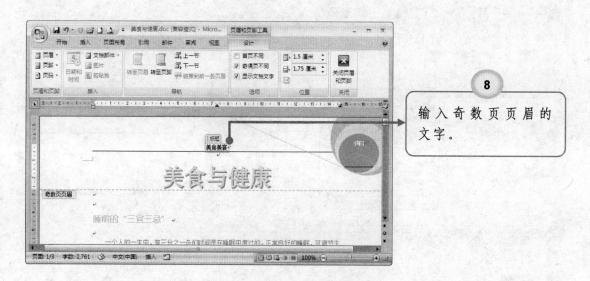

8

输入奇数页页眉的文字。

如果希望将首页的页眉或页脚设置成与其他页不同的形式，可以勾选"首页不同"复选框。利用工具栏中的"转至页眉"和"转至页脚"按钮，可以在页眉与页脚之间跳转。

6.4　插　入　页　码

页码是一种内容最简单，但使用最多的页眉或页脚。由于页码通常都被放在页眉区或页脚区，因此，只要在文档中设置页码，实际上就是在文档中加入了页眉或页脚。

要在文档中插入页码，其操作步骤如下：

1

单击"页码"按钮后，选择"设置页码格式"命令。

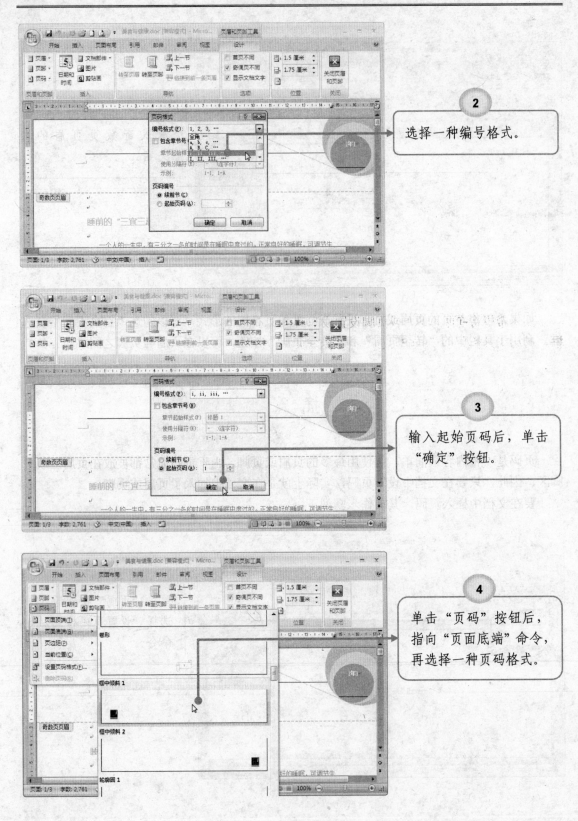

2 选择一种编号格式。

3 输入起始页码后，单击"确定"按钮。

4 单击"页码"按钮后，指向"页面底端"命令，再选择一种页码格式。

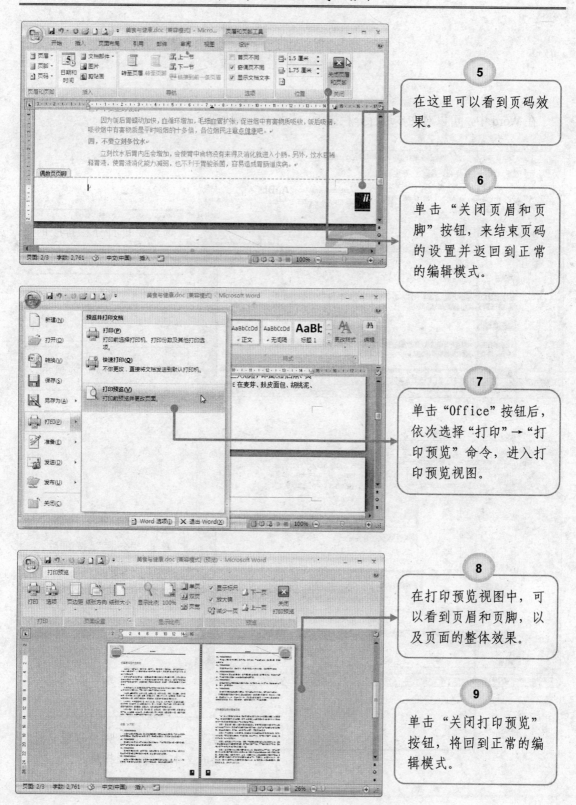

5 在这里可以看到页码效果。

6 单击"关闭页眉和页脚"按钮，来结束页码的设置并返回到正常的编辑模式。

7 单击"Office"按钮后，依次选择"打印"→"打印预览"命令，进入打印预览视图。

8 在打印预览视图中，可以看到页眉和页脚，以及页面的整体效果。

9 单击"关闭打印预览"按钮，将回到正常的编辑模式。

6.5 分栏排版

在 Word 中，可以对文本进行分栏排版。其操作步骤如下：

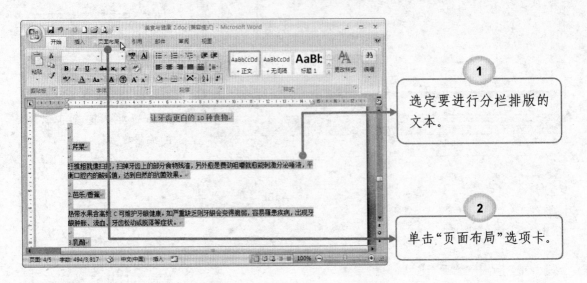

1 选定要进行分栏排版的文本。

2 单击"页面布局"选项卡。

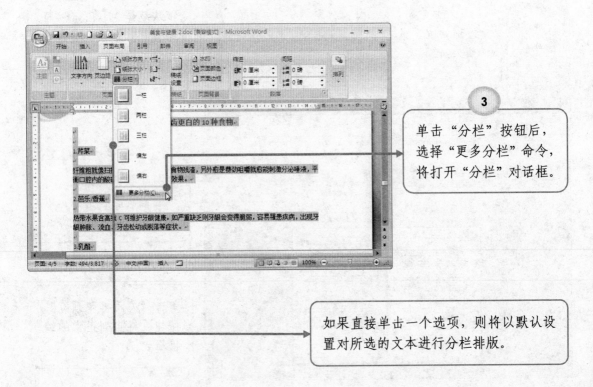

3 单击"分栏"按钮后，选择"更多分栏"命令，将打开"分栏"对话框。

如果直接单击一个选项，则将以默认设置对所选的文本进行分栏排版。

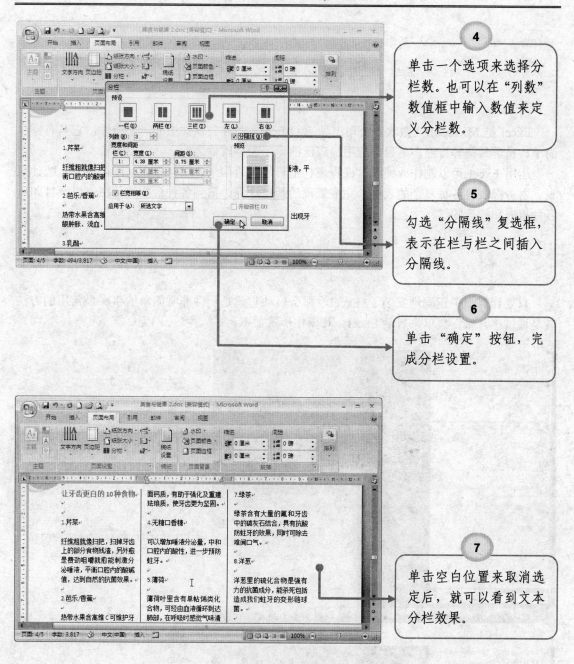

4　单击一个选项来选择分栏数。也可以在"列数"数值框中输入数值来定义分栏数。

5　勾选"分隔线"复选框，表示在栏与栏之间插入分隔线。

6　单击"确定"按钮，完成分栏设置。

7　单击空白位置来取消选定后，就可以看到文本分栏效果。

第 7 章　创建与编辑 Excel 工作表

Excel 是 Microsoft（微软）公司出品的 Office 系列办公软件中的一个组件，它具有操作简单、易学易懂等特点，是目前应用最广泛的电子表格软件之一。

运用 Excel 可以制作成绩单、课程表、值日表、通信录、销售报表、库存报表、统计报表、财务报表等各种复杂的表格，完成繁琐的数值计算，得到各种数据统计图表以及打印出各种报表和统计图。

7.1　启　动　Excel

只要计算机中正确地安装了 Excel，那么启动它就是一件非常简单的事。最常用的方法就是通过"开始"菜单来启动 Excel。其操作步骤如下。

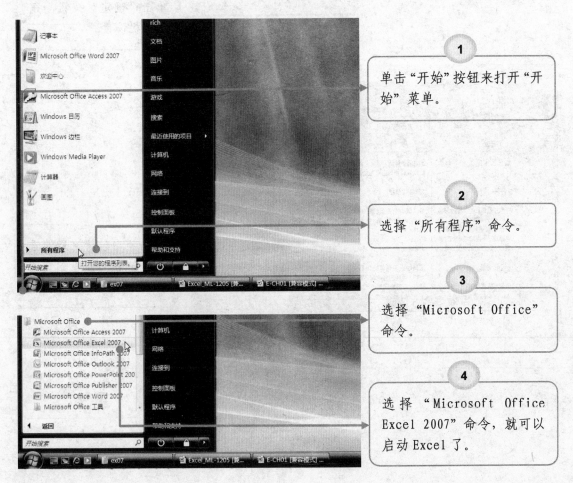

1 单击"开始"按钮来打开"开始"菜单。

2 选择"所有程序"命令。

3 选择"Microsoft Office"命令。

4 选择"Microsoft Office Excel 2007"命令，就可以启动 Excel 了。

7.2 Excel 界面介绍

启动 Excel 后，如果只是启动该应用程序而未打开任何 Excel 文件，系统将自动建立一个名为 Book1 的空白工作簿。在一个标准的 Excel 操作窗口中，包括"快速访问"工具栏、标题栏、功能区（由包含工具按钮的选项卡构成）、名称框、编辑栏、行标题栏、列标题栏、工作表区、工作表标签栏、状态栏和视图栏等组成部分，如下图所示。

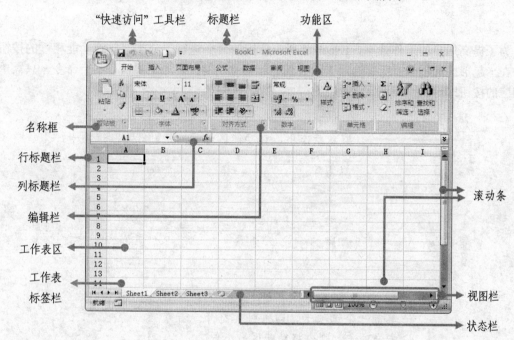

7.2.1 标题栏

标题栏位于整个 Excel 窗口界面的最上面，标题栏写有窗口的名称"Book1 - Microsoft Excel"。在启动 Excel 后，Book1 是系统给出的默认工作簿名称。

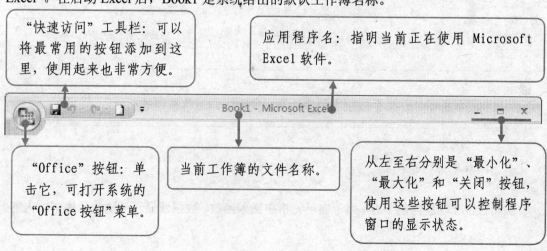

"快速访问"工具栏：可以将最常用的按钮添加到这里，使用起来也非常方便。

应用程序名：指明当前正在使用 Microsoft Excel 软件。

"Office"按钮：单击它，可打开系统的"Office 按钮"菜单。

当前工作簿的文件名称。

从左至右分别是"最小化"、"最大化"和"关闭"按钮，使用这些按钮可以控制程序窗口的显示状态。

窗口被最大化之后，"最大化"按钮变为"还原"按钮。再单击"还原"按钮，即可将窗口大小还原。

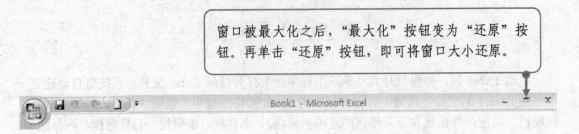

7.2.2 功能区

为了提高用户的工作效率，Excel 将所有常用的命令进行了分类，并将功能相近的按钮集中在一起形成选项卡，所有选项卡组合到一起便是功能区。如果要执行某个命令，只需单击相应的按钮即可。

默认状态下，在功能区显示的是"开始"选项卡。

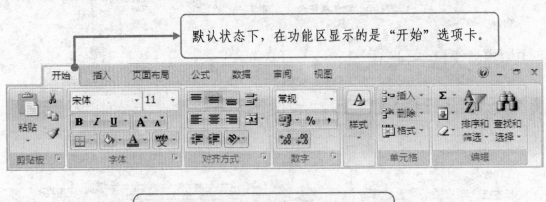

单击一个选项卡，即可将其打开。若双击选项卡，则会将功能区最小化。

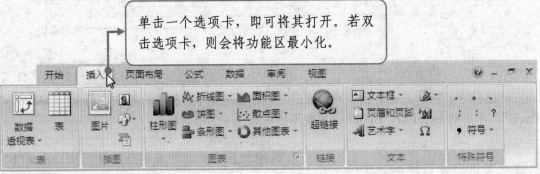

提示

只要将鼠标指针在某个按钮上稍停片刻，便可以知道该按钮的功能。

7.2.3 编辑栏和名称框

编辑栏位于功能区的下方，用于向单元格中插入函数、数据或显示活动单元格中的内容。

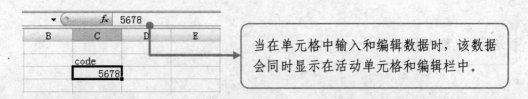

当在单元格中输入和编辑数据时，该数据会同时显示在活动单元格和编辑栏中。

名称框是编辑栏左边的下拉列表框，用于定义单元格或区域的名称，用户可以根据名称来查找单元格或区域。

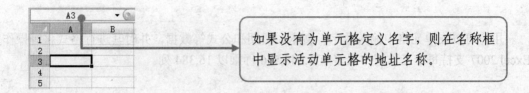

如果没有为单元格定义名字，则在名称框中显示活动单元格的地址名称。

当光标定位在编辑栏时，在它左侧会出现 3 个按钮：

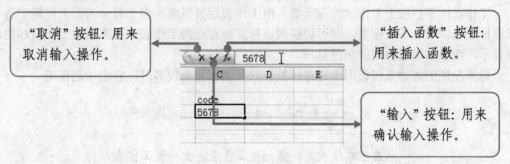

"取消"按钮：用来取消输入操作。

"插入函数"按钮：用来插入函数。

"输入"按钮：用来确认输入操作。

7.2.4 行标题栏

行标题栏是位于工作表各行左侧纵向的数字编号栏，用于显示工作表的行号。行号以数字表示（1,2,3,…）。单击某一行号可选定该行。

7.2.5 列标题栏

列标题栏是位于工作表各列上方水平的字母编号栏，用于显示工作表的列标。列标以英文字母表示（A,B,C,…）。单击某一列标可选定该列。

7.2.6 工作表区

工作表区即工作表的编辑区域，由一个个单元格组成。一行和一列相交的地方就是一个单元格，单元格的地址由相应的行号和列号标识。例如第 8 行和第 3 列相交的单元格的地址就是 C8。工作表中只有一个单元格是被激活的，被激活的单元格带黑框，此单元格称为活动单元格，如下图所示。

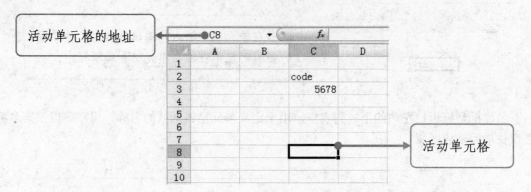

用户可以在单元格中输入数字、文本、日期和公式等数据，并对其进行格式化等操作。Excel 2007 支持每个工作表中最多有 1,048,576 行乘以 16,384 列。

7.2.7 工作表标签栏

工作表标签栏位于工作区的左下端，由工作表标签组成，用于显示当前工作簿中各个工作表标签名。单击某一标签，即可切换到该标签所对应的工作表，被激活的工作表标签以白色显示，而未被激活的则以灰色显示。

标签左侧的滚动条按钮用于管理标签。只有当工作表较多时，它们才起作用。

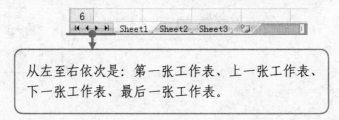

从左至右依次是：第一张工作表、上一张工作表、下一张工作表、最后一张工作表。

7.2.8 滚动条

滚动条位于工作表右侧和右下方，右侧的称为垂直滚动条，下侧的称为水平滚动条。当表格的高度或者宽度超过了 Excel 窗口大小的时候，使用滚动条可以显示其他的内容。

在水平滚动条右端和垂直滚动条的上端，各有一个细长的长方块——拆分框，拖动拆分框，可以拆分工作表窗口。

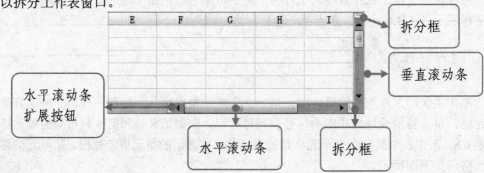

7.2.9　状态栏

状态栏是位于应用程序窗口底部的信息栏，用于提供当前窗口操作进程和工作状态的信息。例如，当向单元格中输入数据时，在状态栏的最左端会显示"输入"字样。

7.2.10　视图栏

视图栏位于 Excel 界面的右下角。

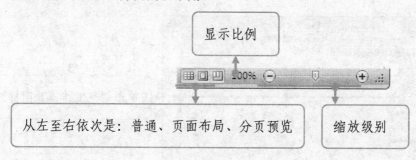

7.3　创建与保存工作簿

Excel 文档就是工作簿，它是 Excel 中的独立文件，主要用来存储和计算数据。一个工作簿可以包含一个或多个工作表，默认情况下通常有 3 个工作表，即 Sheet1、Sheet2、Sheet3。

工作表就是工作簿中的分类文档，使用工作表的好处就是可以将数据分类存放，如果将工作簿比作账本的话，则工作表就是账本中的一张张账页。

7.3.1　创建默认的空白工作簿

在启动 Excel 应用程序后，Excel 会自动产生一个标题为"Book1"的空白工作簿，在该工作簿中，用户可以输入数据，对数据进行计算和分析等操作。如果此时单击"快速访问"工具栏中的"新建"按钮来再次新建工作簿，Excel 会依次命名为"Book2"、"Book3"等。

如果用户关闭了所有工作簿，则 Excel 窗口将没有内容显示。要创建新工作簿，操作步骤如下：

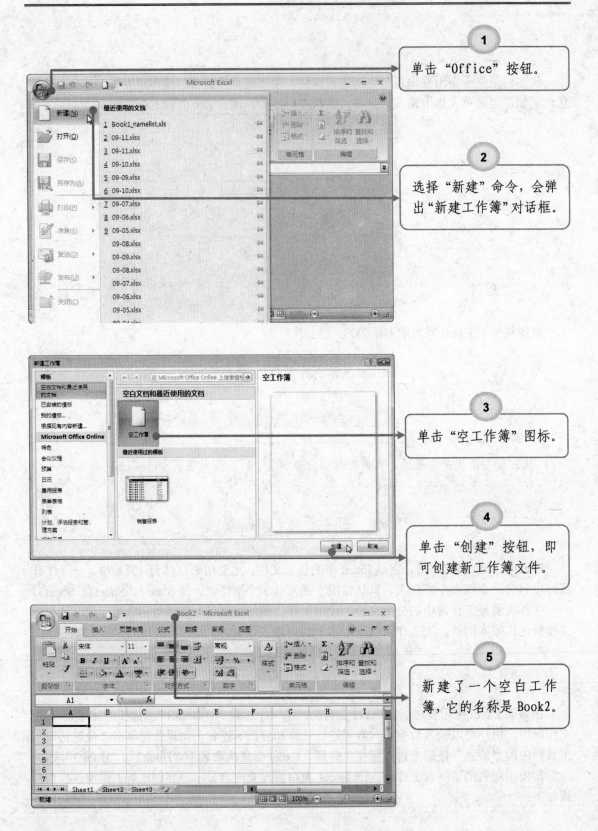

1 单击 "Office" 按钮。

2 选择 "新建" 命令，会弹出 "新建工作簿" 对话框。

3 单击 "空工作簿" 图标。

4 单击 "创建" 按钮，即可创建新工作簿文件。

5 新建了一个空白工作簿，它的名称是 Book2。

7.3.2 根据模板创建工作簿

所有新建的工作簿都是在模板的基础上创建的。用户可以根据模板创建工作簿，其操作步骤如下：

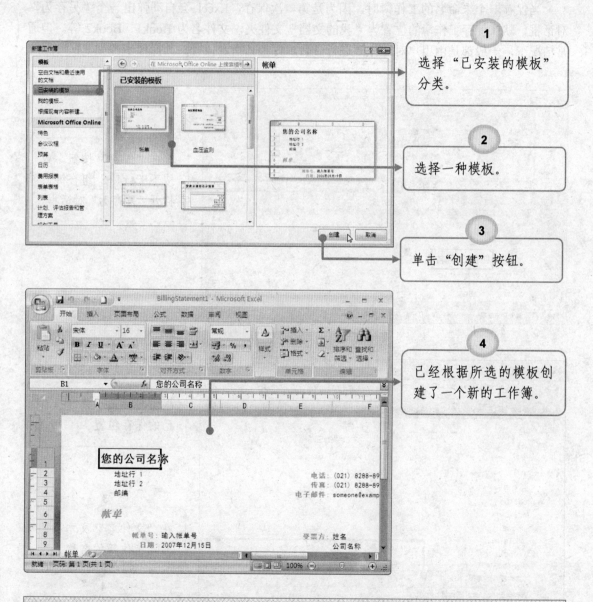

1 选择"已安装的模板"分类。

2 选择一种模板。

3 单击"创建"按钮。

4 已经根据所选的模板创建了一个新的工作簿。

提示

　　如果用户的计算机能连上因特网，则可以在"新建工作簿"对话框的左侧选择"Microsoft Office Online"分类下的选项，然后在中间的框内选择新的模板文件。

7.3.3 保存新建的工作簿

为了避免因为日常工作中出现不可预测的情况导致文件的丢失或损坏，要养成随时保存文件的习惯。

当保存一个未命名的工作簿时，因为是第一次保存，Excel 会自动弹出一个"另存为"对话框，默认保存工作簿的位置为"我的文档"文件夹，文件名为 Book1、Book2 等。但通常情况下，一般都是由用户对工作簿进行命名，并为其指定位置。其操作步骤如下：

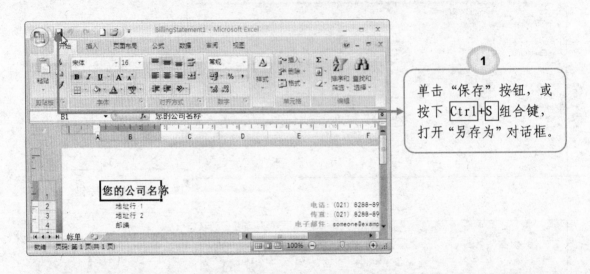

> **1**
> 单击"保存"按钮，或按下 Ctrl+S 组合键，打开"另存为"对话框。

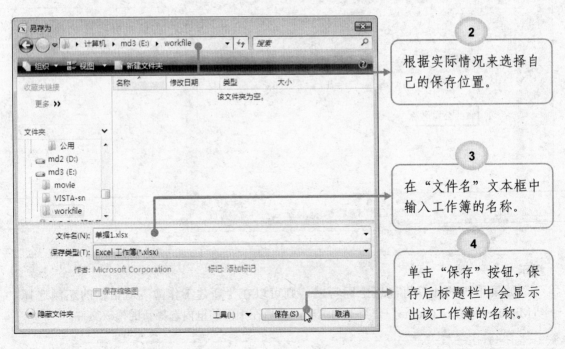

> **2**
> 根据实际情况来选择自己的保存位置。

> **3**
> 在"文件名"文本框中输入工作簿的名称。

> **4**
> 单击"保存"按钮，保存后标题栏中会显示出该工作簿的名称。

7.3.4 保存已有的工作簿

如果要保存已有的正在编辑的工作簿,而且工作簿名称和保存位置不变,可直接单击"快速访问"工具栏中的"保存"按钮,或同时按下 Ctrl + S 组合键。

在"Office 按钮"菜单中还有一个"另存为"命令。对于不想破坏原工作簿,只是希望把修改后的工作簿做一个备份,或者不想改动当前的文件,而要把所做的修改保存在另外文件中的情况,就要应用到"另存为"命令了。其操作步骤如下:

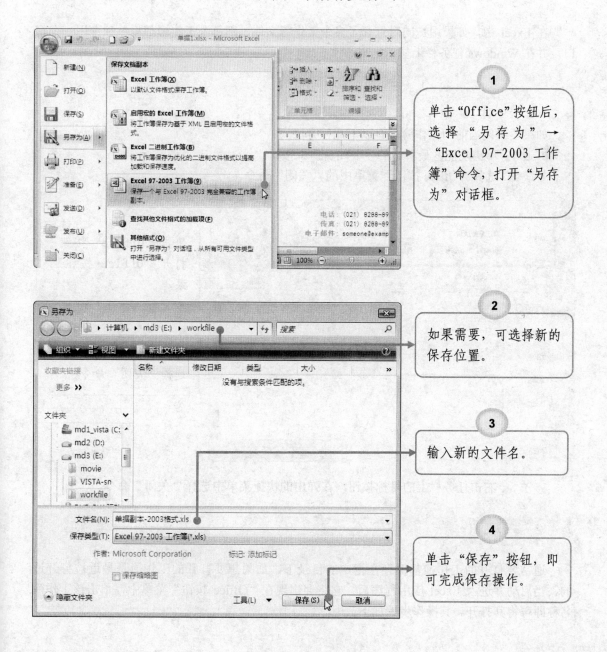

1 单击 "Office" 按钮后,选择 "另存为" → "Excel 97-2003 工作簿" 命令,打开 "另存为" 对话框。

2 如果需要,可选择新的保存位置。

3 输入新的文件名。

4 单击 "保存" 按钮,即可完成保存操作。

提示

　　在"另存为"对话框中，如果将"保存类型"设置为"网页"，就可以把 Excel 工作簿文件保存为网页文件。

7.4　关闭与打开工作簿

　　在 Excel 中，如果用户同时打开了多个工作簿文件，则每个工作簿都将单独占用一个窗口，并在 Windows 任务栏上显示出来。

7.4.1　关闭工作簿

　　如果要关闭当前的工作簿，有以下几种方法。

　　方法1：单击功能区最右边的"关闭窗口"按钮。

　　方法2：选择"Office 按钮"菜单中的"关闭"命令。

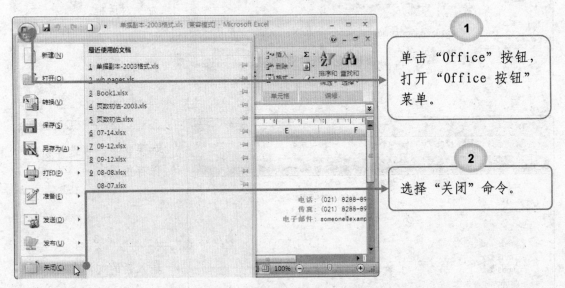

①　单击"Office"按钮，打开"Office 按钮"菜单。

②　选择"关闭"命令。

　　方法3：右击任务栏上的目标按钮；在弹出的快捷菜单中选择"关闭"命令。

7.4.2　打开工作簿

　　通常要打开的工作簿都保存在指定的目录下，如果想要打开的工作簿是最近被打开过的，当启动并进入 Excel 应用程序后，它将会出现在"Office 按钮"菜单中，单击该工作簿名称即可将其打开。其操作步骤如下：

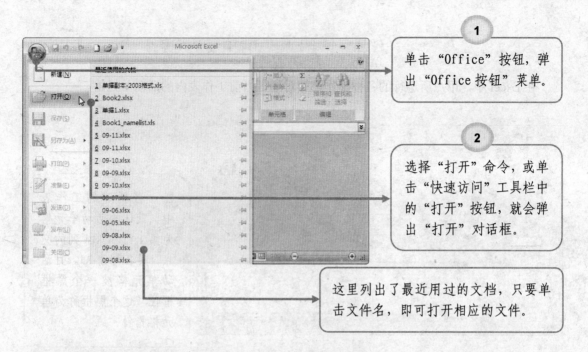

1 单击 "Office" 按钮，弹出 "Office 按钮" 菜单。

2 选择 "打开" 命令，或单击 "快速访问" 工具栏中的 "打开" 按钮，就会弹出 "打开" 对话框。

这里列出了最近用过的文档，只要单击文件名，即可打开相应的文件。

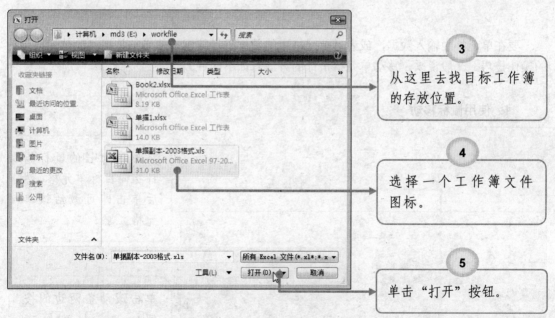

3 从这里去找目标工作簿的存放位置。

4 选择一个工作簿文件图标。

5 单击 "打开" 按钮。

提示

　　如果要一次性打开多个工作簿，可在显示上图的对话框时按住键盘上的 Ctrl 键或 Shift 键逐个单击要打开的工作簿名称，同时选择多个工作簿，然后单击 "打开" 按钮即可。

7.5　移动单元格指针

在 Excel 中，用户所进行的各种操作都针对的是当前工作表内的活动单元格。

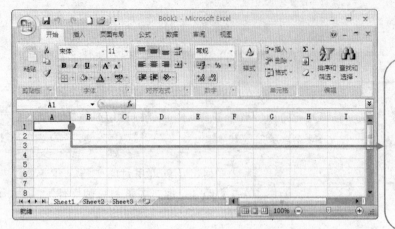

在一张新建的工作表中，默认的活动单元格为第 1 行和第 A 列的交点，其名称为 A1，且活动单元格被一个黑框框住，这个黑框称为单元格指针。

要在单元格中输入数据，或者对单元格中的数据进行编辑，就必须掌握移动单元格指针的操作技巧。一般说来，移动单元格指针的方法有如下两种。

1.　使用鼠标移动

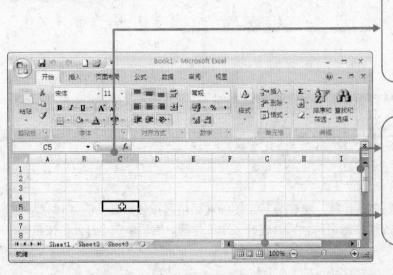

将形状为 的鼠标指针指向目标单元格，然后单击即可激活该单元格。

单击滚动条两边的按钮、、、，或者拖动滚动条上的滑块，可以将其他单元格显示出来。

2．使用键盘移动

使用键盘上的光标移动键、PageUp 键、PageDown 键、Home 键、End 键或其他组合键，可以迅速移动单元格指针。表 7-1 列出了用于移动单元格指针的按键及其功能。

表 7–1　用于移动单元格指针的按键及其功能

按　键	功　能
←、→、↑、↓	按箭头方向移动一个单元格
Ctrl+ ←	向左移到当前行的第一个单元格
Ctrl+ →	向右移到当前行的最后一个单元格
Ctrl+ ↑	向上移到当前列的第一个单元格
Ctrl+ ↓	向下移到当前列的最后一个单元格
Home	移到当前行的第一个单元格
Ctrl+Home	移到当前工作表的第一个单元格
Ctrl+End	移到当前工作表中刚使用过的最后一个单元格
PageUp	向上移动一屏
PageDown	向下移动一屏
Alt+PageUp	向左移动一屏
Alt+PageDown	向右移动一屏

7.6　输　入　数　据

在工作表的单元格中，可以使用两种基本的数据，即常数和公式。常数是指文本、数字、日期和时间等数据；而公式则指包含"="号的函数、宏命令等。

在向单元格中输入数据时，需要掌握 3 种基本输入方法。

方法 1：单击目标单元格，再直接输入，然后按 Enter 键。

方法 2：双击目标单元格，单元格中会出现插入光标，将光标移到所需位置后，即可输入数据（这种方法多用于修改单元格中的数据）。

方法 3：先单击目标单元格，再单击编辑栏，接着在编辑栏中编辑或修改数据，完成后按 Enter 键。

7.6.1　输入文本

在进行文本的输入时，首先按键盘上的 Ctrl+Shift 组合键，切换到一种汉字输入法，然后在单元格中输入文本。操作步骤如下：

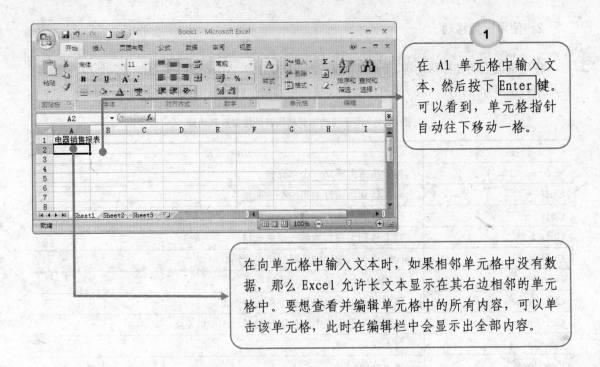

1

在 A1 单元格中输入文本，然后按下 Enter 键。可以看到，单元格指针自动往下移动一格。

在向单元格中输入文本时，如果相邻单元格中没有数据，那么 Excel 允许长文本显示在其右边相邻的单元格中。要想查看并编辑单元格中的所有内容，可以单击该单元格，此时在编辑栏中会显示出全部内容。

提示

如果输入内容后按的是 Tab 键，那么单元格指针将往右移动一格。

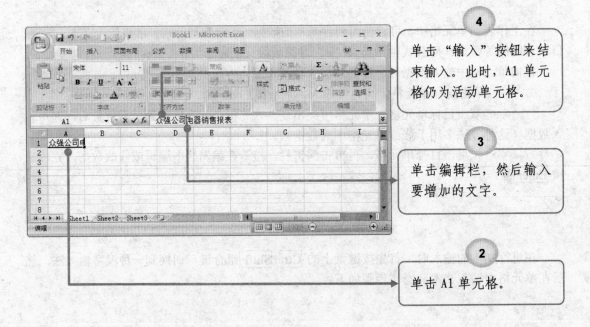

4

单击"输入"按钮来结束输入。此时，A1 单元格仍为活动单元格。

3

单击编辑栏，然后输入要增加的文字。

2

单击 A1 单元格。

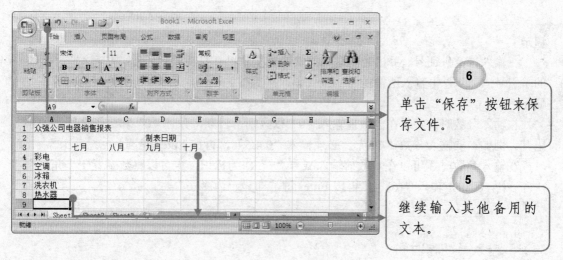

6

单击"保存"按钮来保存文件。

5

继续输入其他备用的文本。

7.6.2　输入数字

操作步骤如下：

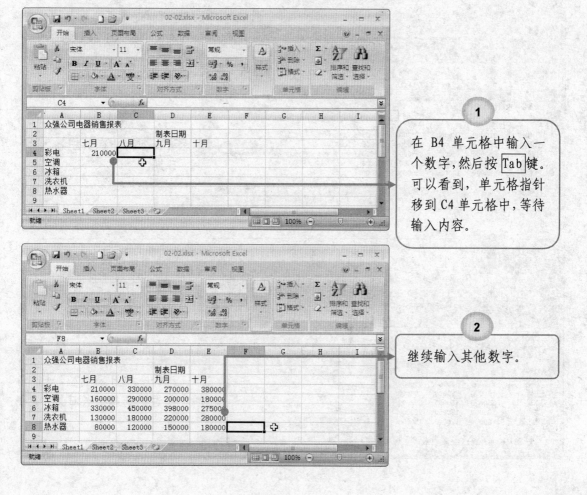

1

在 B4 单元格中输入一个数字，然后按 Tab 键。可以看到，单元格指针移到 C4 单元格中，等待输入内容。

2

继续输入其他数字。

提示

在输入像身份证号、手机号码这样的长串数字和以 0 打头的代码时，先输入一个英文的单引号 " ' "，再输入所需的号码或代码，然后按 Enter 键，即可让所输入的内容正常显示。

在输入分数时，必须在分数前输入 "0" 以区别于日期，并且 "0" 和分子之间用空格隔开。例如，要输入分数 "4/5"，必须输入 "0 4/5"，再按 Enter 键。

在输入负数时，可以在负数前输入减号 "-" 作为标识，也可以将数字置于半角括号 "()" 中。例如，输入 "(6)"，再按 Enter 键，即显示为 "-6"。

7.6.3　输入日期和时间

操作步骤如下：

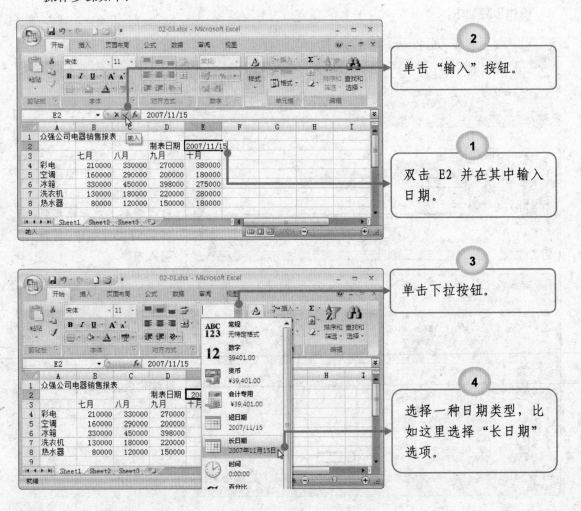

② 单击 "输入" 按钮。

① 双击 E2 并在其中输入日期。

③ 单击下拉按钮。

④ 选择一种日期类型，比如这里选择 "长日期" 选项。

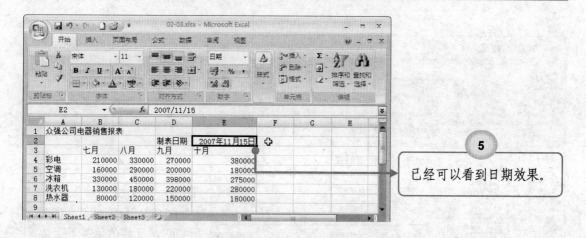

5 已经可以看到日期效果。

7.6.4 输入公式

在 Excel 中，所有公式都以等号开始。等号标志着数学计算的开始，也告诉 Excel 将其后的等式作为一个公式存储。在公式中可以输入+、-、*、/、()等符号（这些符号都必须是半角的，即要在英文输入状态下输入）。

要输入公式，其操作步骤如下：

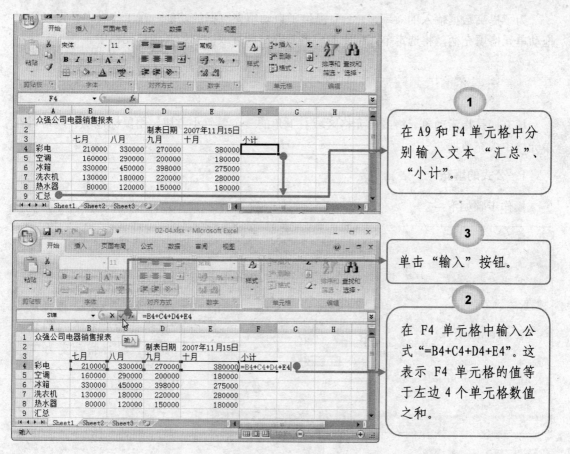

1 在 A9 和 F4 单元格中分别输入文本"汇总"、"小计"。

3 单击"输入"按钮。

2 在 F4 单元格中输入公式"=B4+C4+D4+E4"。这表示 F4 单元格的值等于左边 4 个单元格数值之和。

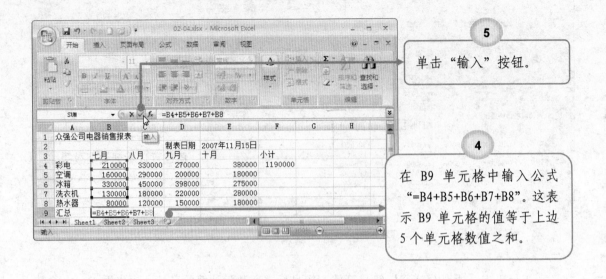

5 单击"输入"按钮。

4 在 B9 单元格中输入公式 "=B4+B5+B6+B7+B8"。这表示 B9 单元格的值等于上边 5 个单元格数值之和。

7.7 自动填充数据

为了提高数据输入的效率，Excel 提供了自动填充数据的功能。在工作表中，可以通过拖动单元格填充柄，将选定单元格中的内容复制到同行或同列的其他单元格中。

7.7.1 用填充柄填充数据

填充柄是指活动单元格或单元格区域右下角的一个黑色小方块。用鼠标拖动它就可以在单元格中填充数据。

1．公式的填充

操作步骤如下：

1 选定 F4 单元格，再将鼠标指针指向右下角的填充柄，鼠标指针变为 **+** 形状。

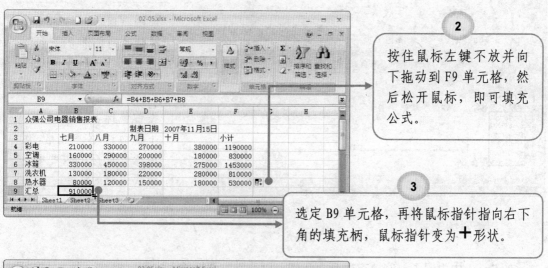

② 按住鼠标左键不放并向下拖动到 F9 单元格，然后松开鼠标，即可填充公式。

③ 选定 B9 单元格，再将鼠标指针指向右下角的填充柄，鼠标指针变为 ✚ 形状。

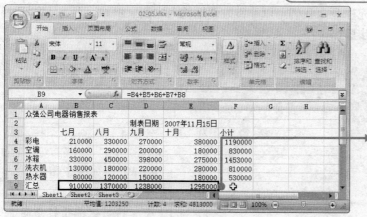

④ 按住鼠标左键不放并向右拖动到 E9 单元格，然后松开鼠标，即可填充公式。

2．填充递增或递减的数据

操作步骤如下：

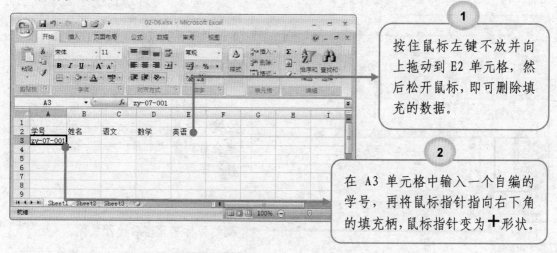

① 按住鼠标左键不放并向上拖动到 E2 单元格，然后松开鼠标，即可删除填充的数据。

② 在 A3 单元格中输入一个自编的学号，再将鼠标指针指向右下角的填充柄，鼠标指针变为 ✚ 形状。

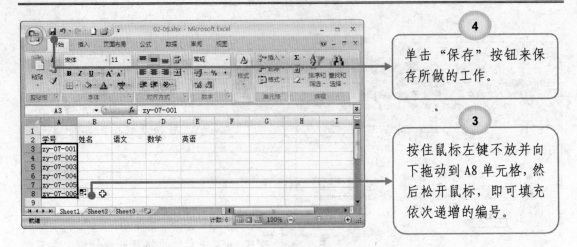

④ 单击"保存"按钮来保存所做的工作。

③ 按住鼠标左键不放并向下拖动到 A8 单元格，然后松开鼠标，即可填充依次递增的编号。

7.7.2 序列填充类型

在 Excel 中内置了一些填充序列，我们可以非常方便地输入它们。例如，要在工作表中填充上半年的六个月份，操作步骤如下：

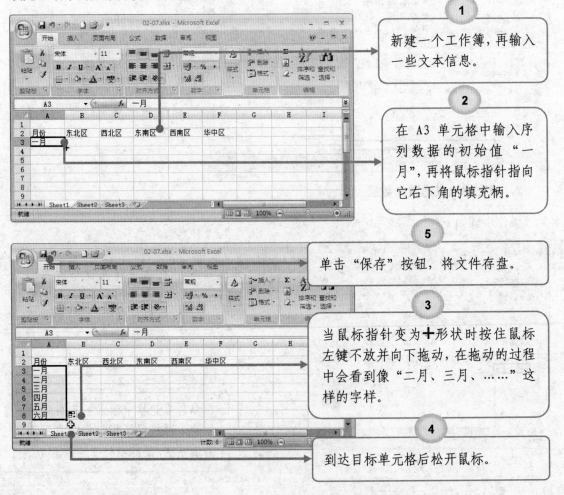

① 新建一个工作簿，再输入一些文本信息。

② 在 A3 单元格中输入序列数据的初始值"一月"，再将鼠标指针指向它右下角的填充柄。

⑤ 单击"保存"按钮，将文件存盘。

③ 当鼠标指针变为 ✚ 形状时按住鼠标左键不放并向下拖动，在拖动的过程中会看到像"二月、三月、……"这样的字样。

④ 到达目标单元格后松开鼠标。

7.8　选定单元格或区域

在对单元格进行操作之前，必须要选定单元格，使它处于活动状态。通常，同时被选定的多个单元格，称为单元格区域（或简称为区域）。

7.8.1　选定单个单元格

如果要选定单个单元格，用鼠标选取是最常用、最便捷的方法。只要在单元格上单击一下鼠标就可以将它选取，选取的单元格被一个黑框框住，此单元格就是活动单元格。

7.8.2　选择单元格区域

单元格区域可以小到只有两个单元格，也可以是多个单元格，甚至可以是整个工作表。

1. 选择相邻的单元格区域

如果一个区域是一系列连续的单元格，可以应用以下方法将它们选取。

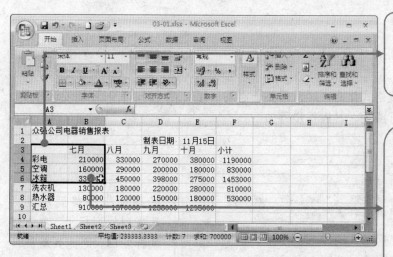

1 将光标置于想要选取的单元格区域的第一个单元格。

2 按住鼠标左键并拖动鼠标到要选定区域的右下角。松开鼠标，即可选取一片单元格区域。其中，只有第一个单元格不是反白显示，表明它为当前的活动单元格。

提示

单击单元格区域中第一个单元格，再按住键盘中的 Shift 键，然后单击区域中的最后一个单元格，也可以将单元格区域选定。如果要取消单元格区域的选定，用鼠标单击工作表中的任一单元格，或者按任一方向键即可。

2. 选择不相邻的单元格区域

操作步骤如下：

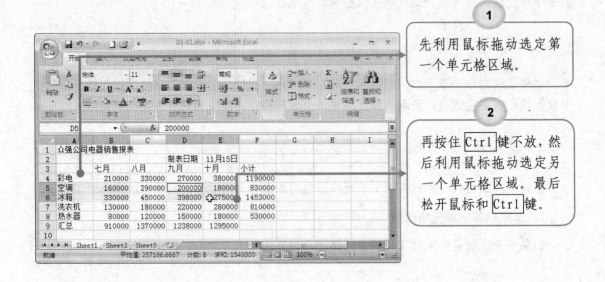

> **1** 先利用鼠标拖动选定第一个单元格区域。

> **2** 再按住 Ctrl 键不放，然后利用鼠标拖动选定另一个单元格区域。最后松开鼠标和 Ctrl 键。

7.8.3 选定整行或整列

在对工作表进行编辑或格式化时，经常需要选定某一行或某一列，有时还需要选择多行或多列，或选择不连续的行或列。其操作步骤如下。

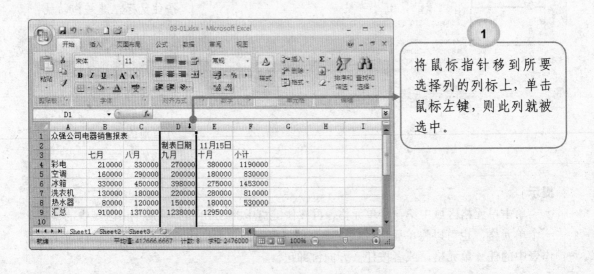

> **1** 将鼠标指针移到所要选择列的列标上，单击鼠标左键，则此列就被选中。

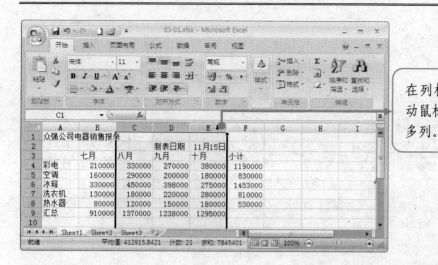

2

在列标上单击左键并拖动鼠标，可以选定连续的多列。

提示

　　如果要选择不连续的多列时，可以在选定一列后，同时按下 Ctrl 键再单击另外的列标，选定之后再松开 Ctrl 键。如果要取消选择，可以单击工作表内的任意一个单元格。

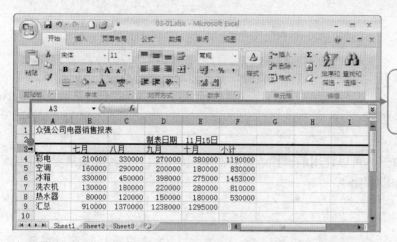

3

在行号上单击鼠标左键，就可以选定该行。

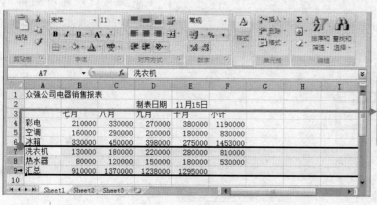

4

在行号上单击左键并拖动鼠标，可以一次选定连续的多行。

7.8.4 选定整张工作表

操作步骤如下：

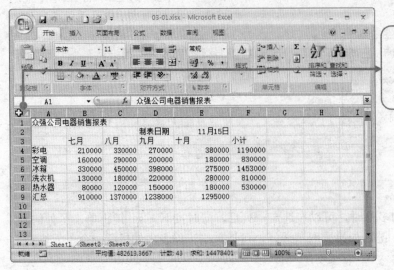

单击工作表的左上方的全选按钮，就可以将整张工作表都选取。

7.9 编辑单元格数据

当单元格中输入的内容有误需要变更或不完整时，就需要对其进行修改。

7.9.1 修改单元格中的部分数据

修改单元格中的部分数据，可以使用编辑栏或直接在单元格中进行修改。如果要使用编辑栏来修改部分数据，操作步骤如下：

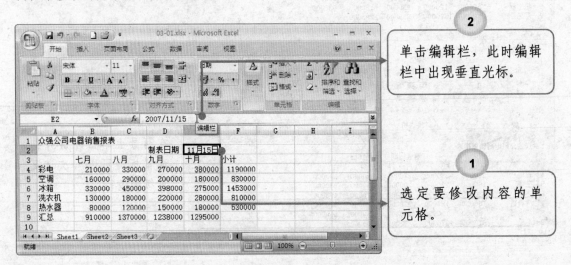

2 单击编辑栏，此时编辑栏中出现垂直光标。

1 选定要修改内容的单元格。

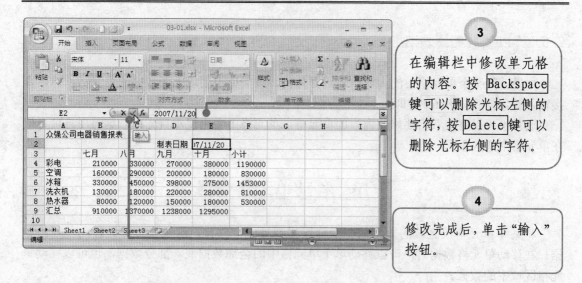

③ 在编辑栏中修改单元格的内容。按 Backspace 键可以删除光标左侧的字符,按 Delete 键可以删除光标右侧的字符。

④ 修改完成后,单击"输入"按钮。

提示

如果是双击单元格,就可以直接在单元格中进行修改操作。

7.9.2 清除单元格的内容

操作步骤如下:

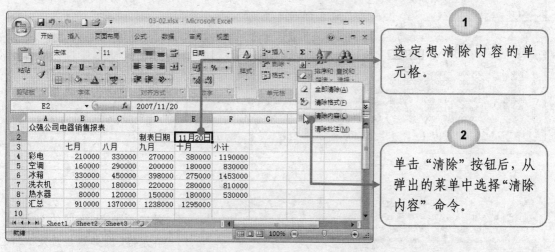

① 选定想清除内容的单元格。

② 单击"清除"按钮后,从弹出的菜单中选择"清除内容"命令。

提示

选定某个单元格或区域之后,按键盘上的 Delete 键或 Del 键可以快速清除所选的内容。

7.9.3 以新数据覆盖旧数据

如果希望某个单元格中的内容由新数据替代，只需单击要填入新数据的单元格，然后直接输入新数据并按 Enter 键即可。

通常也可以直接双击要修改内容的单元格，单元格中会出现垂直光标，这时用户可直接在单元格中修改数据。

7.10 移动单元格数据

将某个单元格或区域的数据从一个位置移到另一个位置，这种操作称为移动单元格数据。在移动单元格数据时，可以移动单个单元格中的全部数据或一部分数据，也可以移动单元格区域中的数据。

7.10.1 移动单个单元格数据

要移动单个单元格中的全部数据，其操作步骤如下：

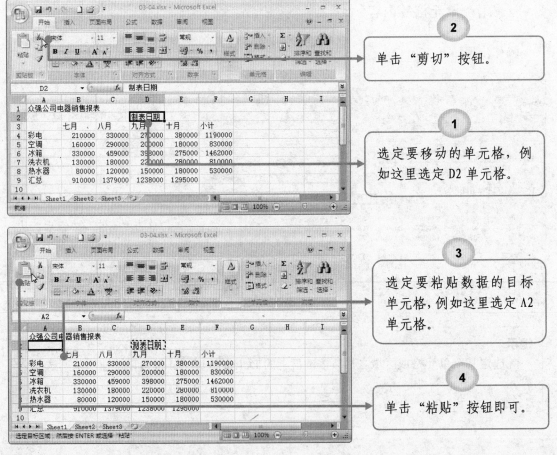

2 单击"剪切"按钮。

1 选定要移动的单元格，例如这里选定 D2 单元格。

3 选定要粘贴数据的目标单元格，例如这里选定 A2 单元格。

4 单击"粘贴"按钮即可。

7.10.2　移动单元格区域中的数据

1．使用拖放式方法移动数据

使用拖放式方法移动数据的操作速度最快，适用于短距离移动数据。其操作步骤如下：

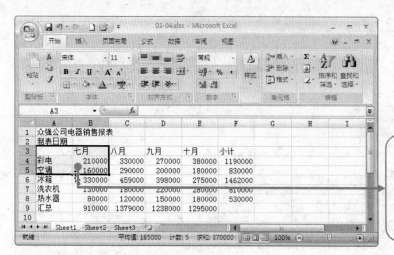

1 选定要移动的单元格区域，将鼠标指针移到所选区域的边框上，使鼠标指针变为 ✥ 形状。

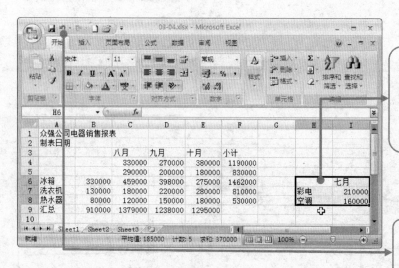

2 按住鼠标左键不放，拖动鼠标到目标位置，然后松开鼠标左键，就可以完成移动操作。

3 单击"撤销"按钮，取消移动操作。

2．使用剪贴板移动数据

借助剪贴板，可将单元格区域中的数据移到别的工作表或工作簿中，或是在工作表中进行长距离的移动。

其操作步骤如下：

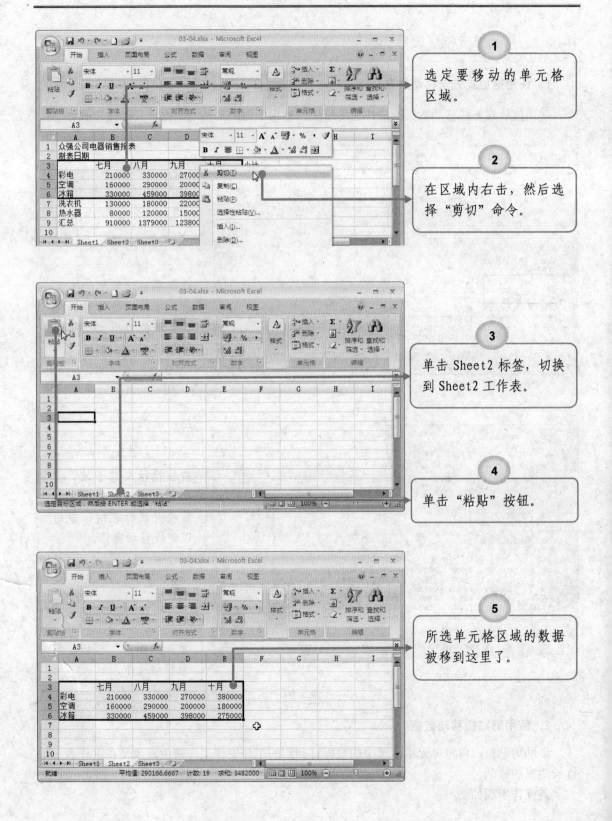

1 选定要移动的单元格区域。

2 在区域内右击，然后选择"剪切"命令。

3 单击 Sheet2 标签，切换到 Sheet2 工作表。

4 单击"粘贴"按钮。

5 所选单元格区域的数据被移到这里了。

7.11　复制单元格数据

将某个单元格或区域的数据复制到指定位置，原位置的数据仍然存在，称为复制单元格数据。要复制数据，可以选择"复制"与"粘贴"命令，也可使用工具栏中的"复制"和"粘贴"按钮。

7.11.1　复制单个单元格中的全部数据

要复制单个单元格中的全部数据，其操作步骤如下：

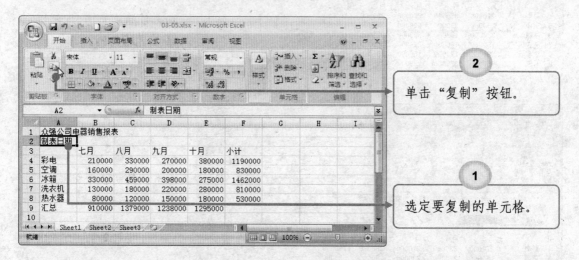

2　单击"复制"按钮。

1　选定要复制的单元格。

技巧

选定单元格后，按住 Ctrl 键再拖动单元格的边框，可以快速进行复制操作。

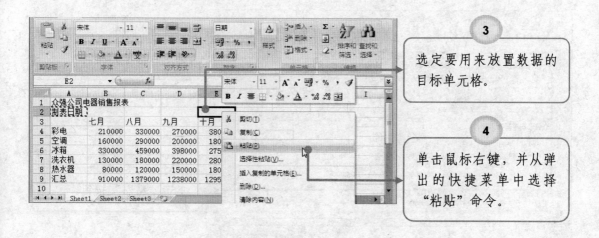

3　选定要用来放置数据的目标单元格。

4　单击鼠标右键，并从弹出的快捷菜单中选择"粘贴"命令。

7.11.2 复制单个单元格中的部分数据

要复制单个单元格中的部分数据，其操作步骤如下：

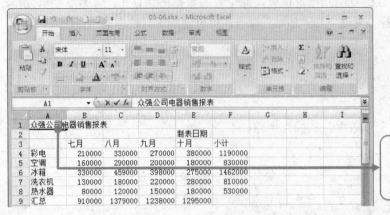

1 双击目标单元格，本例以 A1 单元格为例。

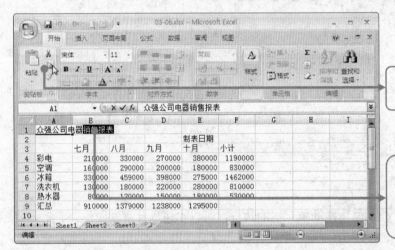

3 单击"复制"按钮。

2 在单元格中选定要复制的部分内容，本例选定的是"销售报表"。

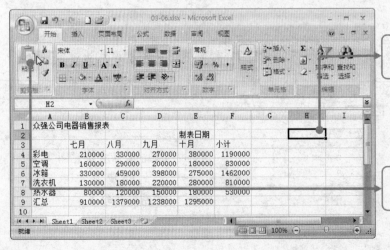

4 选定目标单元格。

5 单击"粘贴"按钮。

7.11.3 复制单元格区域中的数据

常用的复制单元格区域数据的方法有以下几种。

1. 使用拖放式方法复制数据

使用拖放式方法复制数据的操作速度最快，适用于短距离复制数据。其操作步骤如下：

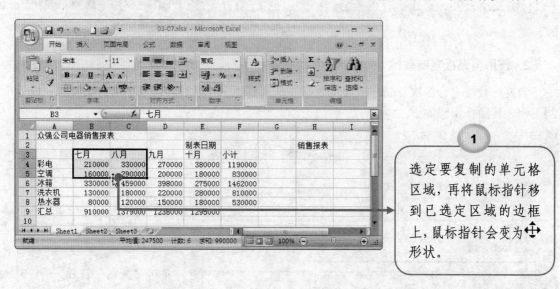

1 选定要复制的单元格区域，再将鼠标指针移到已选定区域的边框上，鼠标指针会变为 ✛ 形状。

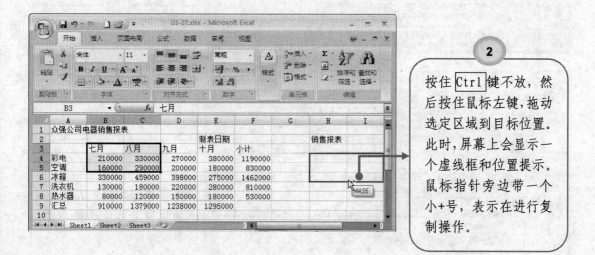

2 按住 Ctrl 键不放，然后按住鼠标左键，拖动选定区域到目标位置。此时，屏幕上会显示一个虚线框和位置提示。鼠标指针旁边带一个小+号，表示在进行复制操作。

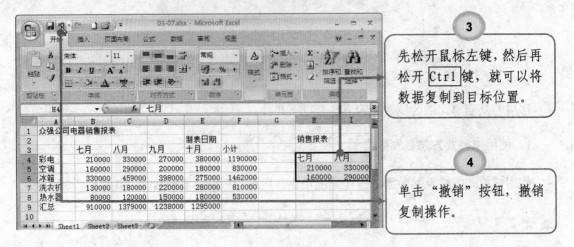

3 先松开鼠标左键，然后再松开 Ctrl 键，就可以将数据复制到目标位置。

4 单击"撤销"按钮，撤销复制操作。

2. 使用剪贴板复制数据

当要对数据进行多次复制，或要将数据复制到其他工作簿时，可以使用剪贴板来完成复制工作。其操作步骤如下：

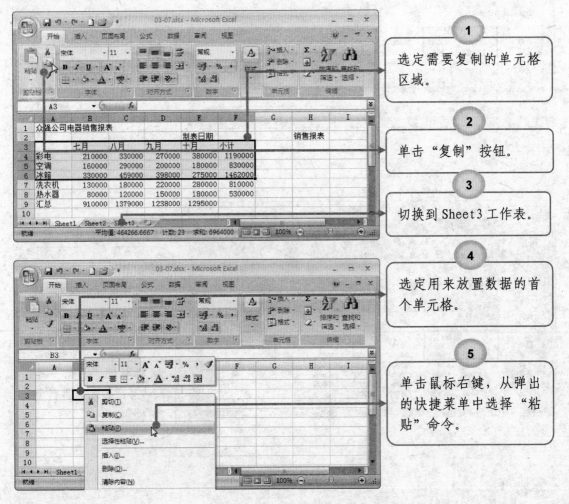

1 选定需要复制的单元格区域。

2 单击"复制"按钮。

3 切换到 Sheet3 工作表。

4 选定用来放置数据的首个单元格。

5 单击鼠标右键，从弹出的快捷菜单中选择"粘贴"命令。

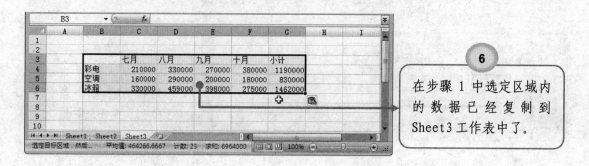

右侧标注：

6

在步骤 1 中选定区域内的数据已经复制到 Sheet3 工作表中了。

7.12 插入行、列或单元格

Excel 允许用户在已经建立的工作表中插入行、列、单元格或区域，以便在工作表的适当位置填入新的内容。

7.12.1 插入行和列

如果要在已输入数据的工作表中插入一行或一列，其操作步骤如下：

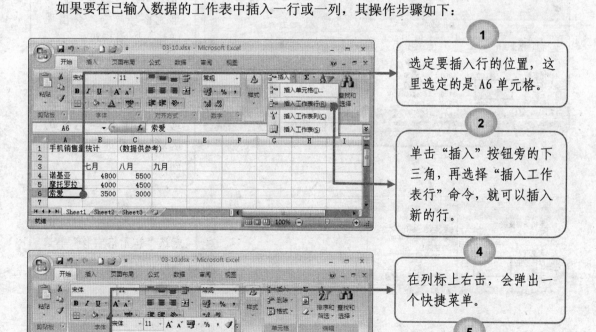

右侧标注：

1

选定要插入行的位置，这里选定的是 A6 单元格。

2

单击"插入"按钮旁的下三角，再选择"插入工作表行"命令，就可以插入新的行。

4

在列标上右击，会弹出一个快捷菜单。

5

从快捷菜单中选择"插入"命令，就可以插入新的列。

3

在新插入的第 6 行中输入相应的数据。

213

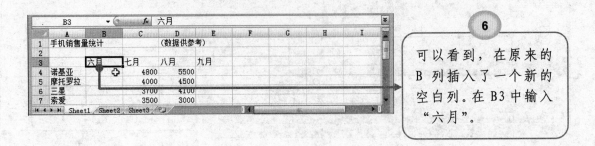

6 可以看到，在原来的 B 列插入了一个新的空白列。在 B3 中输入"六月"。

7.12.2 插入单元格或区域

如果想在工作表中插入单元格或单元格区域，其操作步骤如下：

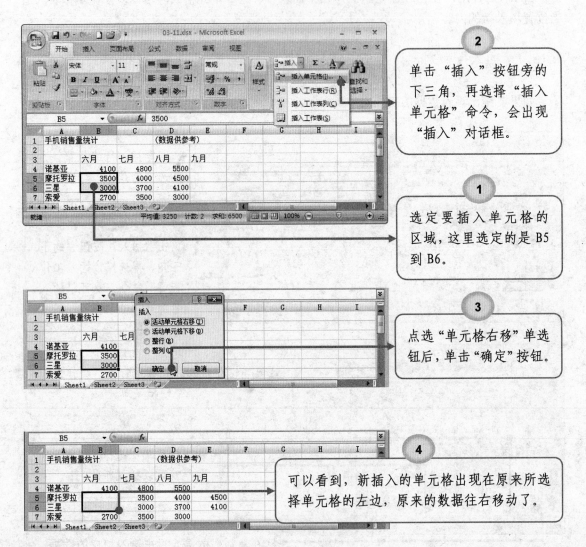

2 单击"插入"按钮旁的下三角，再选择"插入单元格"命令，会出现"插入"对话框。

1 选定要插入单元格的区域，这里选定的是 B5 到 B6。

3 点选"单元格右移"单选钮后，单击"确定"按钮。

4 可以看到，新插入的单元格出现在原来所选择单元格的左边，原来的数据往右移动了。

7.13 删除或清除行、列、单元格及区域

当工作表中的某些数据及其位置不再需要时，可以将它们删除。这里的删除与按 Delete 键删除单元格或区域的内容不一样，按 Delete 键仅清除单元格内容，其空白单元格仍保留在工作表中；而删除行、列、单元格或区域，其内容连同位置将一起从工作表中消失，空出的位置由周围的单元格补充。

7.13.1 删除行或列

如果要在当前工作表中删除某行或列，其操作步骤如下：

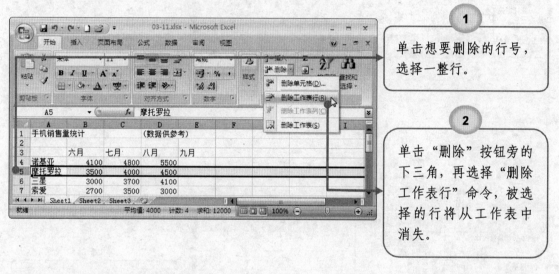

1 单击想要删除的行号，选择一整行。

2 单击"删除"按钮旁的下三角，再选择"删除工作表行"命令，被选择的行将从工作表中消失。

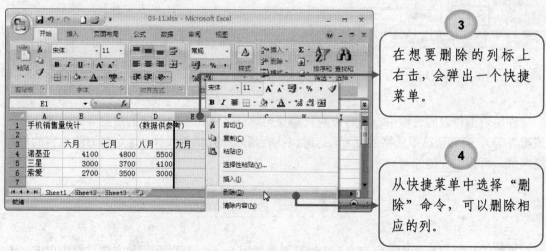

3 在想要删除的列标上右击，会弹出一个快捷菜单。

4 从快捷菜单中选择"删除"命令，可以删除相应的列。

215

7.13.2 删除单元格或区域

如果想在当前工作表中删除一个单元格或区域，其操作步骤如下：

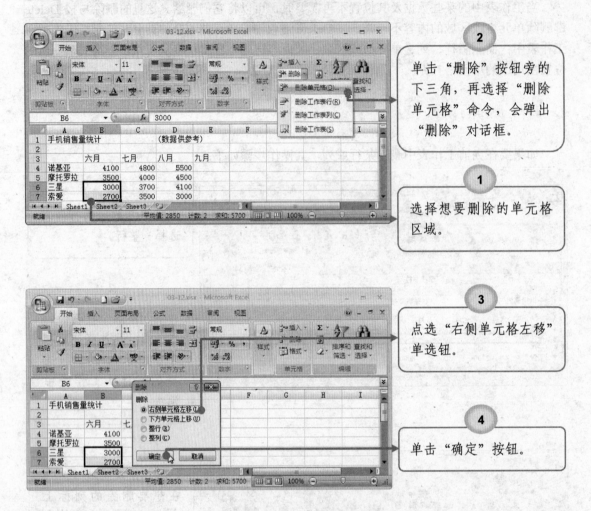

2 单击"删除"按钮旁的下三角，再选择"删除单元格"命令，会弹出"删除"对话框。

1 选择想要删除的单元格区域。

3 点选"右侧单元格左移"单选钮。

4 单击"确定"按钮。

7.13.3 清除单元格

在编辑工作表的过程中，有时可能只需要删除某个单元格中存储的信息（如内容、格式或批注等），而保留该单元格的位置，这时应执行清除单元格的操作。选定要清除内容的单元格区域，再按 Del 键即可。

7.14 退出 Excel

在对工作簿进行操作并保存之后，如果不再使用 Excel，有以下几种方法可以退出 Excel。
方法 1：打开"Office 按钮"菜单，单击"退出 Excel"按钮。

方法 2：同时按下 Alt+F4 组合键。

方法 3：单击 Excel 标题栏最右边的"关闭"按钮。

方法 4：右击标题栏中的空白位置，在弹出的快捷菜单中选择"关闭"命令。

如果在退出 Excel 之前对工作簿做了修改却未存盘，则会弹出如下图所示的提示框，询问用户是否保存所做的修改。此时要根据实际情况做出相应的选择。

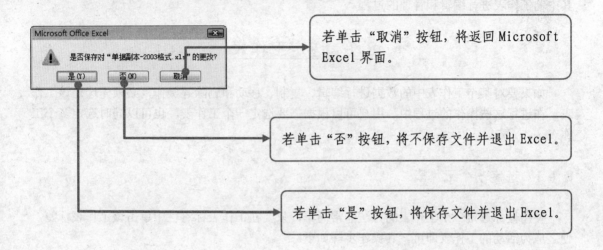

若单击"取消"按钮，将返回 Microsoft Excel 界面。

若单击"否"按钮，将不保存文件并退出 Excel。

若单击"是"按钮，将保存文件并退出 Excel。

第8章 管理和美化工作表

工作表和工作簿的关系有些类似于账页和账本的关系。使用工作簿的过程，其实就是对其中的工作表进行编辑和管理的过程。

8.1 选定工作表

如果要对某个工作表中的数据进行编辑、复制、移动和删除等操作，必须先选定该工作表。在进行这些操作的过程中，用户可以根据需要选定一个工作表，也可以同时选定多个工作表。

8.1.1 选定一个工作表

使用鼠标选定一个工作表的方法非常简单，只要在工作表标签栏中单击该工作表标签，使之成为活动的工作表即可。其操作步骤如下。

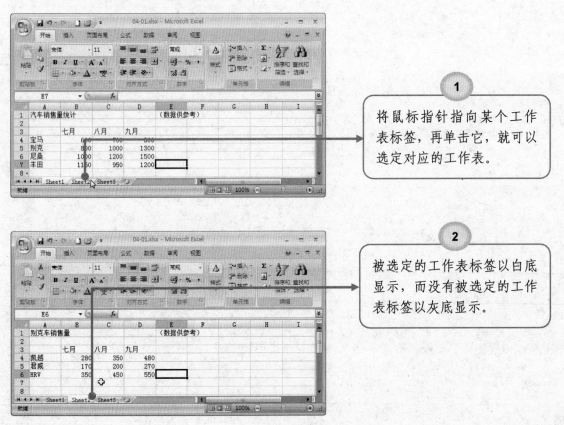

> **1** 将鼠标指针指向某个工作表标签，再单击它，就可以选定对应的工作表。

> **2** 被选定的工作表标签以白底显示，而没有被选定的工作表标签以灰底显示。

提示

　　当有很多工作表标签时，可以通过单击左边的标签滚动按钮来显示所需的工作表标签，然后单击工作表标签即可选定该工作表。

8.1.2 选定多个工作表

　　如果要在当前工作簿的多个工作表中同时输入相同的数据或执行相同的操作，可以先同时选定这些工作表，这样，用户随后所做的操作将作用于所有已选定的工作表。

1. 选定多个不相邻的工作表

　　要选定多个不相邻的工作表，其操作步骤如下：

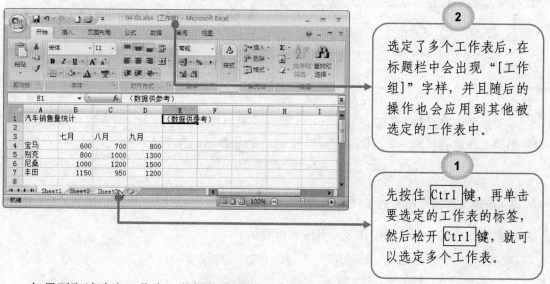

2 选定了多个工作表后，在标题栏中会出现"[工作组]"字样，并且随后的操作也会应用到其他被选定的工作表中。

1 先按住 Ctrl 键，再单击要选定的工作表的标签，然后松开 Ctrl 键，就可以选定多个工作表。

　　如果要取消选定工作表，其操作步骤如下：

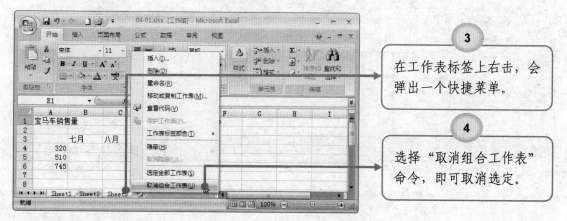

3 在工作表标签上右击，会弹出一个快捷菜单。

4 选择"取消组合工作表"命令，即可取消选定。

2．选定多个相邻的工作表

要选定多个相邻的工作表，其操作步骤如下：

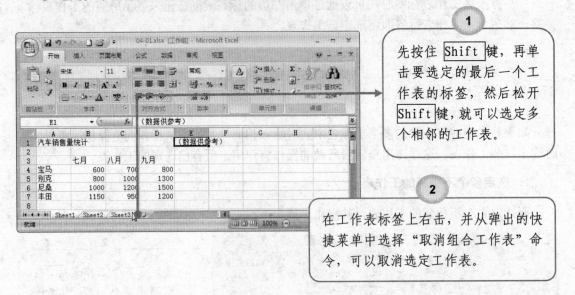

① 先按住 Shift 键，再单击要选定的最后一个工作表的标签，然后松开 Shift 键，就可以选定多个相邻的工作表。

② 在工作表标签上右击，并从弹出的快捷菜单中选择"取消组合工作表"命令，可以取消选定工作表。

提示

　　如果要选定当前工作表之前的一个工作表，可以按 Ctrl+PageUp 组合键；如果要选定当前工作表之后的一个工作表，可以按 Ctrl+PageDown 组合键。

3．选定工作簿中所有的工作表

要选定工作簿中所有的工作表，其操作步骤如下：

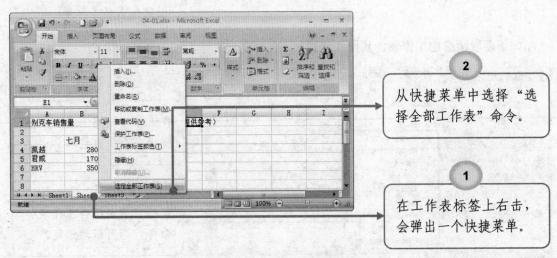

② 从快捷菜单中选择"选择全部工作表"命令。

① 在工作表标签上右击，会弹出一个快捷菜单。

4．取消选定多个工作表

如果要取消对多个工作表的选定，有两种方法。

方法 1：单击工作表标签栏中的任意一个没有被选定的工作表标签。

方法 2：右击工作表标签栏，从弹出的快捷菜单中选择"取消组合工作表"命令。

8.2　更改工作表的数量

在 Excel 中，默认每个新建的工作簿只含有 3 个工作表，它们分别被命名为"Sheet1"、"Sheet2"、"Sheet3"。在实际工作中，用户可以根据需要来插入或删除工作表，还可以更改默认的工作表数量。

8.2.1　插入工作表

1．插入新的空白工作表

当用户觉得工作簿中的工作表个数不够用时，可以插入新的工作表。要插入新的空白工作表，操作步骤如下：

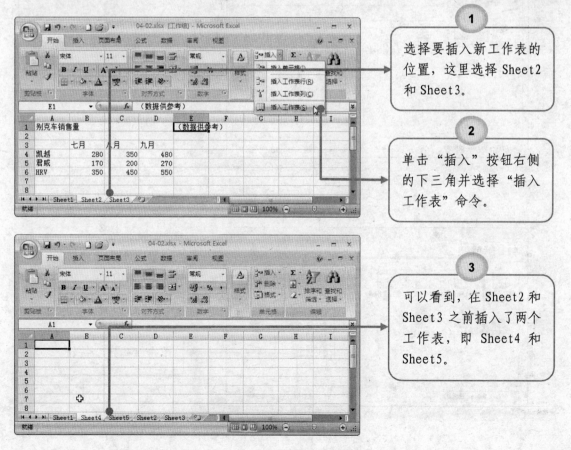

1 选择要插入新工作表的位置，这里选择 Sheet2 和 Sheet3。

2 单击"插入"按钮右侧的下三角并选择"插入工作表"命令。

3 可以看到，在 Sheet2 和 Sheet3 之前插入了两个工作表，即 Sheet4 和 Sheet5。

2. 插入基于模板的工作表

要插入基于模板的工作表，其操作步骤如下：

1 在 Sheet2 标签上右击，再从弹出的快捷菜单中选择"插入"命令，打开"插入"对话框。

2 单击"电子方案表格"标签。

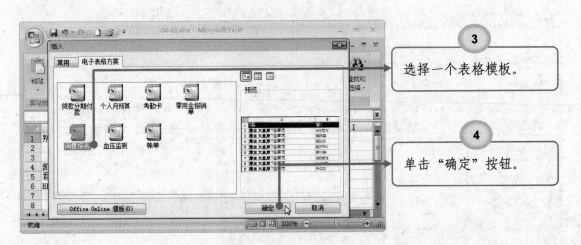

3 选择一个表格模板。

4 单击"确定"按钮。

⑤ 可以看到，已经插入了新的销售报表。

8.2.2 删除工作表

如果不再需要某个工作表，可以将它删除。要在工作簿中删除工作表，其操作步骤如下：

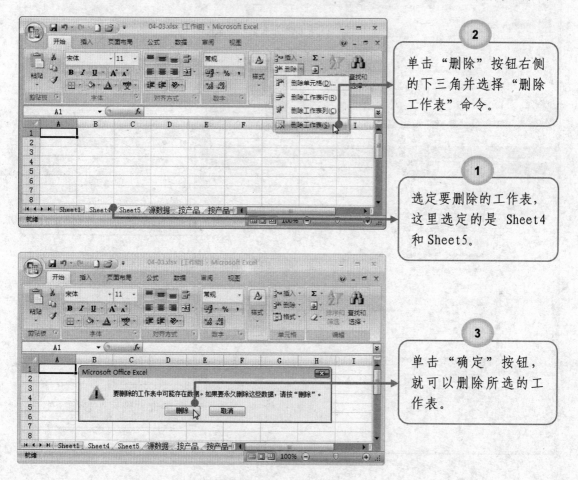

② 单击"删除"按钮右侧的下三角并选择"删除工作表"命令。

① 选定要删除的工作表，这里选定的是 Sheet4 和 Sheet5。

③ 单击"确定"按钮，就可以删除所选的工作表。

注意

在执行删除操作之前要格外小心，千万不要删除了有用的工作表。

8.2.3　更改默认的工作表数量

默认情况下，一个新工作簿内只有 3 个工作表。要更改新工作簿中默认的工作表数量，其操作步骤如下：

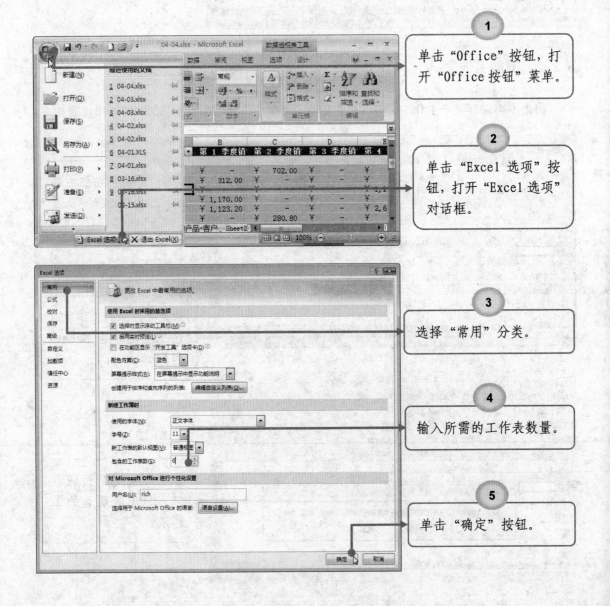

1　单击"Office"按钮，打开"Office按钮"菜单。

2　单击"Excel 选项"按钮，打开"Excel 选项"对话框。

3　选择"常用"分类。

4　输入所需的工作表数量。

5　单击"确定"按钮。

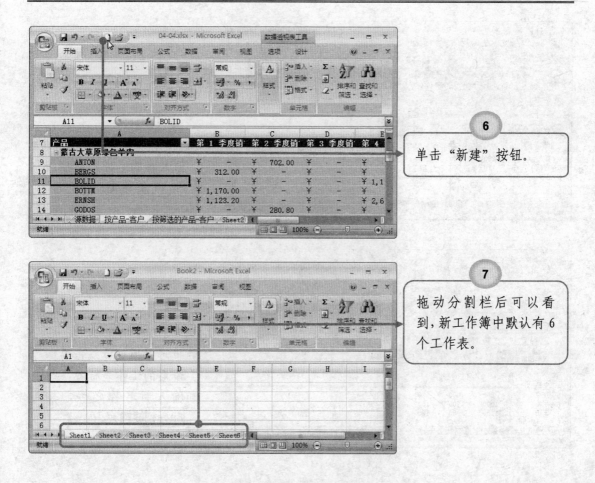

6 单击"新建"按钮。

7 拖动分割栏后可以看到，新工作簿中默认有 6 个工作表。

8.3 重命名工作表

在 Excel 中，默认的工作表以"Sheet1"、"Sheet2"、"Sheet3"等方式命名，感觉它们只是一个代号，不够直观。这时可以重新命名工作表，使每个工作表的名字都有一定的含义。

要重新命名工作表，其操作步骤如下：

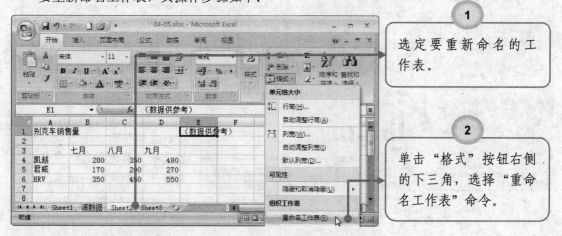

1 选定要重新命名的工作表。

2 单击"格式"按钮右侧的下三角，选择"重命名工作表"命令。

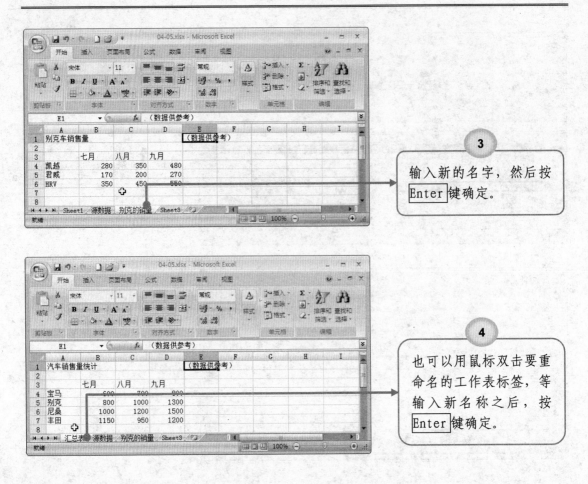

③ 输入新的名字，然后按 [Enter] 键确定。

④ 也可以用鼠标双击要重命名的工作表标签，等输入新名称之后，按 [Enter] 键确定。

8.4 为工作表标签添加颜色

要为工作表标签添加颜色，其操作步骤如下：

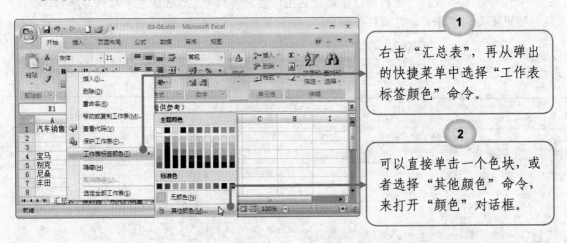

① 右击"汇总表"，再从弹出的快捷菜单中选择"工作表标签颜色"命令。

② 可以直接单击一个色块，或者选择"其他颜色"命令，来打开"颜色"对话框。

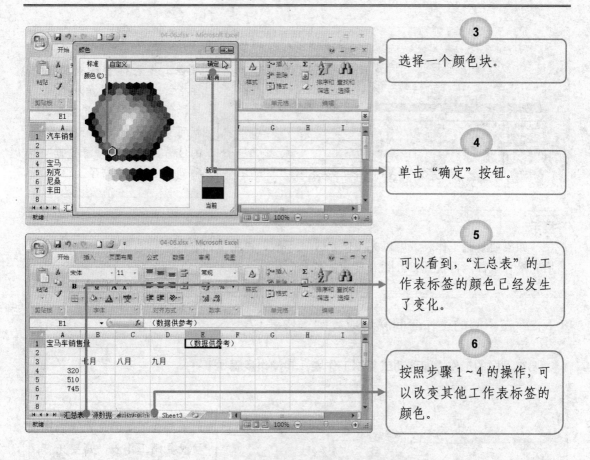

3 选择一个颜色块。

4 单击"确定"按钮。

5 可以看到，"汇总表"的工作表标签的颜色已经发生了变化。

6 按照步骤 1~4 的操作，可以改变其他工作表标签的颜色。

8.5 移动和复制工作表

在 Excel 中，可以在同一工作簿内或不同工作簿间移动和复制工作表。

8.5.1 在一个工作簿内移动或复制工作表

其操作步骤如下：

1 将鼠标指针指向要移动的工作表的标签，这里指向的是"报价单"。

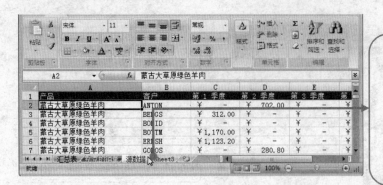

2

沿着工作表标签栏拖动鼠标指针,使小黑三角形指向目标位置,然后松开鼠标,就可以将工作表移到指定的位置。这里将"源数据"移到Sheet3之前了。

提示

如果要复制工作表,可以先按住 Ctrl 键不放,再将工作表标签拖动到目标位置。之后先松开鼠标,再松开 Ctrl 键,即可完成复制操作。

8.5.2 在不同的工作簿间移动或复制工作表

要在不同的工作簿间移动或复制工作表,其操作步骤如下:

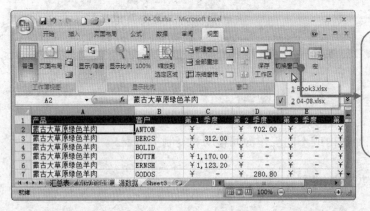

1

如果要在不同的工作簿间移动或复制工作表,需要先打开两个工作簿。从"切换窗口"列表中可以看到,已经打开了两个工作簿。

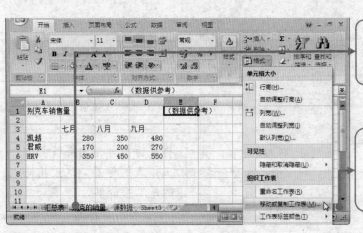

2

选择要移动或复制的工作表。

3

单击"格式"按钮右侧的下三角后,选择"移动或复制工作表"命令。

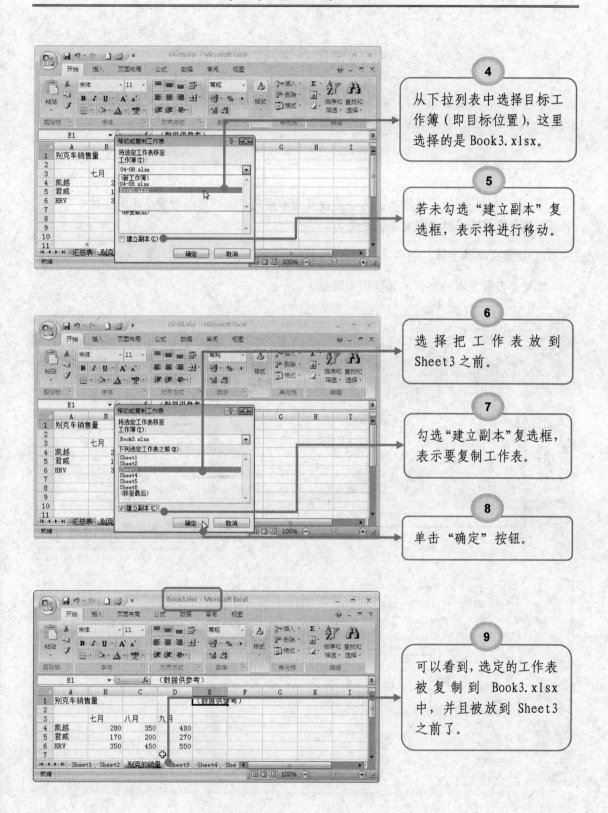

4 从下拉列表中选择目标工作簿（即目标位置），这里选择的是 Book3.xlsx。

5 若未勾选"建立副本"复选框，表示将进行移动。

6 选择把工作表放到 Sheet3 之前。

7 勾选"建立副本"复选框，表示要复制工作表。

8 单击"确定"按钮。

9 可以看到，选定的工作表被复制到 Book3.xlsx 中，并且被放到 Sheet3 之前了。

8.6   设置单元格数据格式

单元格中的数据包括文本、数字、日期和时间等各种类型的数据。对于不同的数据，可以进行不同的设置，以达到某种特定的应用效果。

8.6.1   设置文本格式

增强工作表外观效果最基本的方法是设置文本格式。用户可以设置文本的字体、字号、字形和颜色等格式，以增强文本的表现力。

1．设置文本的字体

如果要设置文本的字体，其操作步骤如下：

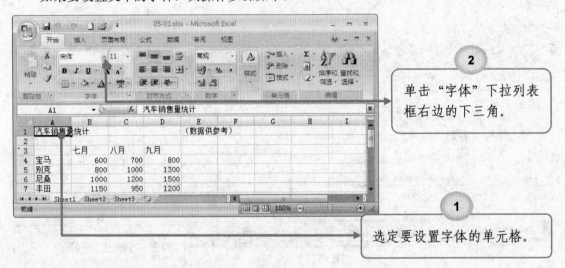

② 单击"字体"下拉列表框右边的下三角。

① 选定要设置字体的单元格。

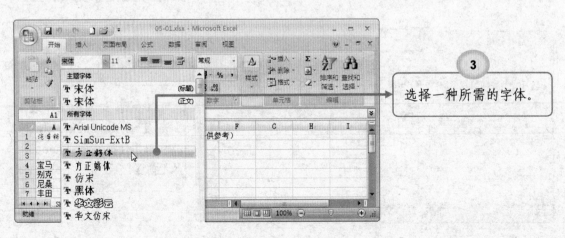

③ 选择一种所需的字体。

2. 设置文本的字号

如果要设置文本的字号，其操作步骤如下：

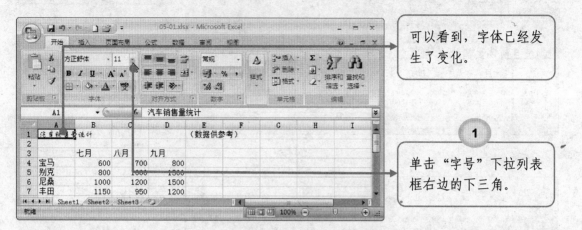

可以看到，字体已经发生了变化。

1 单击"字号"下拉列表框右边的下三角。

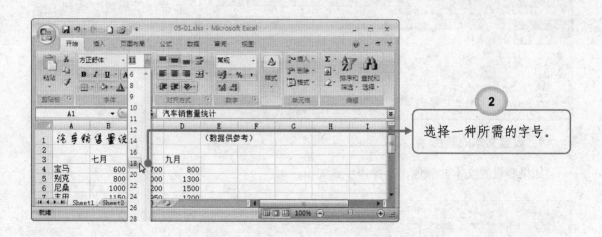

2 选择一种所需的字号。

> **提示**
>
> 如果在"字号"下拉列表中没有所需的字号，可以在"字号"下拉列表框中单击，然后直接输入所需的字号并按 Enter 键。

3. 设置文本的字形

在工具栏中有 3 个用来设置文本字形的按钮：**B**（加粗）按钮、*I*（倾斜）按钮和 U（下划线）按钮。这 3 个按钮可以单独使用，也可以组合使用。

要设置文本的字形，其操作步骤如下：

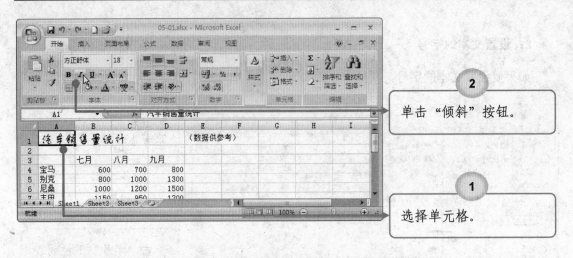

单击"倾斜"按钮。

选择单元格。

单击"下划线"按钮右边的下三角，选择"双下划线"命令。

4. 设置文本的颜色

如果要设置文本的颜色，其操作步骤如下：

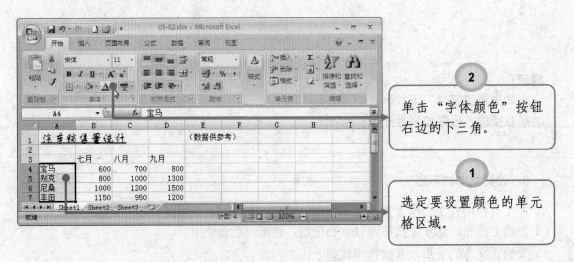

单击"字体颜色"按钮右边的下三角。

选定要设置颜色的单元格区域。

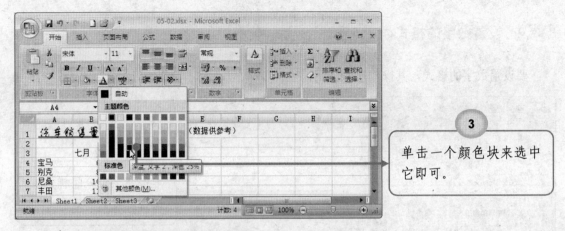

单击一个颜色块来选中它即可。

5. 使用"字体"选项卡设置文本格式

通常，使用工具栏来设置文本的格式就已经足够了。但是如果需要应用一些特殊的效果（如添加删除线、上标、下标或添加不同类型的下划线等），就可以使用"单元格格式"对话框中的"字体"选项卡来进行设置。其操作步骤如下：

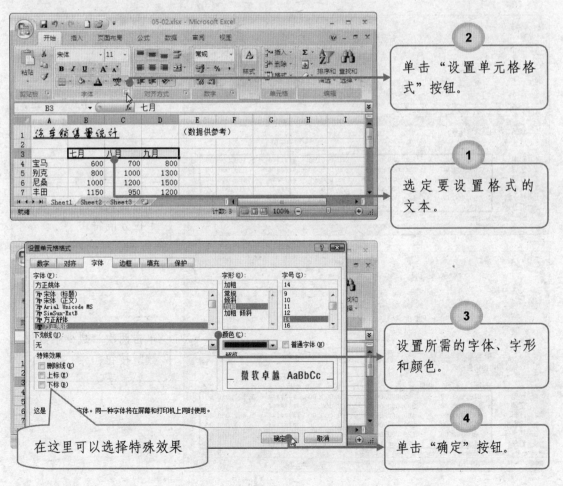

单击"设置单元格格式"按钮。

选定要设置格式的文本。

设置所需的字体、字形和颜色。

在这里可以选择特殊效果

单击"确定"按钮。

8.6.2 设置数字的格式

要设置数字的格式，其操作步骤如下：

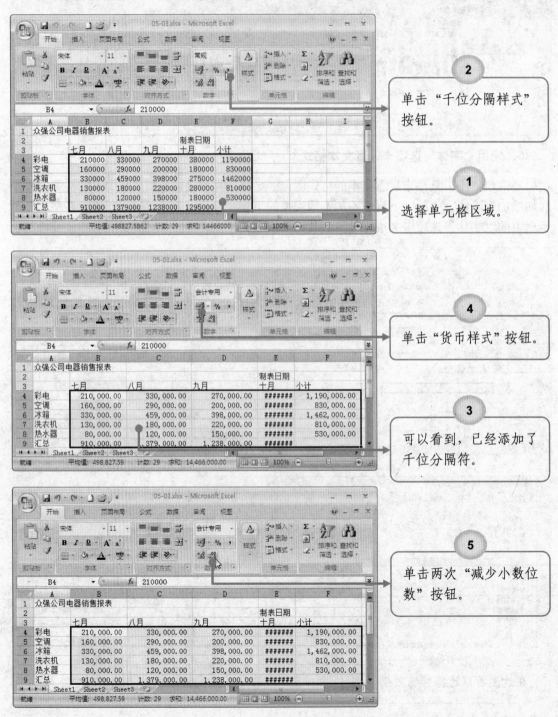

单击"千位分隔样式"按钮。

1

选择单元格区域。

4

单击"货币样式"按钮。

3

可以看到，已经添加了千位分隔符。

5

单击两次"减少小数位数"按钮。

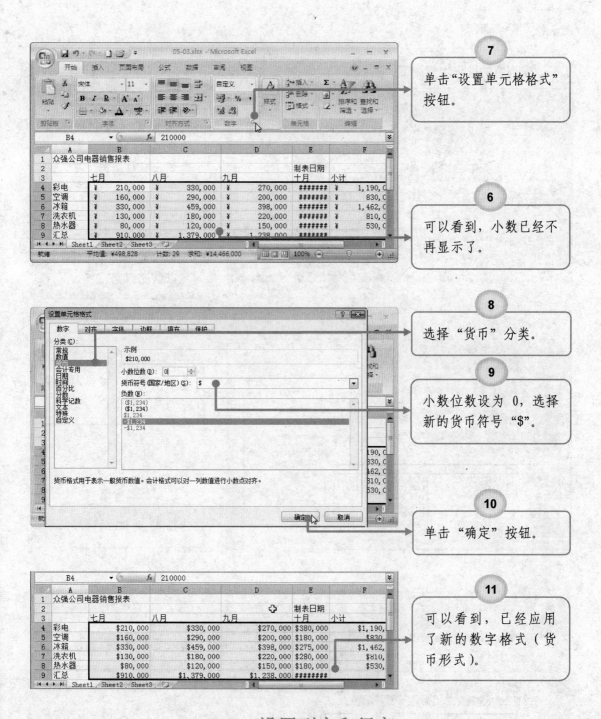

7　单击"设置单元格格式"按钮。

6　可以看到，小数已经不再显示了。

8　选择"货币"分类。

9　小数位数设为 0，选择新的货币符号"$"。

10　单击"确定"按钮。

11　可以看到，已经应用了新的数字格式（货币形式）。

8.7　设置列宽和行高

为了能更好地显示单元格中的数据，用户可以设置单元格的列宽和行高。

8.7.1 设置列宽

改变列宽的操作步骤如下：

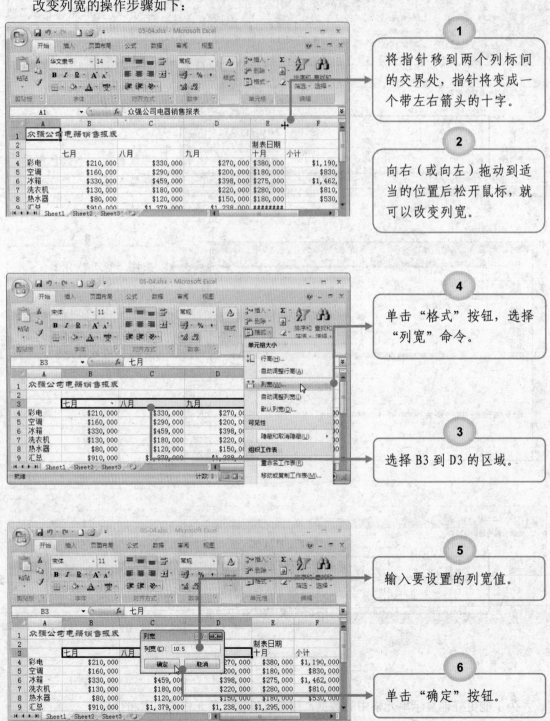

1 将指针移到两个列标间的交界处，指针将变成一个带左右箭头的十字。

2 向右（或向左）拖动到适当的位置后松开鼠标，就可以改变列宽。

4 单击"格式"按钮，选择"列宽"命令。

3 选择 B3 到 D3 的区域。

5 输入要设置的列宽值。

6 单击"确定"按钮。

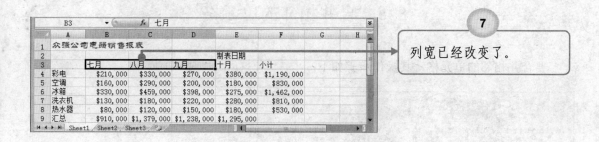

7

列宽已经改变了。

提示

　　选择一列后，还可以单击"格式"按钮并选择"自动调整列宽"命令，所选列的列宽将自动调整至适合列中最宽项的宽度。

8.7.2　设置行高

对于较大的字符，可以通过更改数据表格的行高使其完全显示。改变行高的操作步骤如下：

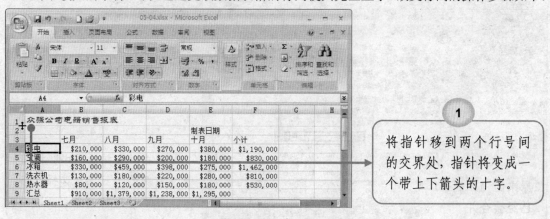

1

将指针移到两个行号间的交界处，指针将变成一个带上下箭头的十字。

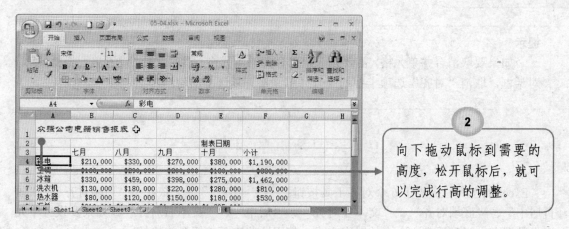

2

向下拖动鼠标到需要的高度，松开鼠标后，就可以完成行高的调整。

8.8　合并相邻的单元格

要合并相邻的单元格，其操作步骤如下：

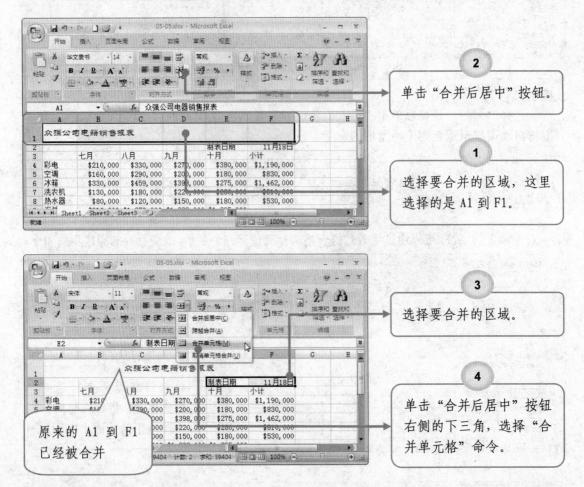

提示

如果要取消合并单元格，需要先选定已合并的单元格，然后打开"设置单元格格式"对话框，取消"对齐"选项卡中的"合并单元格"复选框的勾选。

8.9　设置数据的对齐方式

Excel 的工具栏提供了 6 个对齐工具按钮：，依次为"顶端对齐"、"垂直居中"、"底端对齐"、"文本左对齐"、"居中"、"文本右对齐"。如果要设置单元格中数据在水平和垂直方向上的对齐方式，使用这些工具按钮最为快捷。

其操作步骤如下：

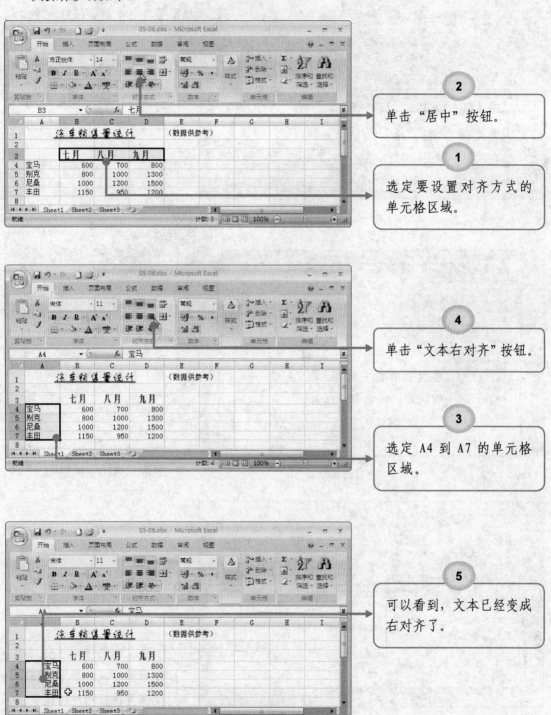

2 单击"居中"按钮。

1 选定要设置对齐方式的单元格区域。

4 单击"文本右对齐"按钮。

3 选定 A4 到 A7 的单元格区域。

5 可以看到，文本已经变成右对齐了。

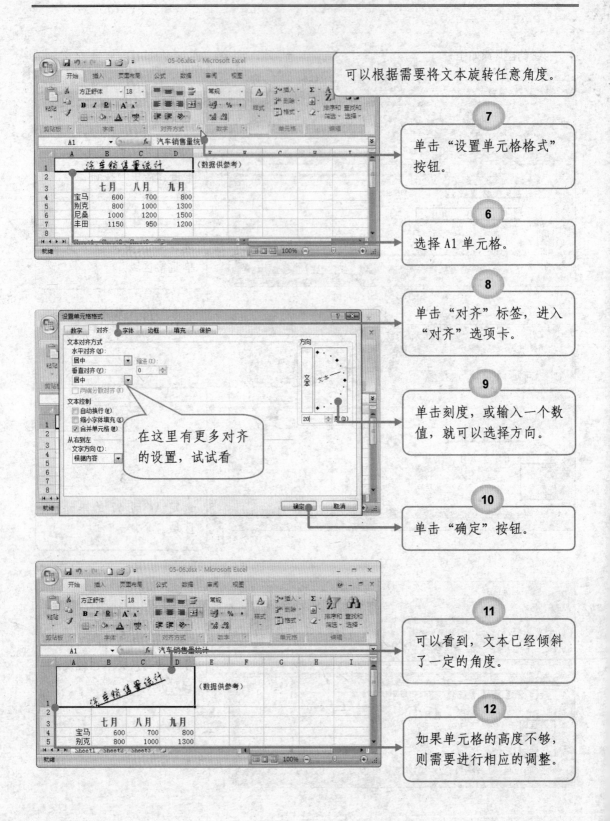

可以根据需要将文本旋转任意角度。

7 单击"设置单元格格式"按钮。

6 选择 A1 单元格。

8 单击"对齐"标签，进入"对齐"选项卡。

9 单击刻度，或输入一个数值，就可以选择方向。

在这里有更多对齐的设置，试试看

10 单击"确定"按钮。

11 可以看到，文本已经倾斜了一定的角度。

12 如果单元格的高度不够，则需要进行相应的调整。

8.10　使用格式刷

如果要使用格式刷复制单元格或单元格区域的格式，其操作步骤如下：

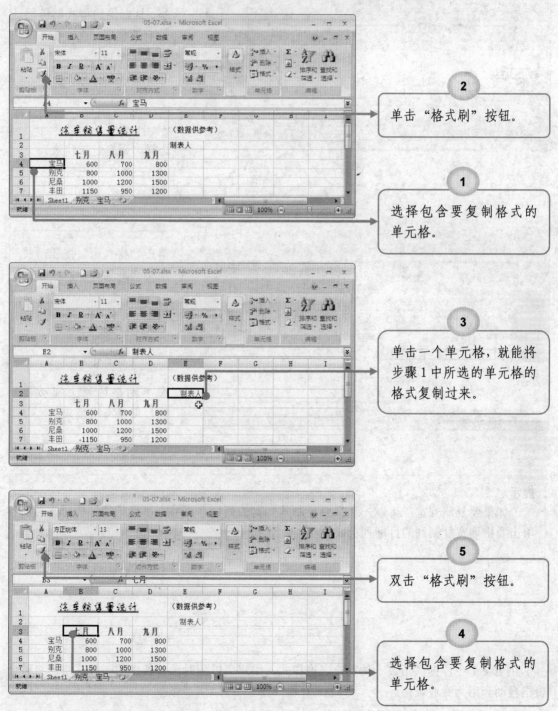

2 单击"格式刷"按钮。

1 选择包含要复制格式的单元格。

3 单击一个单元格，就能将步骤1中所选的单元格的格式复制过来。

5 双击"格式刷"按钮。

4 选择包含要复制格式的单元格。

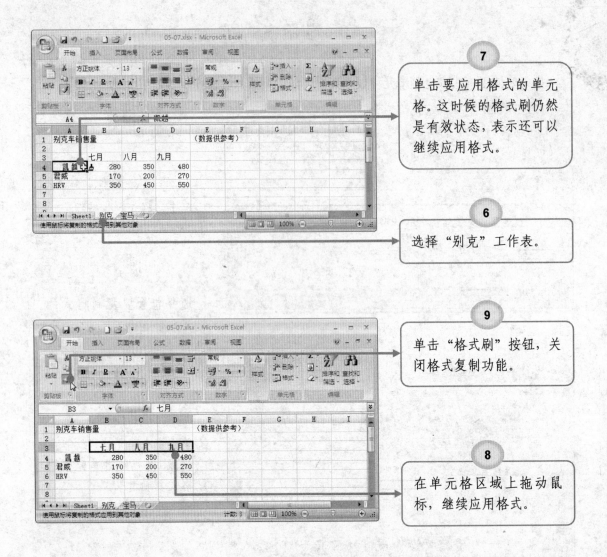

7

单击要应用格式的单元格。这时候的格式刷仍然是有效状态，表示还可以继续应用格式。

6

选择"别克"工作表。

9

单击"格式刷"按钮，关闭格式复制功能。

8

在单元格区域上拖动鼠标，继续应用格式。

提示

如果要复制列宽，可以先选择要复制其列宽的列标，再单击"格式刷"按钮，然后单击要将列宽复制到的目标列标。

8.11 自动套用格式

在 Excel 中，提供了数十种专业表格样式，用户可以随时选择其中的一种，快速将整个表格自动套用为专业表格。

8.11.1　使用自动套用格式

要对工作表自动套用格式，其操作步骤如下：

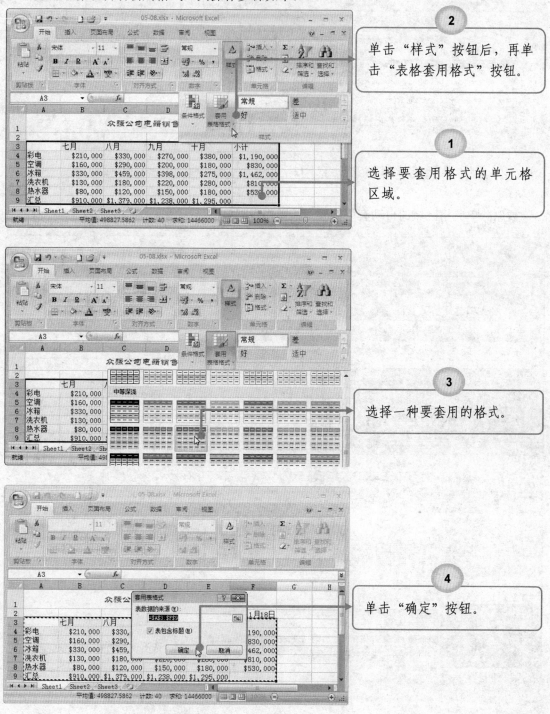

② 单击"样式"按钮后，再单击"表格套用格式"按钮。

① 选择要套用格式的单元格区域。

③ 选择一种要套用的格式。

④ 单击"确定"按钮。

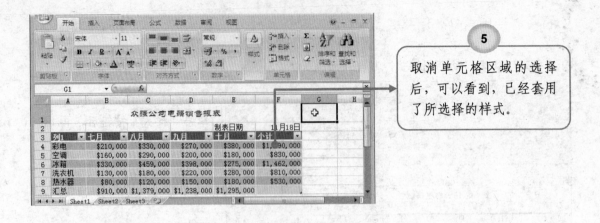

5 取消单元格区域的选择后，可以看到，已经套用了所选择的样式。

8.11.2 删除单元格区域的自动套用格式

要删除单元格区域的自动套用格式，其操作步骤如下：

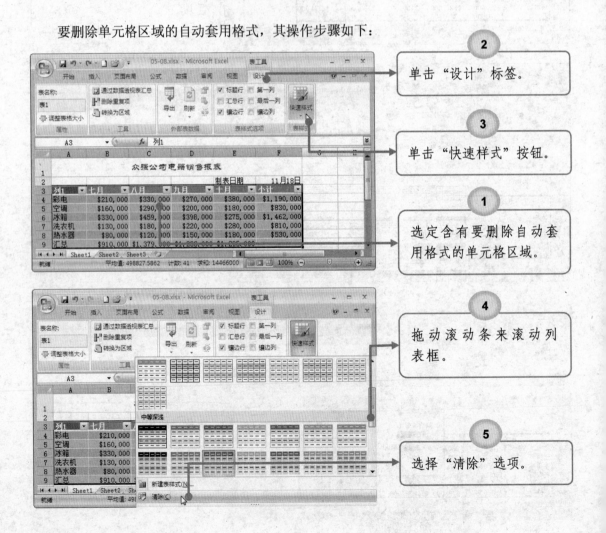

2 单击"设计"标签。

3 单击"快速样式"按钮。

1 选定含有要删除自动套用格式的单元格区域。

4 拖动滚动条来滚动列表框。

5 选择"清除"选项。

8.12 设置单元格边框

可以使用"边框"面板和"边框"选项卡来设置单元格的边框。

1. 使用"边框"面板设置单元格的边框

操作步骤如下：

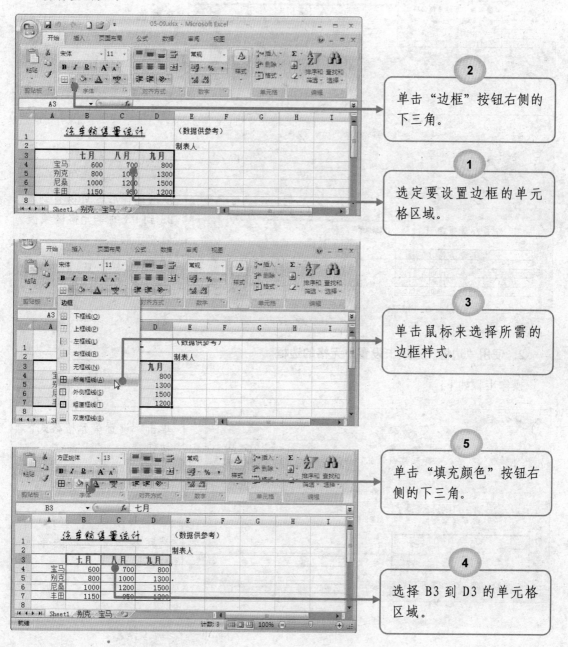

2 单击"边框"按钮右侧的下三角。

1 选定要设置边框的单元格区域。

3 单击鼠标来选择所需的边框样式。

5 单击"填充颜色"按钮右侧的下三角。

4 选择 B3 到 D3 的单元格区域。

6 单击鼠标来选择一种填充颜色。

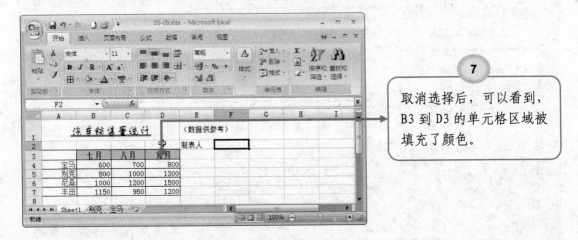

7 取消选择后，可以看到，B3 到 D3 的单元格区域被填充了颜色。

2. 使用"边框"选项卡设置单元格的边框

操作步骤如下：

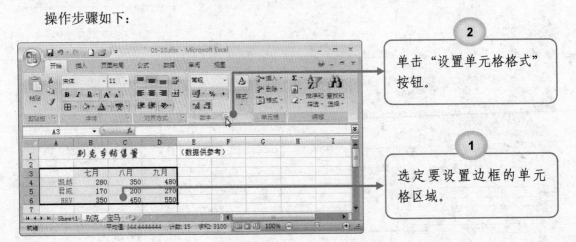

2 单击"设置单元格格式"按钮。

1 选定要设置边框的单元格区域。

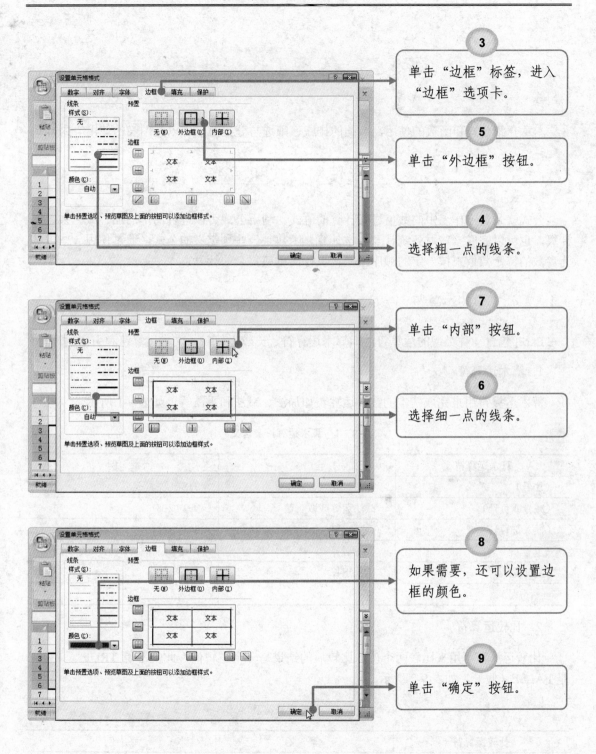

3 单击"边框"标签，进入"边框"选项卡。

5 单击"外边框"按钮。

4 选择粗一点的线条。

7 单击"内部"按钮。

6 选择细一点的线条。

8 如果需要，还可以设置边框的颜色。

9 单击"确定"按钮。

第 9 章　管理工作表数据

本章介绍公式和函数的使用，数据的排序、筛选与分类汇总，以及图表的使用等内容。

9.1　使用公式和函数

公式就是对工作表中的数值进行计算的等式。利用公式可以进行简单的加、减、乘、除计算，也可以完成一些财务统计及科学计算。函数是一些预定义的公式，通过使用一些被称为参数的特定数值来按一定的顺序或结构执行简单或复杂的计算。

9.1.1　公式中的运算符

Excel 包含 4 种类型的运算符，即算术运算符、比较运算符、文本运算符和引用运算符。

1．算术运算符

算术运算符用来完成基本的数学运算，如加法、减法和乘法等，如表 9-1 所示。

表 9-1　算术运算符及含义

算术运算符	含　义	举　例
+（加号）	加法运算	7+8
－（减号或负号）	减法运算或取负数	9-3 或-8
^（插入符号）	乘幂运算	3^3
*（星号）	乘法运算	5*6
/（正斜线）	除法运算	8/4
%（百分号）	百分比	75%

2．比较运算符

比较运算符可用来比较两个值，比较后的结果是一个逻辑值，此值不是 TRUE（真）就是 FALSE（假），如表 9-2 所示。

表 9-2　比较运算符及含义

比较运算符	含　义	举　例
=（等号）	等于	C1=D1
>（大于号）	大于	C1>D1

续表

比较运算符	含 义	举 例
<（小于号）	小于	C1<D1
>=（大于等于号）	大于等于	C1>=D1
<=（小于等于号）	小于等于	C1<=D1
<>（不等号）	不等于	C1<>D1

3. 文本运算符

文本运算符"&"用来连接两个或多个文本字符串，以便产生一串新的文本。举例如下：

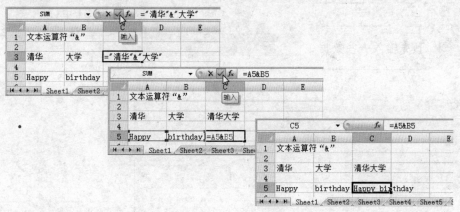

4. 引用运算符

使用引用运算符可以将单元格区域合并计算，表9-3列出了Excel中可以使用的引用运算符。

表9-3 引用运算符及含义

引用运算符	含 义	举 例
:（冒号）	区域运算符，产生对包括在两个引用之间的所有单元格的引用	例如，C3:D8表示从单元格C3一直到单元格D8中的数据
，（逗号）	联合运算符，将多个引用合并为一个引用	例如，SUM（B4:B8,E5:E9）表示计算从单元格B4到单元格B8以及从单元格E5到单元格E9中的数据的总和
（单个空格）	交叉运算符，表示几个单元格区域所共有的那些单元格	例如，B7:D7 C6:C8表示这两个单元格区域的共有单元格为C7

9.1.2 输入公式

Excel的公式主要由运算符和运算数构成，每个运算数可以是常量、单元格或引用单元格区域等，参与计算的运算数通过运算符隔开。

在输入公式时应以一个半角等号"="开头，表明之后的字符为公式。要在单元格中直接输入公式，其操作步骤如下：

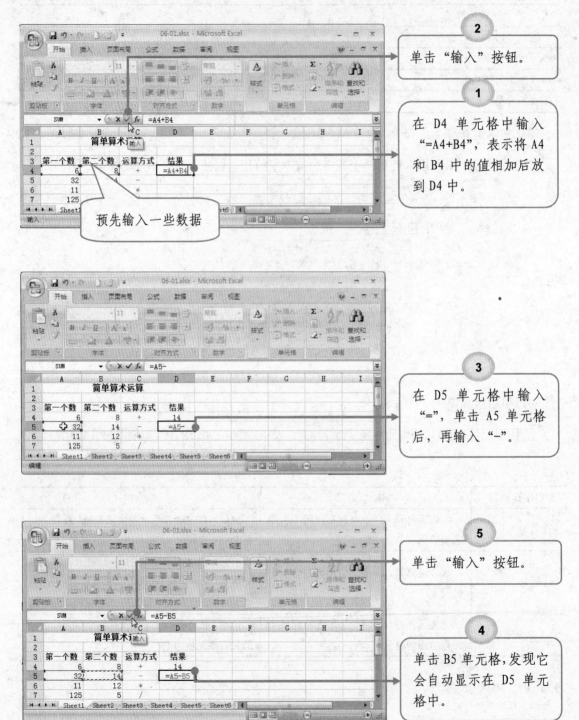

2 单击"输入"按钮。

1 在 D4 单元格中输入"=A4+B4"，表示将 A4 和 B4 中的值相加后放到 D4 中。

预先输入一些数据

3 在 D5 单元格中输入"="，单击 A5 单元格后，再输入"–"。

5 单击"输入"按钮。

4 单击 B5 单元格，发现它会自动显示在 D5 单元格中。

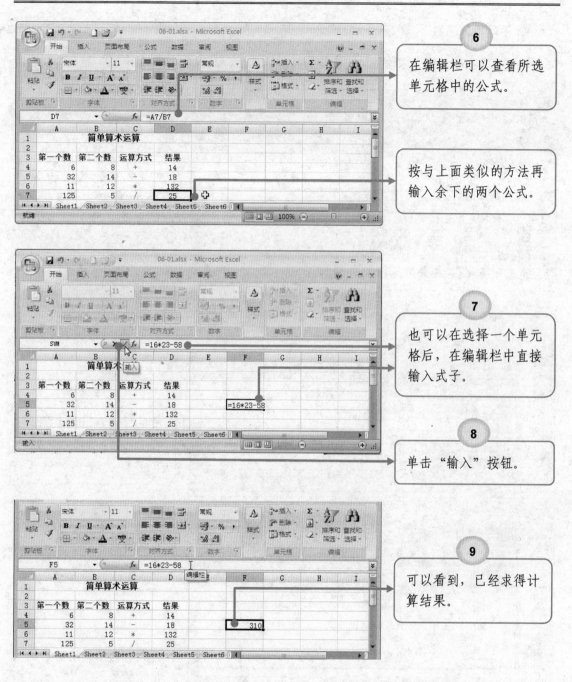

6 在编辑栏可以查看所选单元格中的公式。

按与上面类似的方法再输入余下的两个公式。

7 也可以在选择一个单元格后，在编辑栏中直接输入式子。

8 单击"输入"按钮。

9 可以看到，已经求得计算结果。

9.1.3 输入函数

函数就是一些定义好了的公式，通过参数接收数据，输入的参数放到函数名之后并用括号括起来。如果函数要以公式形式出现，只需在函数名称前面输入等号"="即可。

输入函数有两种方法，即手动输入函数及使用函数向导输入函数。在输入时要注意的是，必须输入英文的等号"="、英文的函数名和英文的括号。

1. 手动输入函数

用户可以在单元格中像输入公式一样直接输入函数，其操作步骤如下：

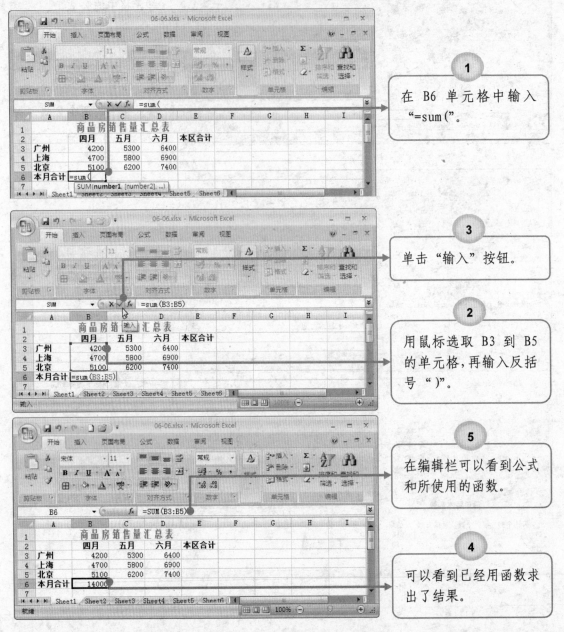

使用上面的方法要求用户对函数及其语法非常熟悉，否则的话，很难保证函数输入的正确性。而用下面的一种方法就比较简单了。

2. 使用函数向导输入函数

操作步骤如下：

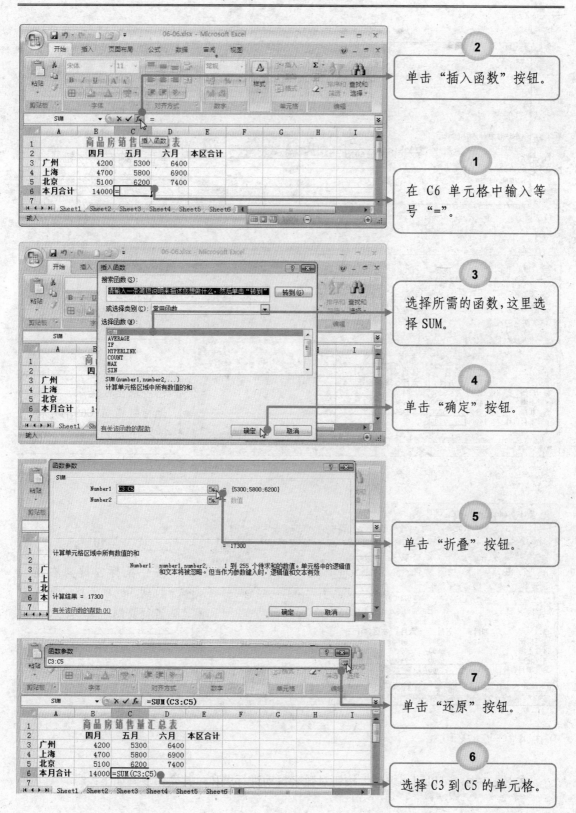

2 单击"插入函数"按钮。

1 在 C6 单元格中输入等号 "="。

3 选择所需的函数,这里选择 SUM。

4 单击"确定"按钮。

5 单击"折叠"按钮。

7 单击"还原"按钮。

6 选择 C3 到 C5 的单元格。

8

单击"确定"按钮。

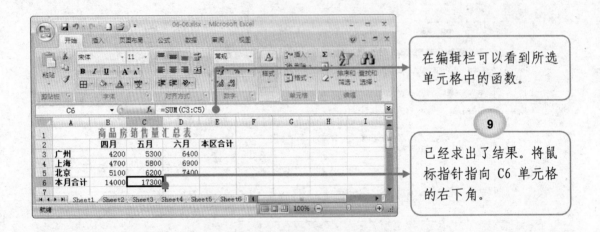

在编辑栏可以看到所选单元格中的函数。

9

已经求出了结果。将鼠标指针指向 C6 单元格的右下角。

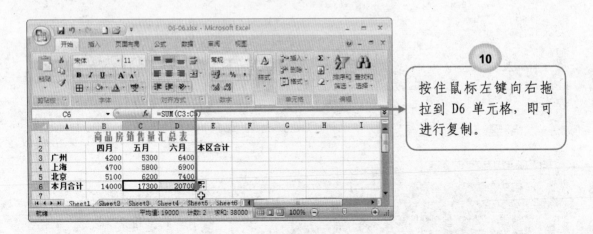

10

按住鼠标左键向右拖拉到 D6 单元格，即可进行复制。

9.1.4 自动求和

在 Excel 中，可以用"求和"按钮对数字自动进行求和，其操作步骤如下：

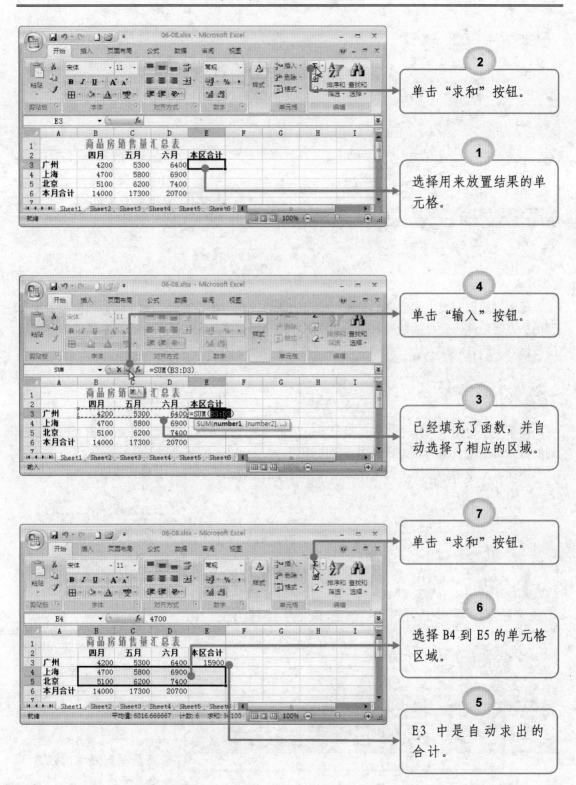

2 单击"求和"按钮。

1 选择用来放置结果的单元格。

4 单击"输入"按钮。

3 已经填充了函数,并自动选择了相应的区域。

7 单击"求和"按钮。

6 选择 B4 到 E5 的单元格区域。

5 E3 中是自动求出的合计。

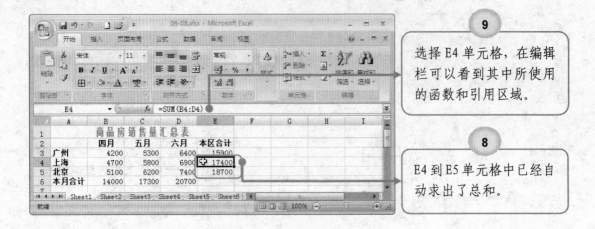

9 选择 E4 单元格，在编辑栏可以看到其中所使用的函数和引用区域。

8 E4 到 E5 单元格中已经自动求出了总和。

9.2 排 序 数 据

通常，数据列表中的数据都是随机输入的，缺乏相应的条理性。为了使对数据列表的管理更加方便，就需要对数据列表中的数据进行排序。排序是指根据某一特定字段的内容来重排数据列表的行。

9.2.1 简单排序

简单排序也叫单列排序，它是最简单、最常用的排序方法，也就是根据数据列表中某一列的数据对整个数据列表进行升序或降序排列。

下面以一张销售报表为例，按某一指定的列的数据进行排序，其操作步骤如下：

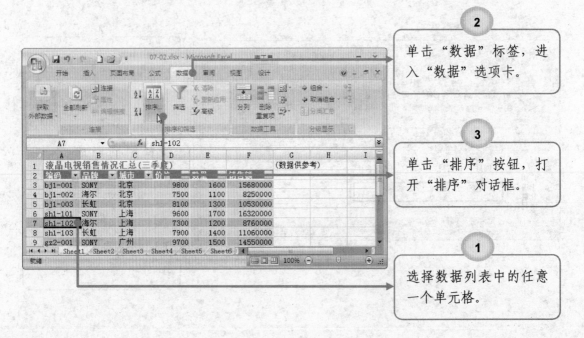

2 单击"数据"标签，进入"数据"选项卡。

3 单击"排序"按钮，打开"排序"对话框。

1 选择数据列表中的任意一个单元格。

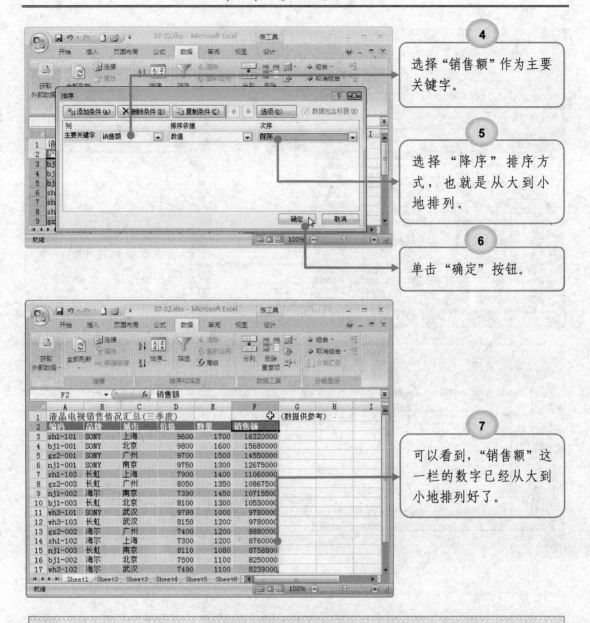

提示

　　选择一个单元格后，单击功能区中的 ![升序] (升序) 按钮或 ![降序] (降序) 按钮，可以根据单元格所在的列对数据区域进行快速排序。

9.2.2　按多列排序

　　可以在单列排序的基础上增加对一列或两列数据的排序，就是按多列排序。其操作步骤如下：

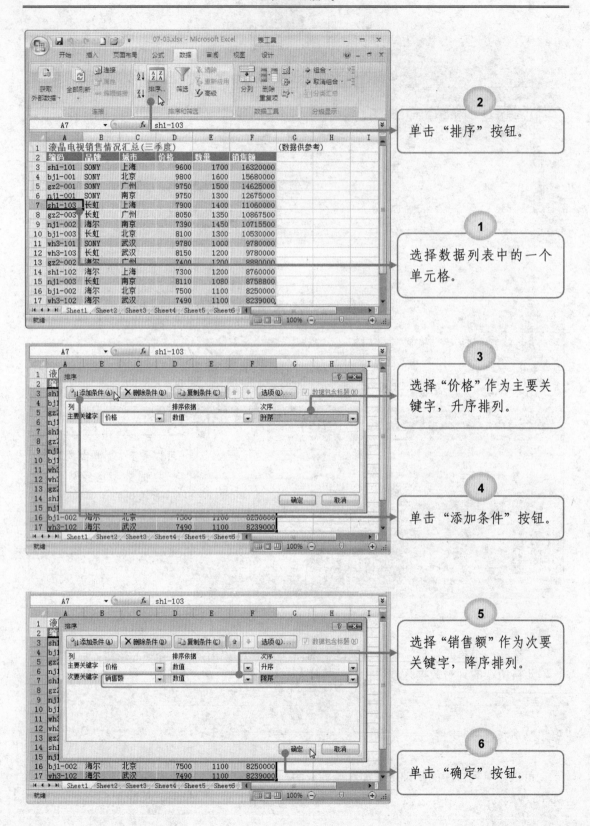

2 单击"排序"按钮。

1 选择数据列表中的一个单元格。

3 选择"价格"作为主要关键字，升序排列。

4 单击"添加条件"按钮。

5 选择"销售额"作为次要关键字，降序排列。

6 单击"确定"按钮。

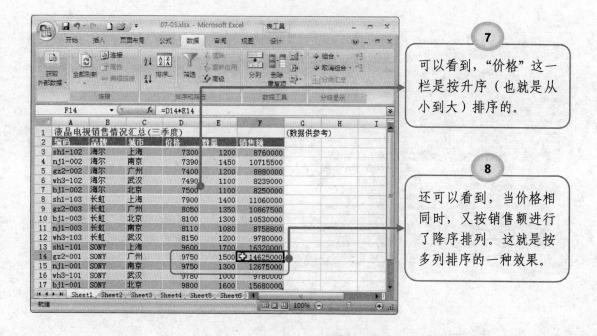

7 可以看到，"价格"这一栏是按升序（也就是从小到大）排序的。

8 还可以看到，当价格相同时，又按销售额进行了降序排列。这就是按多列排序的一种效果。

9.3 筛 选 数 据

筛选是查找和处理数据列表中数据子集的快捷方法。筛选清单仅显示满足条件的行，该条件由用户针对某列指定。筛选与排序不同，它并不重排数据列表，而只是暂时隐藏不必显示的行。在执行筛选操作之前，数据列表中必须要有标题行。

9.3.1 自动筛选

自动筛选的功能比较简单，可以很快地显示出符合条件的数据，隐藏那些不满足条件的数据。其操作步骤如下：

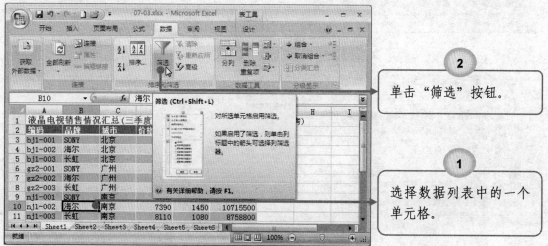

2 单击"筛选"按钮。

1 选择数据列表中的一个单元格。

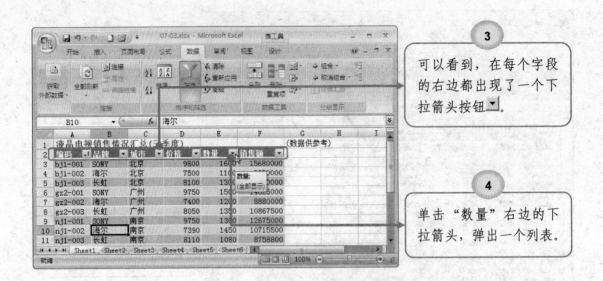

3 可以看到，在每个字段的右边都出现了一个下拉箭头按钮▼。

4 单击"数量"右边的下拉箭头，弹出一个列表。

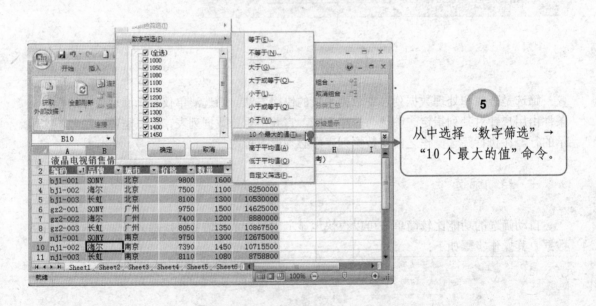

5 从中选择"数字筛选"→"10个最大的值"命令。

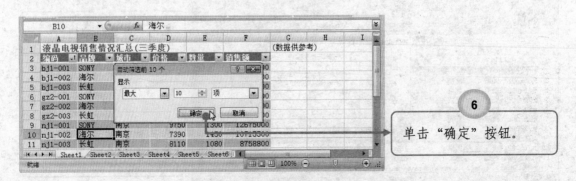

6 单击"确定"按钮。

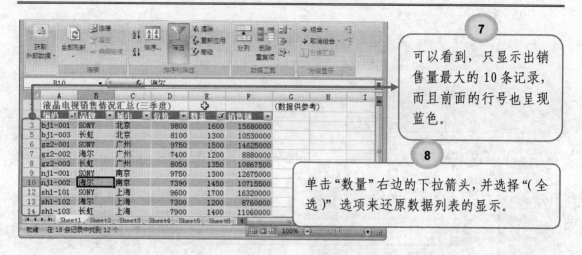

7

可以看到，只显示出销售量最大的 10 条记录，而且前面的行号也呈现蓝色。

8

单击"数量"右边的下拉箭头，并选择"（全选）"选项来还原数据列表的显示。

9.3.2 自定义筛选

如果想要定义一些筛选条件，那么就可以进行自定义筛选。例如下面将根据"销售额"来进行自定义筛选，其操作步骤如下：

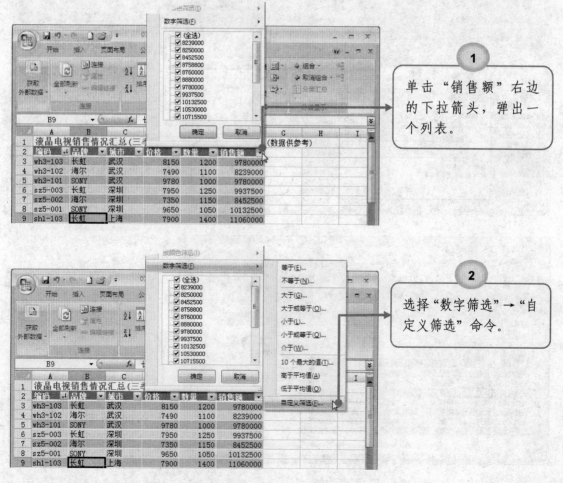

1

单击"销售额"右边的下拉箭头，弹出一个列表。

2

选择"数字筛选"→"自定义筛选"命令。

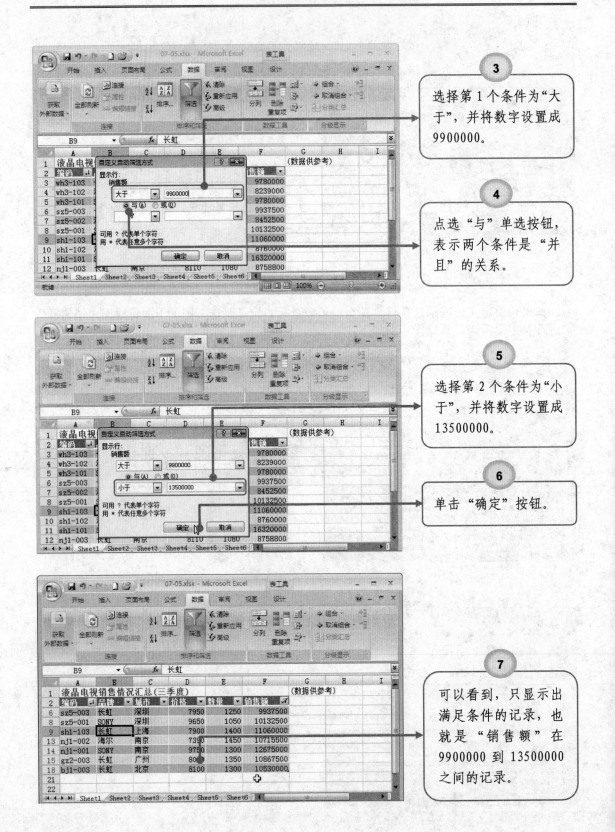

3 选择第1个条件为"大于",并将数字设置成9900000。

4 点选"与"单选按钮,表示两个条件是"并且"的关系。

5 选择第2个条件为"小于",并将数字设置成13500000。

6 单击"确定"按钮。

7 可以看到,只显示出满足条件的记录,也就是"销售额"在9900000到13500000之间的记录。

9.3.3　筛选的取消

如果要取消筛选，其操作步骤如下：

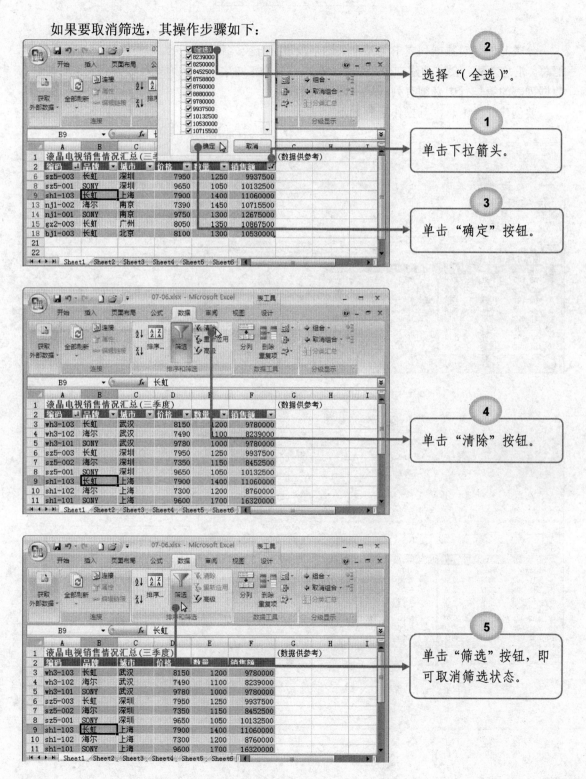

2 选择"（全选）"。

1 单击下拉箭头。

3 单击"确定"按钮。

4 单击"清除"按钮。

5 单击"筛选"按钮，即可取消筛选状态。

9.4　分类汇总数据

分类汇总是对数据列表中的某个关键字段进行分类，相同值的为一类，然后对各类进行汇总。汇总之后，会自动建立分级显示。在执行分类汇总之前，必须先对数据列表进行排序，数据列表的第一行中必须有列标记（即字段名）。

要创建分类汇总，其操作步骤如下：

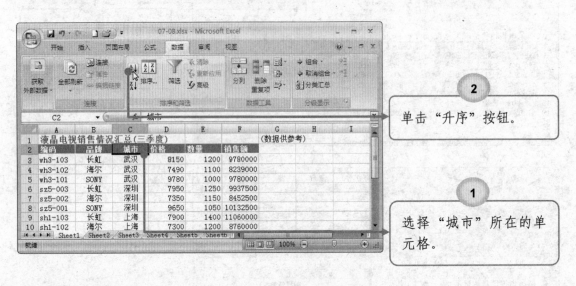

2 单击"升序"按钮。

1 选择"城市"所在的单元格。

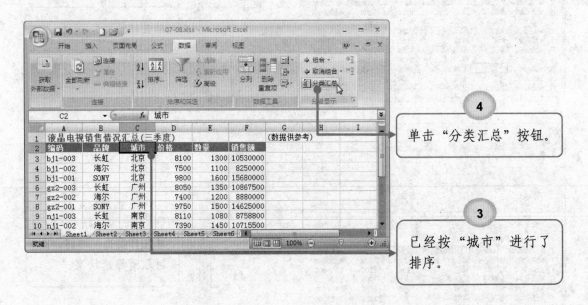

4 单击"分类汇总"按钮。

3 已经按"城市"进行了排序。

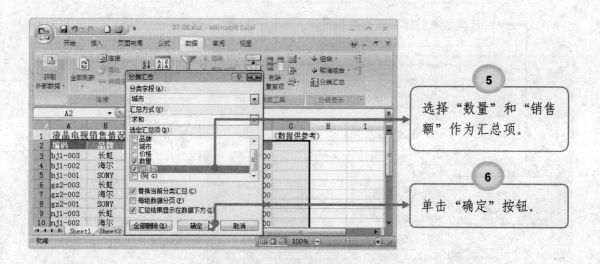

5 选择 "数量" 和 "销售额" 作为汇总项。

6 单击 "确定" 按钮。

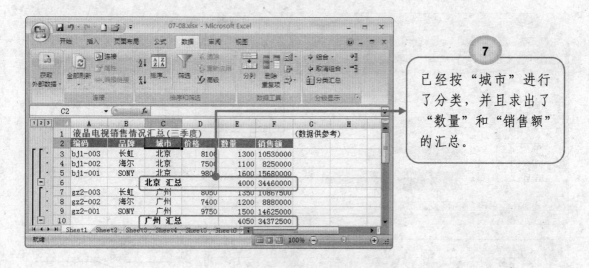

7 已经按 "城市" 进行了分类,并且求出了 "数量" 和 "销售额" 的汇总。

9.5 使用图表分析数据

图表具有较好的视觉效果,能够方便用户查看数据的差异、图案和预测趋势。使用图表,可使杂乱的数据阵列所体现的问题能很容易地表现出来。

9.5.1 创建图表

用户可以在工作表内创建图表,或者将图表作为工作表的嵌入对象使用。如果要创建图表,必须先在工作表中为图表输入数据,然后使用下面的方法来创建图表。

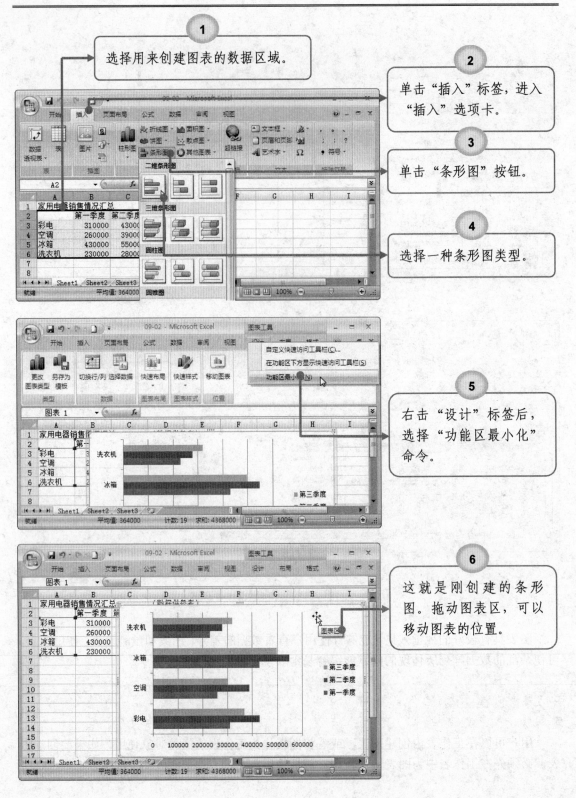

1 选择用来创建图表的数据区域。

2 单击"插入"标签，进入"插入"选项卡。

3 单击"条形图"按钮。

4 选择一种条形图类型。

5 右击"设计"标签后，选择"功能区最小化"命令。

6 这就是刚创建的条形图。拖动图表区，可以移动图表的位置。

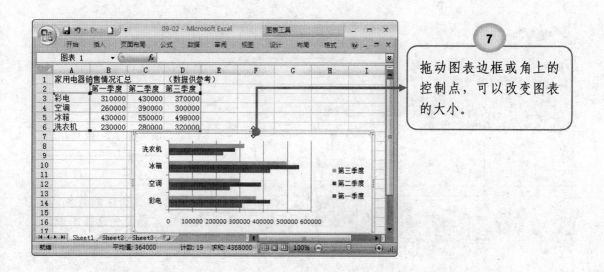

拖动图表边框或角上的控制点，可以改变图表的大小。

9.5.2　编辑图表

在实际工作中，创建一个图表后，常需要修改工作表中的数据。对于这种情况，重新创建图表当然是一种办法，其实也可以利用 Excel 提供的编辑功能来解决这个问题。

1. 调整图表的位置

其操作步骤如下：

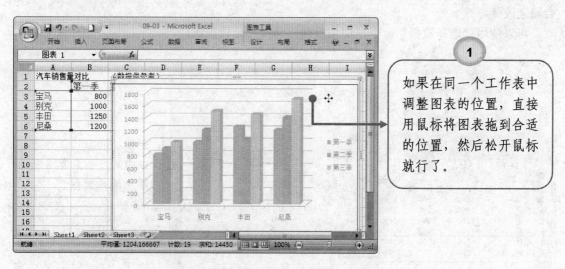

如果在同一个工作表中调整图表的位置，直接用鼠标将图表拖到合适的位置，然后松开鼠标就行了。

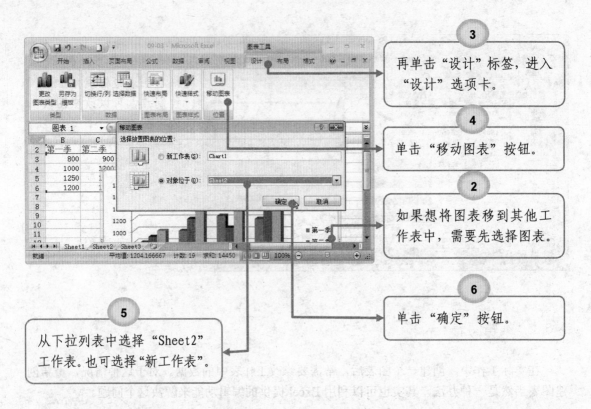

3 再单击"设计"标签，进入"设计"选项卡。

4 单击"移动图表"按钮。

2 如果想将图表移到其他工作表中，需要先选择图表。

6 单击"确定"按钮。

5 从下拉列表中选择"Sheet 2"工作表。也可选择"新工作表"。

2．添加或删除数据

由于图表与其源数据之间在创建图表时已经建立了链接关系，因此，当对工作表中的数据进行修改后，Excel 会自动更新图表；反之，当对图表进行修改后，其源数据中的数据也会随之改变。

可以使用"选择数据"命令来添加数据，其操作步骤如下：

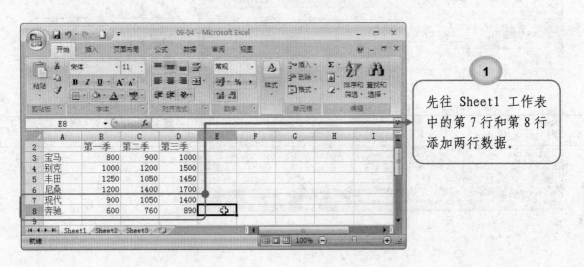

1 先往 Sheet1 工作表中的第 7 行和第 8 行添加两行数据。

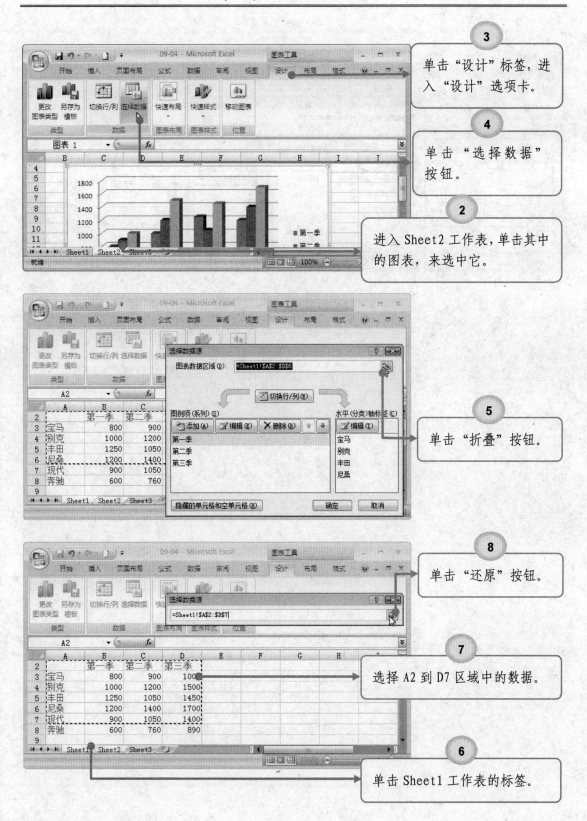

③ 单击"设计"标签，进入"设计"选项卡。

④ 单击"选择数据"按钮。

② 进入 Sheet2 工作表，单击其中的图表，来选中它。

⑤ 单击"折叠"按钮。

⑧ 单击"还原"按钮。

⑦ 选择 A2 到 D7 区域中的数据。

⑥ 单击 Sheet1 工作表的标签。

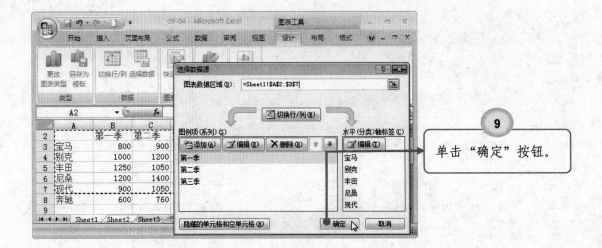

9

单击"确定"按钮。

第10章 网上办公

本章介绍有关网上办公的知识，希望读者能很好地掌握。

10.1 使用局域网

如果家庭或小型企业有两台或多台装有 Windows 的计算机，则可以通过网卡、电缆线和集线器将它们建成一个局域网，从而实现相互之间传递文件或共享打印机，以及多人联网玩计算机游戏等。

10.1.1 开启文件共享

其操作步骤如下：

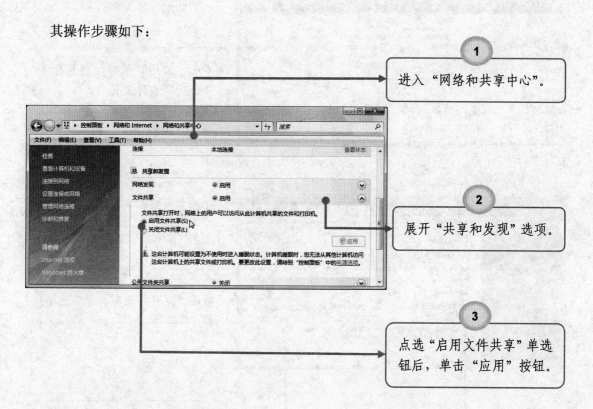

进入"网络和共享中心"。

展开"共享和发现"选项。

点选"启用文件共享"单选钮后，单击"应用"按钮。

10.1.2 设置公用文件共享

在 Windows Vista 中，"公用"文件夹是一个特殊的文件夹，采用如下方法可以访问它。

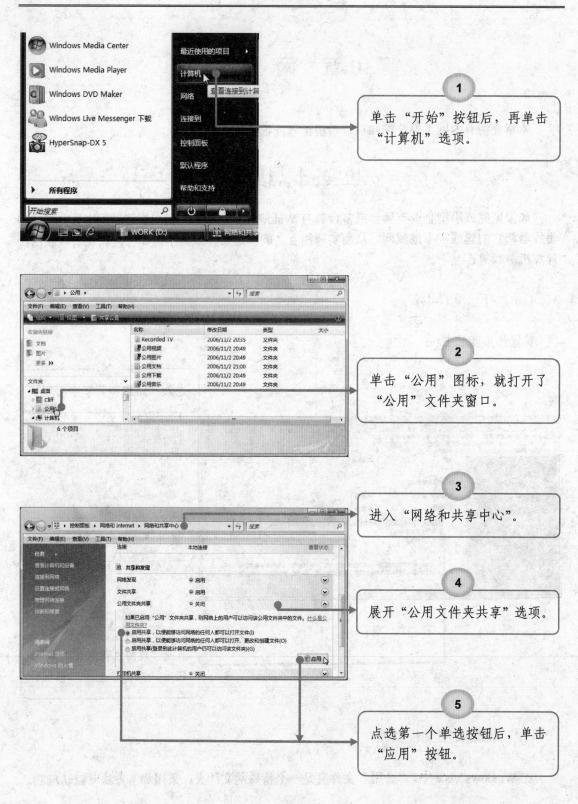

1. 单击"开始"按钮后，再单击"计算机"选项。

2. 单击"公用"图标，就打开了"公用"文件夹窗口。

3. 进入"网络和共享中心"。

4. 展开"公用文件夹共享"选项。

5. 点选第一个单选按钮后，单击"应用"按钮。

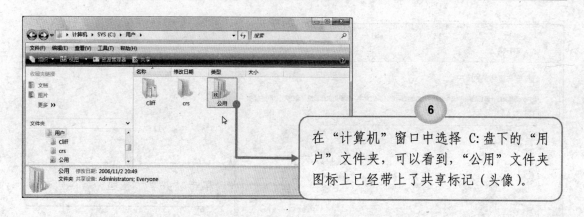

6

在"计算机"窗口中选择 C: 盘下的"用户"文件夹，可以看到，"公用"文件夹图标上已经带上了共享标记（头像）。

10.1.3 共享特定文件夹

在 Windows Vista 操作系统中，除了能够将"公用"文件夹共享给网络上的其他用户使用外，还能够将计算机中的任意一个文件夹进行共享。其操作步骤如下：

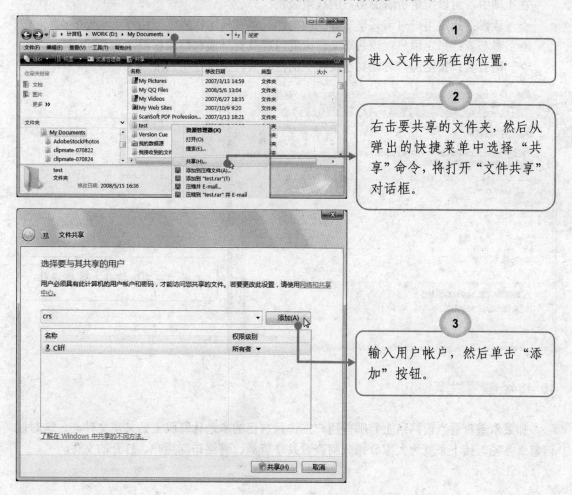

1

进入文件夹所在的位置。

2

右击要共享的文件夹，然后从弹出的快捷菜单中选择"共享"命令，将打开"文件共享"对话框。

3

输入用户帐户，然后单击"添加"按钮。

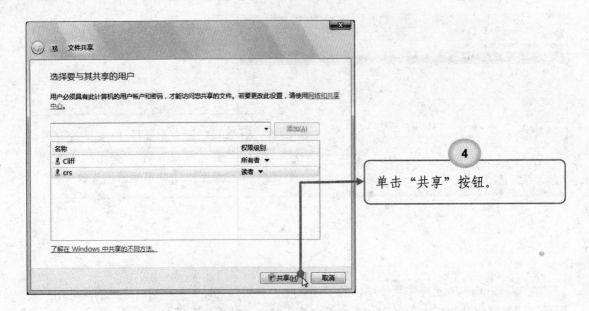

单击"共享"按钮。

4

在上图中，可以指定所添加用户的权限级别：

✧ 读者：指定用户对该共享文件夹的内容只具有只读权限。

✧ 参与者：指定用户对该共享文件夹的内容具有只读和修改权限。

✧ 所有者：指定用户对该共享文件夹的内容具有完全控制权限。

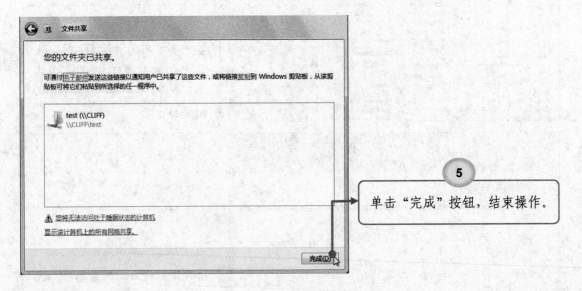

单击"完成"按钮，结束操作。

5

10.1.4 查看共享

如果希望查看当前网络上有哪些用户在访问自己的本地计算机上的共享文件夹，这时候该怎么办呢？接下来就为大家介绍如何查看共享资源、网络访问用户、打开的文件。

1. 查看共享资源

其操作步骤如下：

1 右击"计算机"图标后，选择"管理"命令，将打开"计算机管理"窗口。

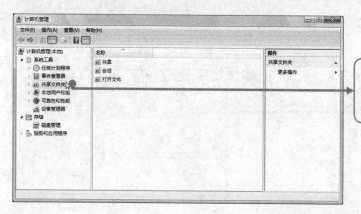

2 双击"系统工具"下的"共享文件夹"，将其展开。

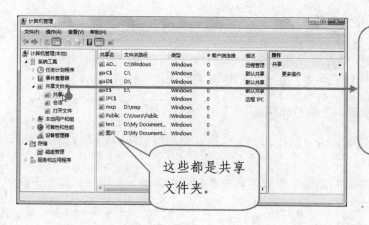

3 单击"共享"选项，就可以看到设为共享的文件夹。其中，诸如 C\$、D\$之类的隐藏共享文件夹，是系统默认设置的，它们叫做管理共享。

这些都是共享文件夹。

2. 查看网络访问用户

其操作方法如下：

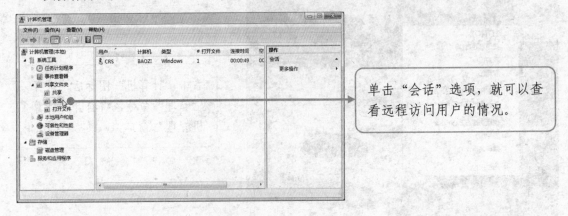

单击"会话"选项，就可以查看远程访问用户的情况。

3. 查看打开的文件

其操作方法如下：

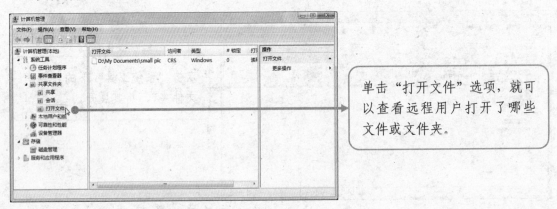

单击"打开文件"选项，就可以查看远程用户打开了哪些文件或文件夹。

10.1.5 安装共享打印机

在学校或单位，为了节约资源，经常会使在网络上的每台计算机都能享用同一台打印机。要想共享网络打印机，必须具备这样一些先决条件：局域网、打印机、计算机。

1. 共享安装在 Router（路由器）上的打印机

如果打印机安装在局域网内的 Router（路由器）上，那么同一局域网内的所有用户都可以共享这台打印机。

安装过程分为两个环节——安装打印服务器软件和安装打印机驱动。其操作步骤如下：

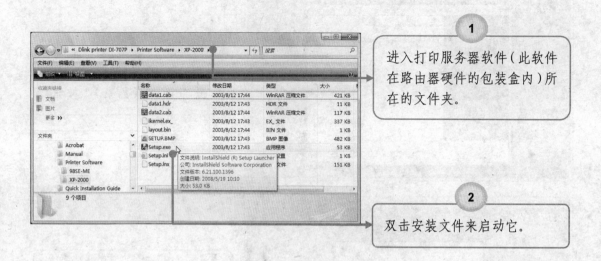

1

进入打印服务器软件（此软件在路由器硬件的包装盒内）所在的文件夹。

2

双击安装文件来启动它。

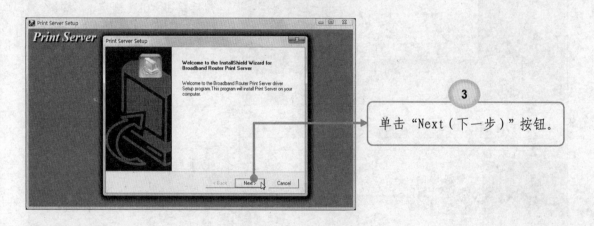

3

单击"Next（下一步）"按钮。

4

单击 Next（下一步）按钮。

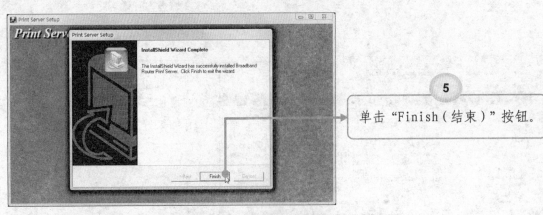

5

单击"Finish（结束）"按钮。

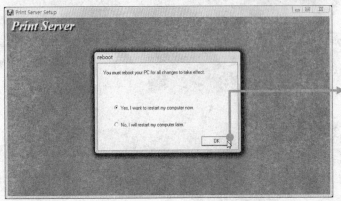

6

选择现在要重新启动计算机，然后单击"OK（确定）"按钮。

7

重新启动计算机后，单击"控制面板"窗口中的"打印机"超链接，将打开"打印机"窗口。

8

单击"添加打印机"按钮。

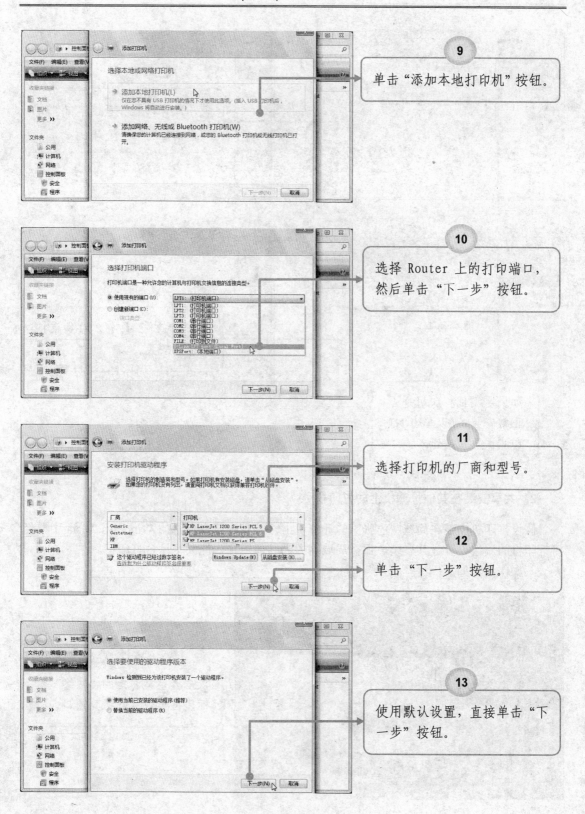

9 单击"添加本地打印机"按钮。

10 选择 Router 上的打印端口，然后单击"下一步"按钮。

11 选择打印机的厂商和型号。

12 单击"下一步"按钮。

13 使用默认设置，直接单击"下一步"按钮。

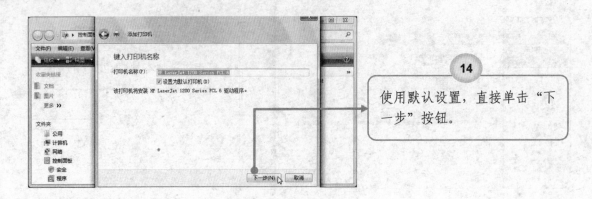

14 使用默认设置，直接单击"下一步"按钮。

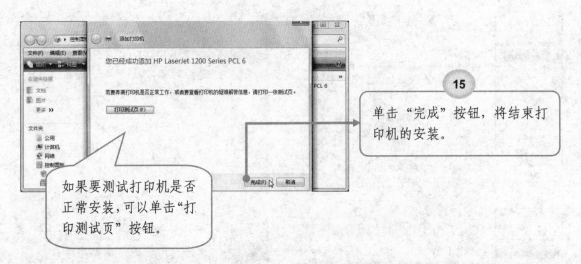

15 单击"完成"按钮，将结束打印机的安装。

如果要测试打印机是否正常安装，可以单击"打印测试页"按钮。

2. 共享安装在其他计算机上的打印机

假设打印机安装在局域网内张三的计算机上，并且张三在自己的 Windows Vista 中已经将打印机的属性设置成共享了，那么局域网内的其他用户也能共享这台打印机。

其操作步骤如下：

1 双击自己桌面上的"网络"图标，将出现"网络"窗口。

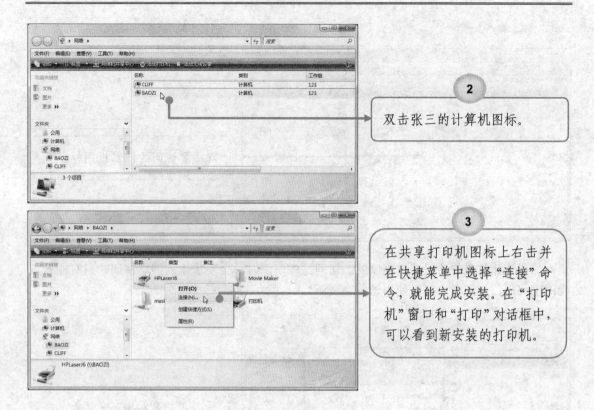

2

双击张三的计算机图标。

3

在共享打印机图标上右击并在快捷菜单中选择"连接"命令，就能完成安装。在"打印机"窗口和"打印"对话框中，可以看到新安装的打印机。

10.1.6　使用共享资源

在Windows Vista中，使用局域网上的资源就如同使用自己计算机中的资源一样方便。如果某些资源被设置为完全共享，则访问这些资源的其他用户可以无条件地使用及修改。

如果某些资源被所有者设置成了只读共享，则其他用户只能读取这些共享资源。如果要编辑这些只读文件，可以将文件复制到本机中，然后在本机上对它进行编辑。如果要在网络上保存文件，必须与该资源的所有者取得联系，获取完全访问权限。

要使用共享资源，其操作步骤如下：

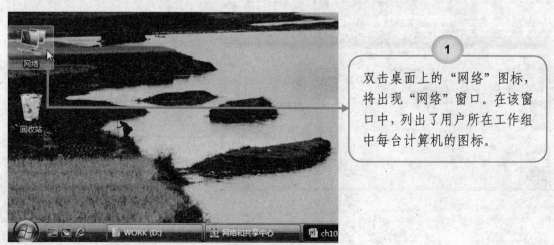

1

双击桌面上的"网络"图标，将出现"网络"窗口。在该窗口中，列出了用户所在工作组中每台计算机的图标。

2 双击要访问的计算机图标。

如果该计算机的访问是受限制的，访问这些资源时，会要求输入网络密码。只有输入正确的密码后，访问者才可以使用该共享资源。

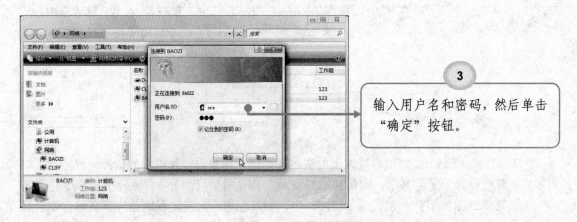

3 输入用户名和密码，然后单击"确定"按钮。

连接到刚才双击的计算机后，即可在窗口中显示该计算机中的共享资源，包括文件夹和打印机。

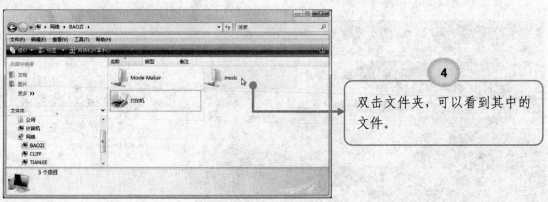

4 双击文件夹，可以看到其中的文件。

5

此时可以双击文件来将它打开，或者将所需的文件复制到自己的计算机中。

10.2　畅游因特网

因特网（Internet）正以惊人的速度改变着世界，一个全新的因特网时代已经到来。因特网是一个巨大的信息中心，计算机连接上因特网，也就连接上了整个世界。面对因特网的大潮，让我们一起畅游因特网的世界吧！

10.2.1　基础知识

下面先来了解几个简单的术语。

1. 网页

网页（Web 页）是使用超文本标记语言（Hyper Text Markup Language，HTML）编写的，并且在超文本传输协议（HTTP）支持下运行。一个网站的第一个 Web 页称为主页或首页，它主要体现该网站的特点和服务项目。

2. 超链接

为了使许多相互关联的网页组成一个网站，超链接是关键所在。超链接可以在网页之间建立联系，也可以通过书签链接到本页或其他页的特定位置，甚至还可以链接到FTP服务器、应用程序、声音、视频、多媒体图片以及电子邮件地址等。

超链接主要由两个部分组成：超链接源和超链接目标。超链接源通常采用文本或图片的形式。超链接目标是用户单击超链接时打开的网页或文件，目标通常用 URL 定义。

3. URL

当用户要在网络上浏览时，必须给出所需的地址，网络上的每个主机都有它的地址，只有把所要访问的地址告诉浏览器，才能带您到所要访问的主机。

这里讨论的"地址",其正式名称为URL,它的中文名字是"统一资源定位器"。因特网上有许多资源,如万维网、新闻组、FTP(文件传输)等。每种资源都应该有自己的地址,这样才能从因特网中找到它们。

下面是一个URL的格式:

协议://IP地址或域名/路径/文件名

例如:

http://news.sohu.com/literature/0608/page100.html

4. 浏览器

要浏览因特网,就必须使用浏览器。浏览器安装在客户的机器上,是一种客户端软件。它能够将使用超文本标记语言描述的信息转换成便于理解的形式。浏览器有很多种,目前最常用的 Web 浏览器是 Microsoft(微软)公司的 Internet Explorer(简称 IE)和 Netscape 公司的 Navigator。本章涉及的浏览器是以 IE 为例讲解的。

10.2.2 认识 Internet Explorer

随着互联网的快速发展,Internet 已经成为人们生活中必不可少的一部分了。Internet Explorer 是微软公司推出的浏览器。无论是搜索新信息还是浏览网站,用户都可以使用 Internet Explorer 从网上获取丰富的信息。在 Windows Vista 中附带的浏览器是 Internet Explorer 7.0,IE7 无论是界面还是功能都有了长足的改进。

用户在使用 Internet Explorer 7.0 浏览器时,首先需要启用 Internet Explorer 7.0,其操作步骤如下:

单击"快速启动"工具栏中的"启动 Internet Explorer 浏览器"按钮,就可以看到类似如下图所示的界面。

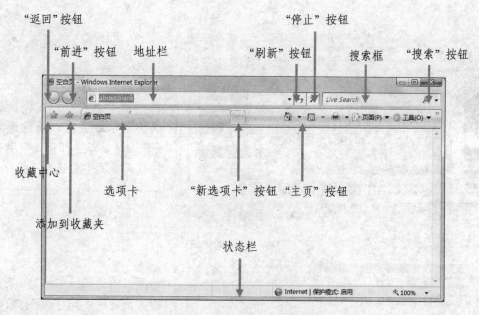

"返回"按钮　"停止"按钮

"前进"按钮　地址栏　"刷新"按钮　搜索框　"搜索"按钮

收藏中心　选项卡　"新选项卡"按钮　"主页"按钮

添加到收藏夹

状态栏

Internet Explorer 浏览器的界面

10.2.3　打开与浏览网页

如果想要进入到相应的网页中，可以在地址栏中输入网址，然后按 Enter 键，即可进入相应的网页中。

1．浏览网页

其操作步骤如下：

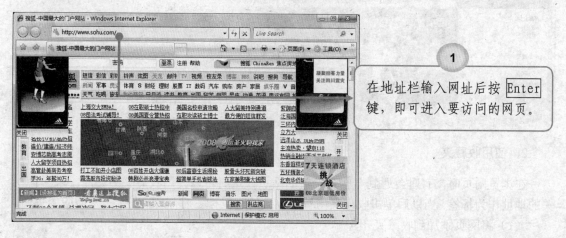

①

在地址栏输入网址后按 Enter 键，即可进入要访问的网页。

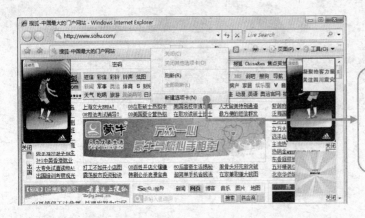

2

在选项卡上右击并在弹出的快捷菜单中选择"新建选项卡"命令,即可打开一个用于浏览网页的空白选项卡。

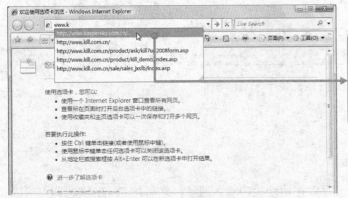

3

如果以前访问过某网站,只要输入地址的一部分,便会出现一个地址列表,此时单击一个地址,即可打开对应的网站。

4

可以看到,已经打开了刚才选择的网站。

2．使用收藏夹

在浏览网页时,有时会遇到一些有价值的网页,这时可以使用收藏夹的功能,来保存相关的地址作为标签。当以后单击收藏夹内曾经收藏的网页标签时,就能直接进入相应的页面。

（1）将网页添加到收藏夹

将网页添加到收藏夹的操作步骤如下:

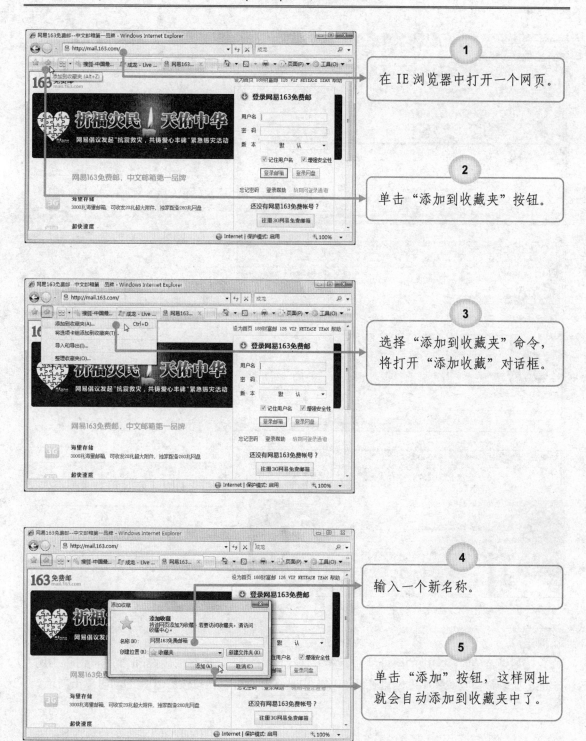

1 在 IE 浏览器中打开一个网页。

2 单击"添加到收藏夹"按钮。

3 选择"添加到收藏夹"命令，将打开"添加收藏"对话框。

4 输入一个新名称。

5 单击"添加"按钮，这样网址就会自动添加到收藏夹中了。

（2）打开收藏夹中的网页

要打开收藏夹中的网页，其操作步骤如下：

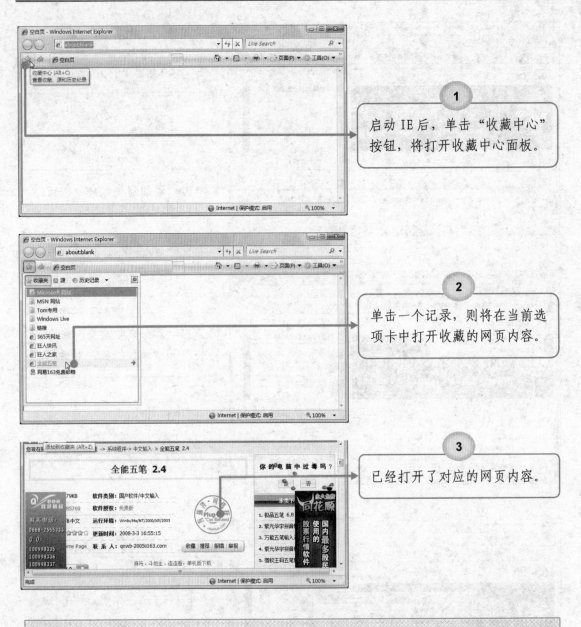

1

启动 IE 后，单击"收藏中心"按钮，将打开收藏中心面板。

2

单击一个记录，则将在当前选项卡中打开收藏的网页内容。

3

已经打开了对应的网页内容。

提示

　　如果希望收藏夹中的网址能在新的 IE 窗口中被打开，可在按住 Shift 键的同时单击网址；如果希望收藏夹中的网址在新选项卡中被打开，可以在按住 Ctrl 键的同时单击网址。

10.2.4　保存网页中有用的资料

　　对于网页中一些有用的信息，如果想把它保存下来，以后方便查看，那么可以将整个网页保存下来或者单独保存网页中的图片和文字。

1. 保存网页中的图片

其操作步骤如下：

1　打开一个带图片的网站。

2　单击小图片来打开大图片。

3　在图片上右击，从弹出的快捷菜单中选择"图片另存为"命令，打开"保存图片"对话框。

4　选择要保存的路径。

5　输入文件名。

6　单击"保存"按钮。

2. 保存网页中的文字

其操作步骤如下：

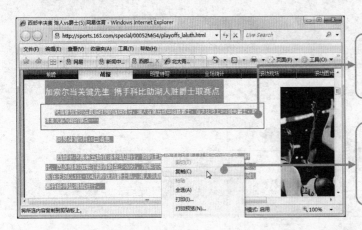

1 在网页上拖动鼠标来选择要保存的文本。

2 右击并选择"复制"命令。然后在其他程序（如"记事本"）中执行"粘贴"命令。

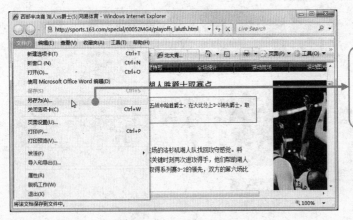

3 如果要保存网页中的所有文本，请选择"文件"→"另存为"命令。

4 选择要保存的类型。

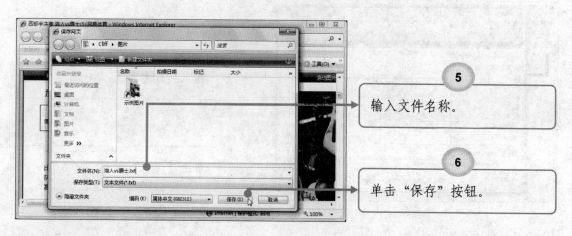

5 输入文件名称。

6 单击"保存"按钮。

3. 保存整个网页

用户可以将网页的内容全部保存下来，以供脱机时查看。
其操作步骤如下：

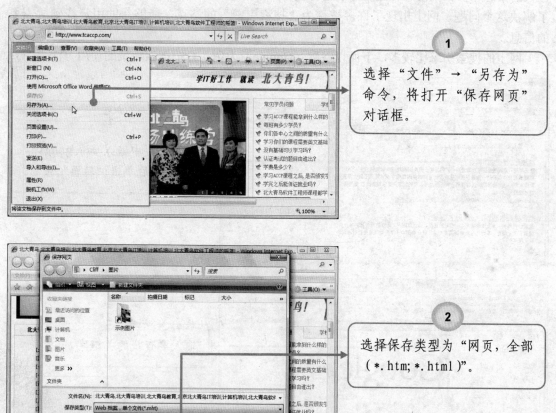

1 选择"文件"→"另存为"命令，将打开"保存网页"对话框。

2 选择保存类型为"网页，全部（*.htm;*.html）"。

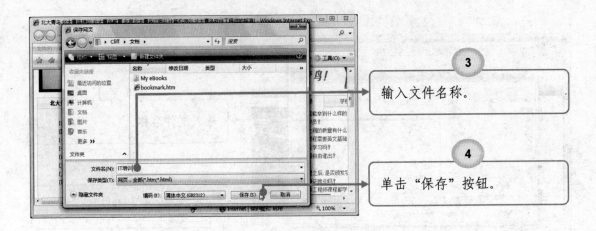

3　输入文件名称。

4　单击"保存"按钮。

10.2.5　搜索资料

因特网是信息的海洋，其中包含了财经、科教、文化、娱乐等各方面的信息。面对如此巨大的信息库，如果没有合理的方法进行搜索，那么您上网获取信息简直就如大海捞针。为了解决这个问题，网上出现了许多被称为"搜索引擎"的站点，能够帮助用户找到所需要的信息。

网上的搜索引擎比较多，下面以谷歌（Google）为例，介绍搜索引擎的使用方法：

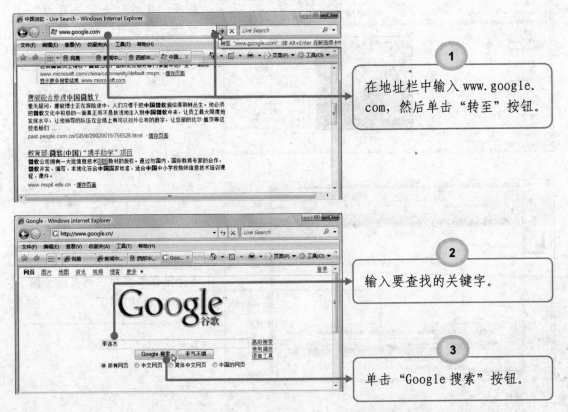

1　在地址栏中输入 www.google.com，然后单击"转至"按钮。

2　输入要查找的关键字。

3　单击"Google 搜索"按钮。

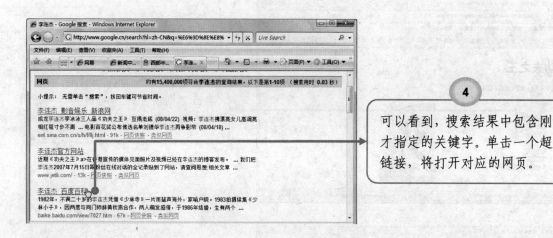

4

可以看到，搜索结果中包含刚才指定的关键字。单击一个超链接，将打开对应的网页。

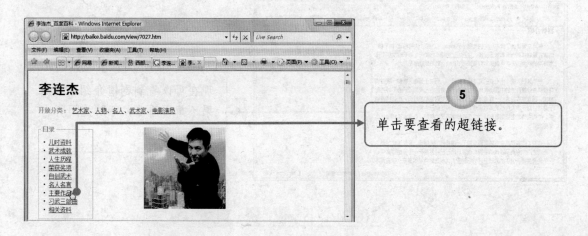

5

单击要查看的超链接。

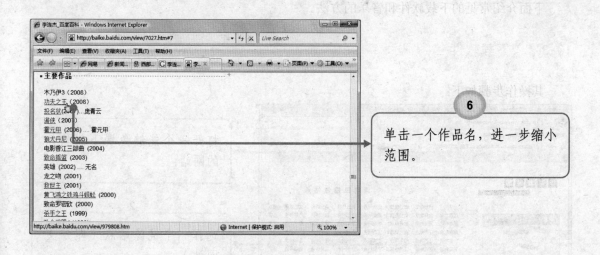

6

单击一个作品名，进一步缩小范围。

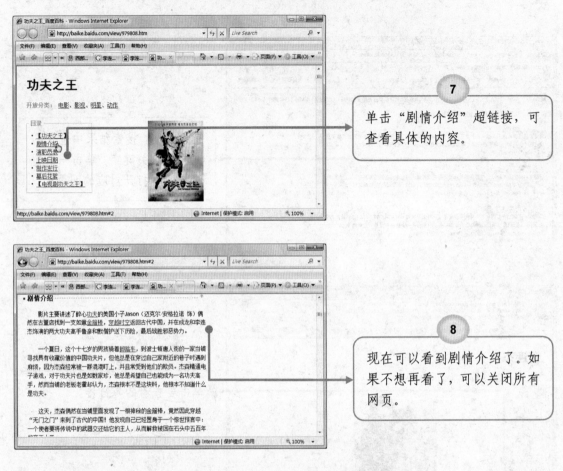

7

单击"剧情介绍"超链接，可查看具体的内容。

8

现在可以看到剧情介绍了。如果不想再看了，可以关闭所有网页。

10.3 下 载 资 料

下面介绍常见的下载软件和音乐的方法。

10.3.1 下载软件

其操作步骤如下：

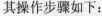

1

打开一个能够免费下载软件的网站。

2

选择一个镜像站点（即分支网站）。

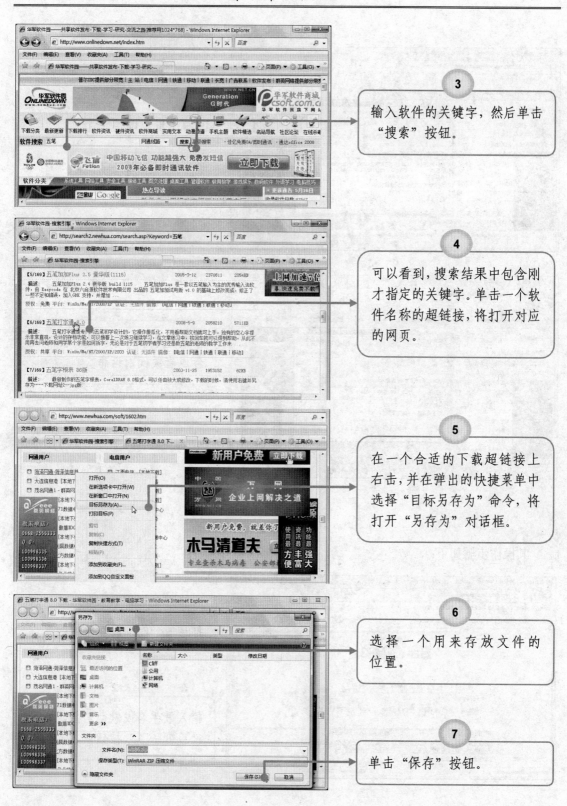

3

输入软件的关键字，然后单击"搜索"按钮。

4

可以看到，搜索结果中包含刚才指定的关键字。单击一个软件名称的超链接，将打开对应的网页。

5

在一个合适的下载超链接上右击，并在弹出的快捷菜单中选择"目标另存为"命令，将打开"另存为"对话框。

6

选择一个用来存放文件的位置。

7

单击"保存"按钮。

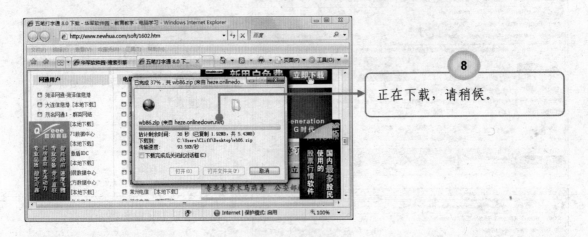

8 正在下载，请稍候。

9 下载完毕后，可以选择打开文件或者关闭对话框。

10.3.2 下载音乐

其操作步骤如下：

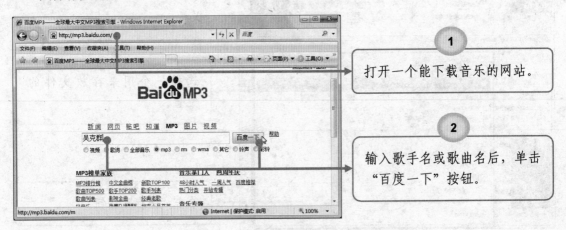

1 打开一个能下载音乐的网站。

2 输入歌手名或歌曲名后，单击"百度一下"按钮。

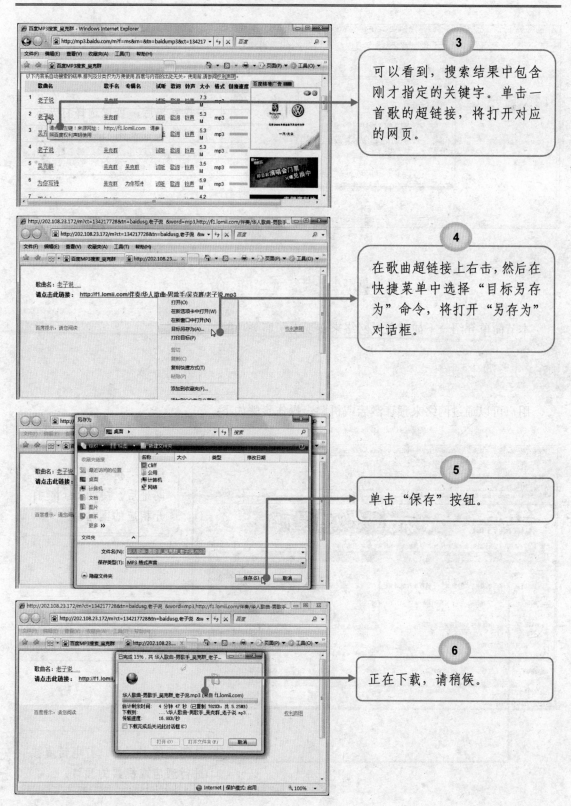

3

可以看到，搜索结果中包含刚才指定的关键字。单击一首歌的超链接，将打开对应的网页。

4

在歌曲超链接上右击，然后在快捷菜单中选择"目标另存为"命令，将打开"另存为"对话框。

5

单击"保存"按钮。

6

正在下载，请稍候。

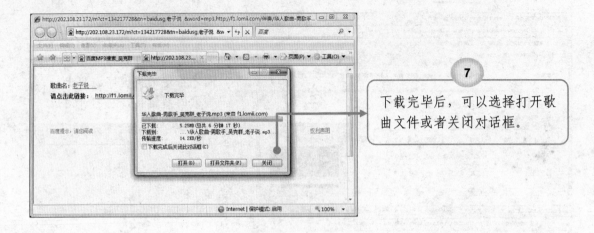

7

下载完毕后，可以选择打开歌曲文件或者关闭对话框。

10.4 电子商务

本节简单介绍一下如何通过网络来实现电子商务功能。

10.4.1 网上预订

用户可以通过网络来预订酒店或机票，操作步骤如下：

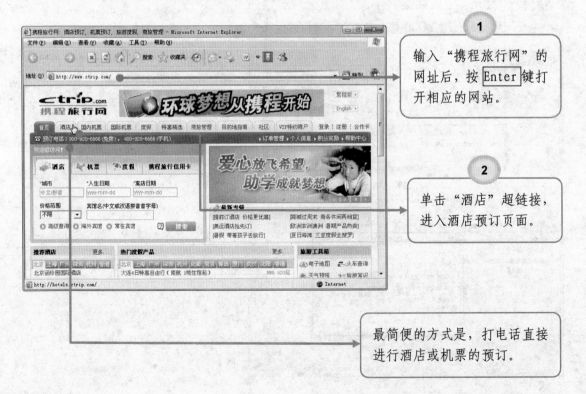

1

输入"携程旅行网"的网址后，按 Enter 键打开相应的网站。

2

单击"酒店"超链接，进入酒店预订页面。

最简便的方式是，打电话直接进行酒店或机票的预订。

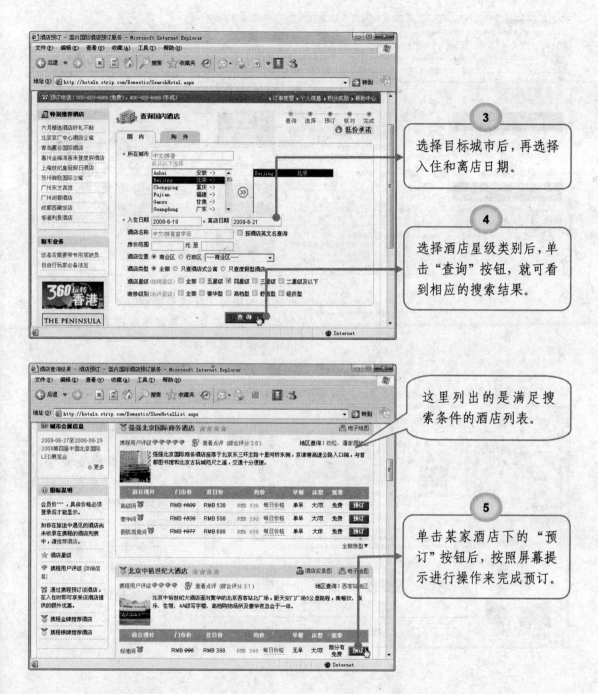

10.4.2　网上招聘

个人用户可以通过网络来查找招聘信息，而单位用户则可以通过网络来发布招聘信息，操作步骤如下：

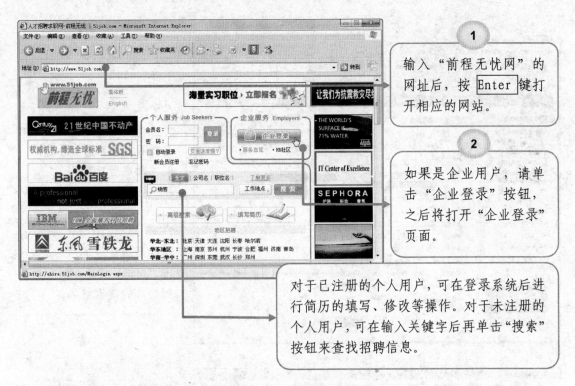

1 输入"前程无忧网"的网址后，按 Enter 键打开相应的网站。

2 如果是企业用户，请单击"企业登录"按钮，之后将打开"企业登录"页面。

对于已注册的个人用户，可在登录系统后进行简历的填写、修改等操作。对于未注册的个人用户，可在输入关键字后再单击"搜索"按钮来查找招聘信息。

3 对于已注册的企业会员，可在登录系统后进行招聘信息的发布、修改等操作。

4 对于未注册的企业，可以申请正式会员或申请试用版会员。

10.5　收发电子邮件

电子邮件是发送者和指定的接收者利用计算机通信网络传递信息的一种非交互式的通信方式。它不仅可以传送文字，还能传送图片、语音等多媒体信息。

10.5.1　申请电子邮箱

类似普通邮件寄信应有收信地址一样，使用因特网上的电子邮件系统的用户首先要有一个电子邮箱，每个电子邮箱应有一个唯一可识别的电子邮件地址。任何人可以将电子邮件投递到电子邮箱中，而只有邮箱的主人才有权打开邮箱，阅读和处理邮箱中的邮件。电子邮件地址的格式如下：

username@mailserver.name

电子邮件地址主要由用户名和邮件服务器名两部分组成，中间加上"@"（读作"at"）分隔符。例如，tony5678@163.com就是一个电子邮件地址。

目前免费邮箱的使用较为广泛，用来收发普通信件非常方便。下面以在"网易126"申请一个免费邮箱为例，介绍申请电子邮箱的一般步骤：

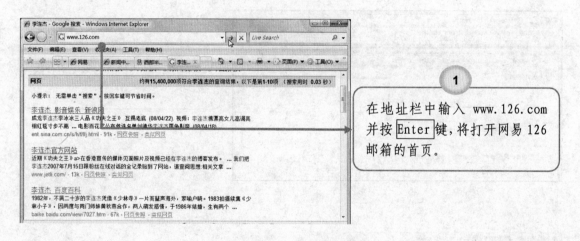

1 在地址栏中输入 www.126.com 并按 Enter 键，将打开网易 126 邮箱的首页。

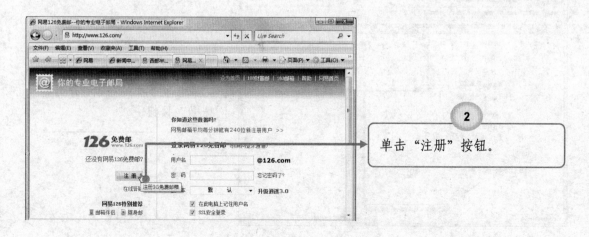

2 单击"注册"按钮。

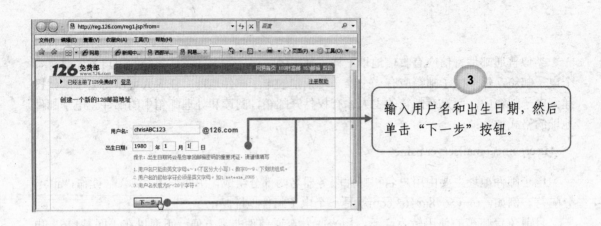

3 输入用户名和出生日期，然后单击"下一步"按钮。

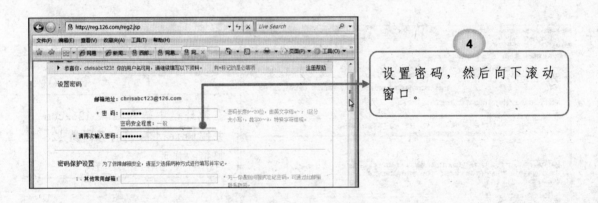

4 设置密码，然后向下滚动窗口。

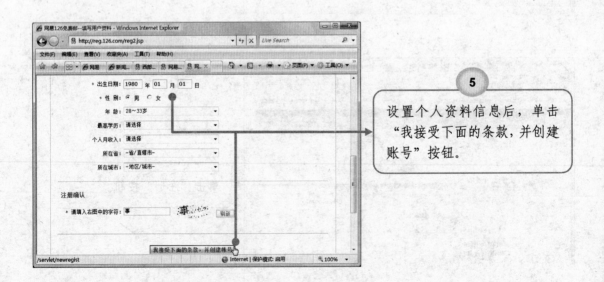

5 设置个人资料信息后，单击"我接受下面的条款，并创建账号"按钮。

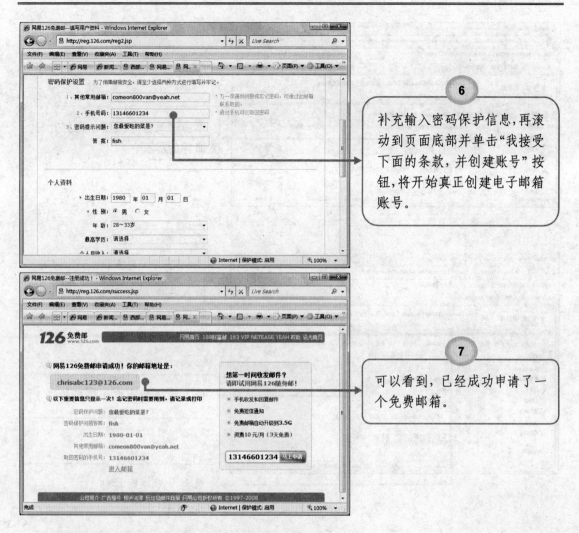

6

补充输入密码保护信息，再滚动到页面底部并单击"我接受下面的条款，并创建账号"按钮，将开始真正创建电子邮箱账号。

7

可以看到，已经成功申请了一个免费邮箱。

有了免费邮箱后，就可以进入邮箱收发电子邮件了。

10.5.2 撰写并发送新邮件

其操作步骤如下：

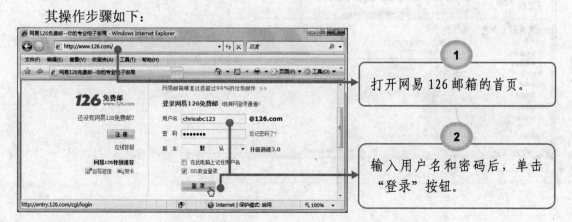

1

打开网易 126 邮箱的首页。

2

输入用户名和密码后，单击"登录"按钮。

3 单击"写信"按钮，将打开写邮件的界面。

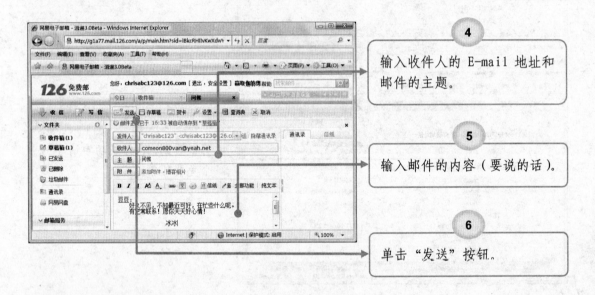

4 输入收件人的 E-mail 地址和邮件的主题。

5 输入邮件的内容（要说的话）。

6 单击"发送"按钮。

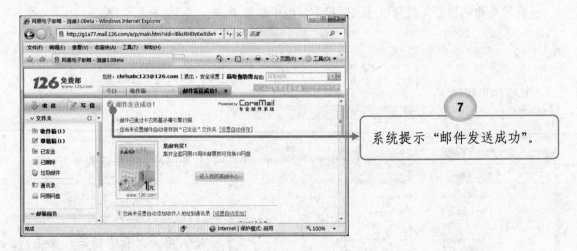

7 系统提示"邮件发送成功"。

10.5.3　接收和阅读邮件

其操作步骤如下：

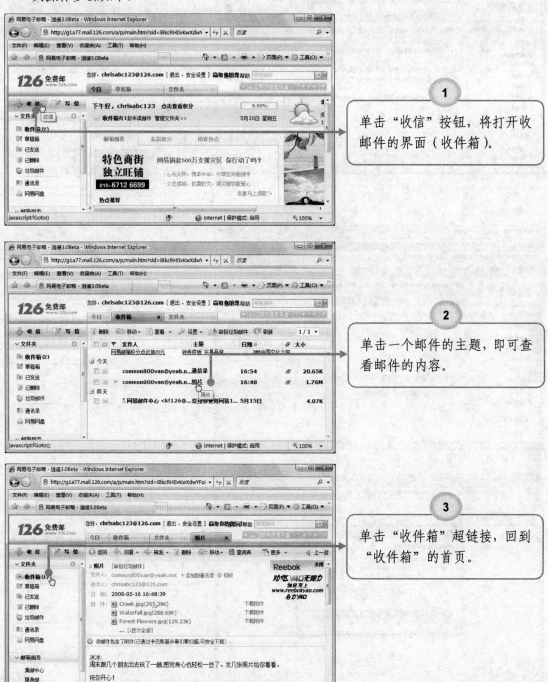

1　单击"收信"按钮，将打开收邮件的界面（收件箱）。

2　单击一个邮件的主题，即可查看邮件的内容。

3　单击"收件箱"超链接，回到"收件箱"的首页。

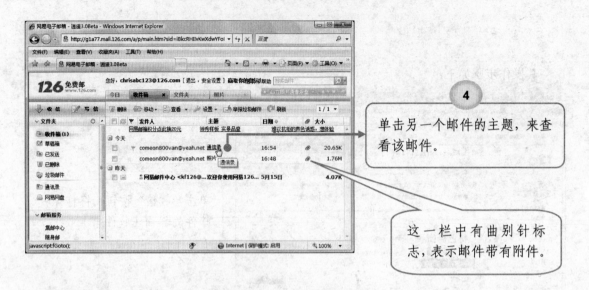

4 单击另一个邮件的主题，来查看该邮件。

这一栏中有曲别针标志，表示邮件带有附件。

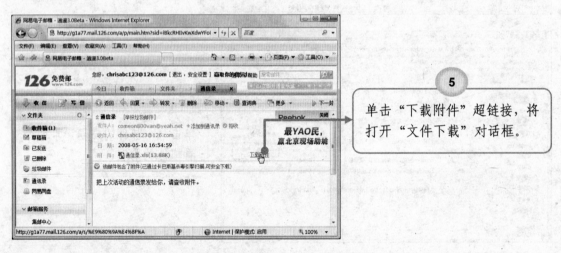

5 单击"下载附件"超链接，将打开"文件下载"对话框。

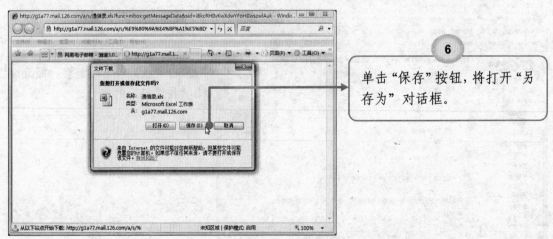

6 单击"保存"按钮，将打开"另存为"对话框。

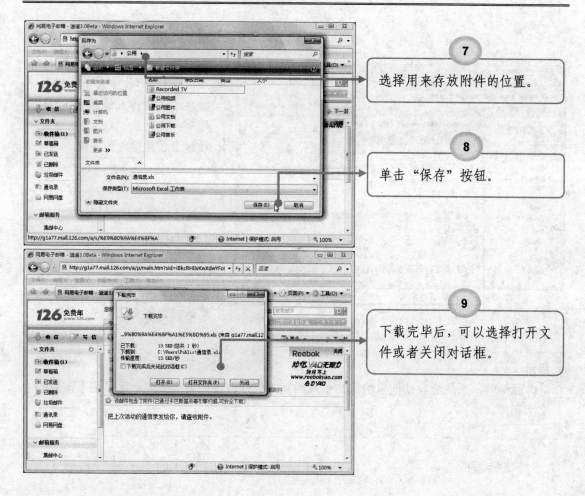

7 选择用来存放附件的位置。

8 单击 "保存" 按钮。

9 下载完毕后，可以选择打开文件或者关闭对话框。

10.5.4　回复邮件

回复邮件（即回信）和寄发新邮件的方法差不多，只不过回信时，主题和收件人都会自动显示信件标题和收件人的电子邮件地址。回复来信的操作步骤如下：

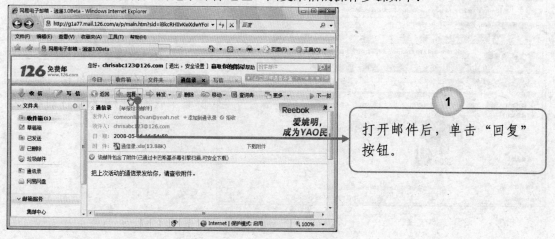

1 打开邮件后，单击 "回复" 按钮。

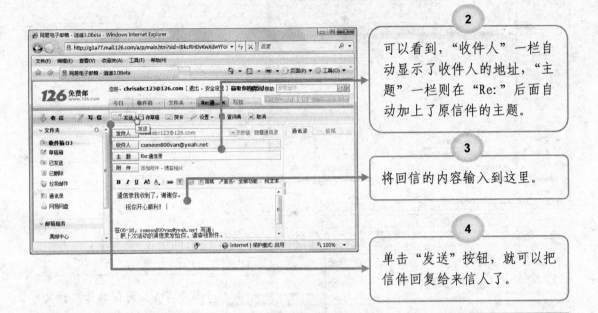

2

可以看到，"收件人"一栏自动显示了收件人的地址，"主题"一栏则在"Re:"后面自动加上了原信件的主题。

3

将回信的内容输入到这里。

4

单击"发送"按钮，就可以把信件回复给来信人了。

提示

回信时，系统会自动把来信原文引入回复的信件中。如果有必要，可以将不需要的文字删掉。

10.5.5 转发邮件

转发邮件是和回复邮件相似的任务，二者之间的区别是：回复是给发件人发邮件，而转发邮件则是指将收到的邮件再发给除发件人外的别人。

其操作步骤如下：

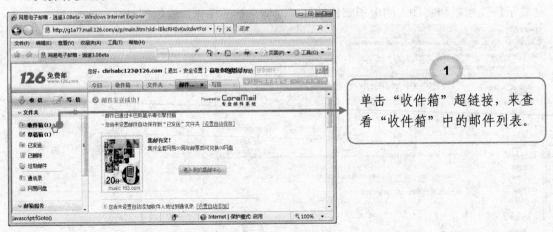

1

单击"收件箱"超链接，来查看"收件箱"中的邮件列表。

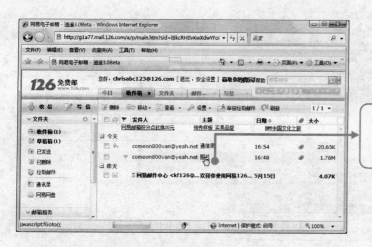

2　单击要转发的电子邮件标题，将邮件打开。

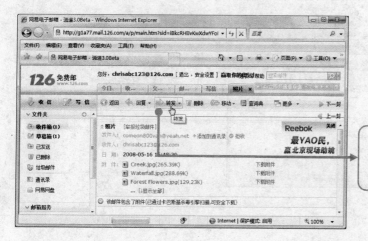

3　单击"转发"按钮，打开转发邮件的界面。

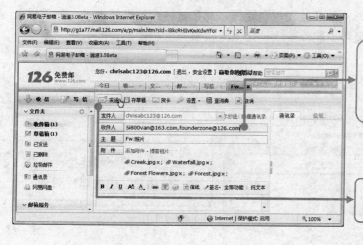

4　输入收件人的地址。如果有多个收件人，则要用逗号将各个地址隔开。

5　单击"发送"按钮。

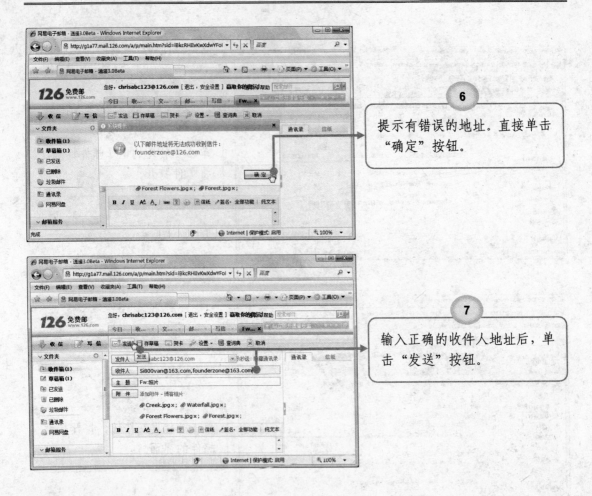

6

提示有错误的地址。直接单击"确定"按钮。

7

输入正确的收件人地址后，单击"发送"按钮。

10.5.6 删除邮件

默认情况下，删除邮件时，邮件并未被真正删除掉，而是被移到垃圾箱中了。如果想永远删除这封邮件，还得把它从垃圾箱中删除一次。接下来讲解永远删除邮件的方法。

其操作步骤如下：

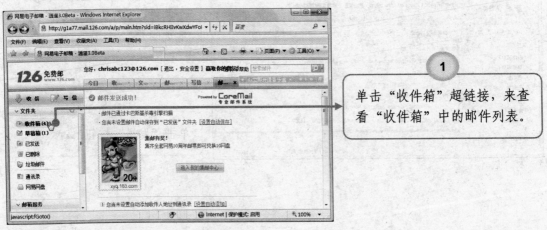

1

单击"收件箱"超链接，来查看"收件箱"中的邮件列表。

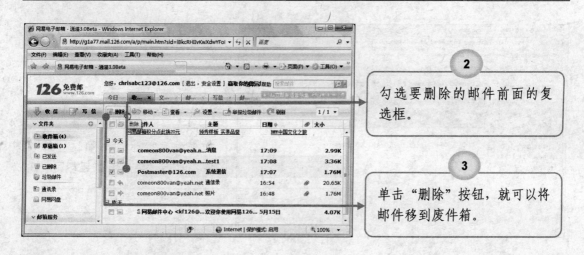

2 勾选要删除的邮件前面的复选框。

3 单击"删除"按钮，就可以将邮件移到废件箱。

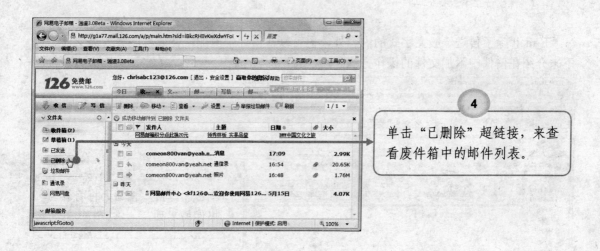

4 单击"已删除"超链接，来查看废件箱中的邮件列表。

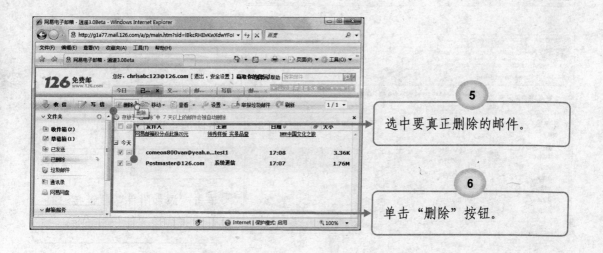

5 选中要真正删除的邮件。

6 单击"删除"按钮。

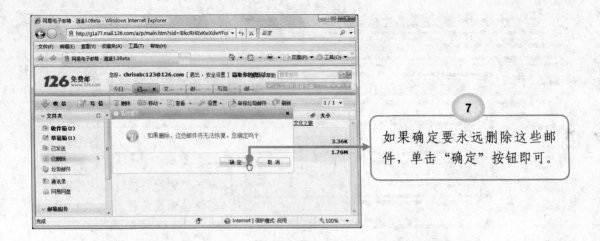

7

如果确定要永远删除这些邮件，单击"确定"按钮即可。

10.5.7 在写信时添加附件

E-mail 除了传送一般文字式的内容外，也可以在信件中附加声音或程序等各类文件。接下来介绍在信件中附加文件的操作方法。

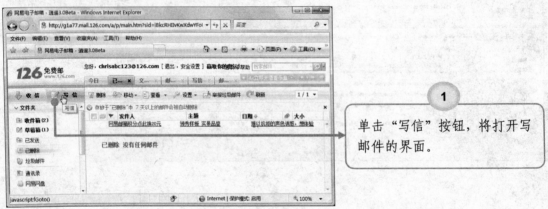

1

单击"写信"按钮，将打开写邮件的界面。

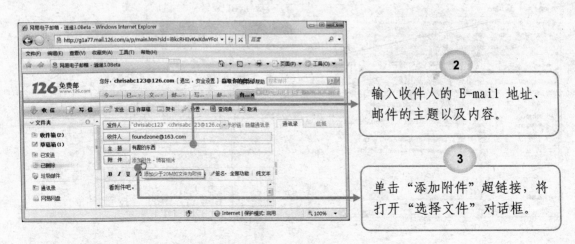

2

输入收件人的 E-mail 地址、邮件的主题以及内容。

3

单击"添加附件"超链接，将打开"选择文件"对话框。

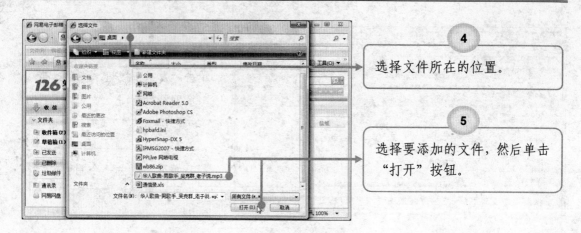

4 选择文件所在的位置。

5 选择要添加的文件，然后单击 "打开"按钮。

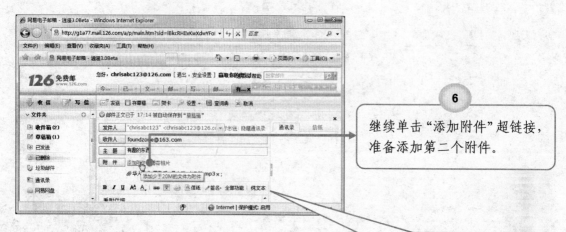

6 继续单击"添加附件"超链接， 准备添加第二个附件。

使用这一排按钮，可以改变邮件 正文和信纸的格式，还可以插入 个性化的签名。

7 选择要添加的文件后，单击 "打开"按钮。

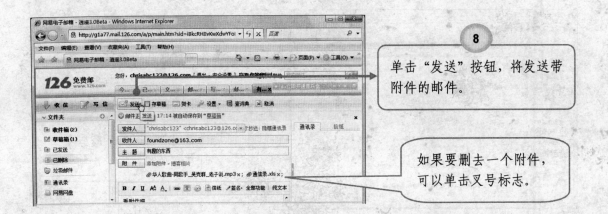

8

单击"发送"按钮，将发送带附件的邮件。

如果要删去一个附件，可以单击叉号标志。